劍魂如初

懷觀 著

目錄

序——千年之約

「我偶爾會做一種夢，夢境眞實到不可思議。」

觸目所及盡是全然的黑暗，隨著煙味傳來，木柴在爐中爆裂的劈啪聲響起，周圍逐漸變亮，照出一個陌生的環境。這是一間寬廣的茅草屋，角落裡有竹管引山泉，注入鵝卵石堆砌而成的小池中，池子對面矗立了一座磚爐，淡青色火燄在爐內翻滾跳動。

「全神貫注，只靠一雙手，要將心底的無形意念，鍛造成有形的物品。」

身著孺裙的少女推開門，走進屋內。她用麻布帶繫起袖口，從爐子裡抽出一柄燒到半透明的黑色長劍，舉起鐵鎚敲打數下，迅速將劍放入小池中。霎時間，水霧蒸騰而起，隨風往外飄逸，慢慢在半掩的柴門外，形成一名閉著雙眼的男子幻影。

「無痛，亦無懼。」

風微動，少女舉起劍，散落的髮絲碰到劍刃，立即斷成兩截。她輕撫劍刃，一不留神，竟在指腹上拉出一道傷口，劍身隨即緩緩散發出寒光。

「只在某一刻，忽然聽見……萬物瞬間俱寂。」

在她身後，幻影驟然張開眼睛。

1. 面試

夏末清晨，幾絲雲絮飄蕩在碧藍色半透明的天空。

太陽雖然還未散發熱度，卻已透過玻璃窗，照進小巷盡頭的一間平房，將桌上幾十塊天然磨石照得閃閃發亮。各式各樣的挫刀、焊槍、鐵鎚等工具井然有序掛在牆壁上，讓這間專門修復古代兵器的工作室，乍看之下就像一間老式的迷你工廠，雜而不亂，既熱鬧又孤單。

應如初踩著一輛半新不舊的腳踏車，慢慢彎進巷子裡頭。她有一雙大眼睛，又圓又亮，平常笑起來水汪汪的，讓人完全忽略了她其實並不特別美，而且眼底藏了一股倔強。

不過如初今天臉上沒什麼笑容，身體則略嫌緊繃。她走進工作室，先套上圍裙，將及肩的直髮綁成馬尾巴，然後再走到桌前，從特製的密封長匣中取出一柄無鞘的古劍，將劍平舉至肩，偏頭仔細觀察。

這柄劍長約一公尺，剛來的時候狀況極差，全身上下又是鏽又是傷。她花了大半年時間幫劍條整型，再做除鏽，歷經粗磨、細磨，如今劍身平滑閃亮，一靠近便立刻可以感受到森然寒意撲面而來，刺得人雙頰隱隱作痛。

經歷過戰場的古劍往往自帶殺氣，如初習慣了，也不以為意。她舉起長劍，照慣例輕聲對它說：「早安。」

長劍在空中發出一聲低吟，像是回應，這種事以前可沒發生過。如初大腦空白片刻，對著劍脫口而出：「哈囉？」

劍沒再發出任何聲響，而如初則在下一瞬間清醒過來，左看右看，不太明白自己剛剛到底在想些什麼。好在房裡只有她一個人，無論怎麼犯傻都不必擔心被瞧見。如初於是鎮定地拉開電腦椅坐下，開始了古物修復師一天的日常。

起初心境還不夠穩，她不敢進入工序，於是先收拾桌面，做些雜務。等心情沉澱到一定程度之後，她才選了一塊拇指大小的細磨石，拿起古劍，動手研磨。

太陽慢慢往天空上方移動，她垂著頭，身形不變，只有手腕一來一回，不急不徐，帶著韻律感重複同一個動作。

早上九點半，戶外行人車聲逐漸喧嘩，手機正好播放到一首她最喜歡的老歌，但如初已經什麼都聽不見了。

這份工作就是這樣，專心起來不要說聲音，連「我」都會不見，只有手中的「物」存在，而時間換了座標，以千年爲單位，往永恆無限延伸。

努力了兩個多鐘頭，換來劍身上的一道細傷痕慢慢淡化，終於消失得無影無蹤。如初才停下手，就聽見敲門聲響起。

年約五十來歲、體態偏瘦的應錚打開門，站在屋外問：「妳怎麼這麼早就跑過來，吃過早餐沒有？」

他的語氣透著關切，如初轉身，沒回答父親的問題，卻舉起劍，說：「爸，你看，快完成了。」

她的聲音帶著心滿意足，但應錚瞥了長劍一眼，並未如往常般仔細檢查然後給出評語，卻對女兒說：「我想了一整晚，那邊，還是太遠了。」

這是她拿到「雨令文物保護公司」的視訊面試邀約之後，爸爸第一次表示意見。如初愣了愣，放下劍說：「直飛只要兩小時，還好吧？」

「問題是，妳人生地不熟。」

這話完全沒錯，但如果每跨出一步之前，都得先將所有問題考慮清楚的話，她人生最大的可能性，就是一輩子留在原地不動。

如初不想起爭執，於是斟酌著答：「也是啦，不過我學長姐去到杭州、上海工作的，有些也只認識一兩個人就過去了。照他們的說法，好老闆跟好同事比較重要。」

「現在出去工作的人很多？」應錚問。

「還不少，而且……」如初頓了頓，實在忍不住，說：「爸，他們還沒要聘我。」

「會有的，沒有這間也有下一間。」

應錚講得一臉理所當然，如初平常很欣賞爸爸的這種精神，但下午就要面試了，她實在做不到如此樂觀，只能苦笑著點點頭，不說話。

應錚卻誤會了，他摸了摸下巴，又問：「如果我多接幾張單，或者晚點退休，妳看怎麼樣？」

當然不行。如初想都不想就搖頭：「醫生警告過了，你每天最多只能進工作室四小時……啊，等等，你先別進來，我去開空氣清淨機。」

她站起身，衝到房間角落，打開一部將近半人高的空氣清淨機。應錚嘆了口氣，取出一只特製的口罩戴好，這才跨進屋內。

他走到另一張長桌前，拿起一把清代柳葉刀，以指腹輕撫刀刃，沉吟不語。幾分鐘後，如初看到父親的眼神變得專注銳利，彷彿整個人與這塵世再無絲毫相關。這是進入工作狀態的表徵，應錚磨刀向來不戴手套，長年累月做下來，手被劃破割傷無數次，卻依舊堅持。如初做不到這樣，她低頭看看自己的雙手，轉過頭，再度拿起磨石，移往劍身的下一道裂縫。

接下來的兩小時，父女再沒交談過半句話，雖然同處一室，卻各有各的時空。

中午十二點整，兩人一先一後停下工作。如初還沒來得及脫手套，便聽見機車引擎聲由遠而近，最後在門口停了下來。皮膚白皙、個子嬌小的應媽媽拉開門，探頭問女兒：「準備好了沒？」

如初苦笑著搖頭，應媽媽聳聳肩，說：「那也只能硬著頭皮上啦！走吧，腳踏車留在這裡，我載妳回家換衣服。」

「妳還需要換衣服？」應錚訝異地問如初。

母女同時無言片刻，如初以呻吟的語氣答：「這是工作面試耶，爸。」

「那就更應該用平常工作的樣子去面試，對方夠專業的話，肯定能看懂。」應錚說得理所當然。

如初同意爸爸的話有道理，卻不覺得可行。她低頭看一眼身上沾滿銅鏽的卡其褲，答：「可是，沒有人這麼做。」

「那就算了，不冒險。」應錚立即反應。

過去二十二年，如初聽了這句話無數遍。她跟往常一樣，應了一聲「了解」，走到屋外，舉頭仰望藍到不可思議的天空。

下午兩點，如初坐在爸媽臥房裡的老梳妝臺前，應媽媽就站在她身後，忙著把一小撮不聽話的髮絲塞進髮髻中。

插上最後一根髮夾，大功告成，媽媽拍拍手，得意地告訴如初：「很漂亮，可以去應徵空姐。」

「需要這麼正式嗎？我學長說這家公司重視實力，不在乎其他。」如初對著鏡子問。鏡中的女孩穿著米白色的雪紡襯衫，配上一條藏青色的西裝褲，臉上化了淡妝，頭髮在腦後盤成一個麻花髻，看起來既優雅又幹練，一點都不像她。

「重視實力很好啊，反正妳跟他們先談了再說。」應媽媽在梳妝臺邊坐下來，手支著頭問：「妳打聽過了，那家公司眞的沒問題？」

「嗯，他們走精緻路線，很低調，從不上媒體宣傳，所以才查不到新聞。」如初有點心虛地這麼說。

事實上新聞還是有，只不過照片裡的公司高層都太年輕太漂亮了，古物修復這一行又不是影視圈，完全沒有老一輩的非常奇怪。但他們開出來的職位描述完全就是如初理想中的工作，無論如何她要試一試，所以怪異處就還是先瞞著吧，也許他們爲了形象，特地指派公司裡長最好的人去見記者，對，一定是這樣。

如初拿著機車鑰匙走出家門，騎車直奔工作室。

鈴聲準時在兩點半響起，如初按下通話鍵，筆電螢幕上出現一名四十歲左右的帥氣大叔，坐在寬大的辦公桌前，身形比軍人還要挺拔。

如初可以感覺到自己整個人都在輕微地發抖。她將雙手平放在膝蓋上，一板一眼地跟對方打招呼：「您好，我是應如初。」

「我叫杜長風，雨令的修復室主任，幸會。那就請妳簡單介紹一下妳自己，三分鐘。」簡潔有力的發音，標準國語，沒有一絲腔調，每個字都清楚。

如初淺淺地吸一口氣，開始自我介紹，過程中杜長風不時瞄一眼攤在桌上的履歷表。等如初一講完，他立刻問：「妳大三海外實習，去到哈佛大學的博物館？」

這是她履歷表裡最亮眼的一條，如初趕緊答是，杜長風唔了一聲，又問：「做過哪些工作？」

「哈佛大學的保護技術研究中心收藏了全世界最齊全的顏料，我那次出國，主要學的是，當戶外青銅像遭到腐蝕，以至於表層掉色剝落的時候，該如何清理、修復，以及最重要的，做舊跟上色……」

這個問題如初早有準備，她娓娓道來，自認講得有條有理。然而杜長風聽了一陣子之後，往椅背一躺，問：「那些銅像幾歲了？」

「呃，從幾十年到一兩百年的歷史都有。」

「才一兩百年？妳還有什麼其他青銅相關的經驗沒有？」

杜長風的口氣帶著滿滿的嫌棄，如初告訴自己不要慌，然後又開口：「有的。大四的時候我清理過一個路易十五時期的吊燈，青銅跟水晶玻璃做的，當然主要修復師不是我。還有一對十九世紀的德國高腳杯，等等，不對，這個是黃銅……」

汗水從額角密密麻麻冒出來，如初知道她搞砸了，可是不知道該如何挽救。螢幕上，杜長風已自顧自翻起另一份卷宗，一副等她說完面試就可以結束的態度，如初急得雙手握緊拳頭，忽然間，筆電中傳出敲門聲。

「等我一下。」杜長風消失在螢幕前，接著又傳出開門、關門與說話的聲音。他很快便坐回來，對如初解釋：「又有一柄越王劍出土了，我們的鑑定師被拉去做鑑定，剛回來……對了，之前講到哪裡？」

「青銅。」如初目光飄過前方桌面，一個大膽的想法忽地浮現腦海，她伸手取來密封匣，對著螢幕說：「我沒有其他青銅相關的經驗了。但是，過去半年多來，我一直在嘗試修復一柄漢劍。」

「哦，什麼樣的劍？」

杜長風身體前傾，似乎被勾起一絲興趣，如初取出長劍，捧到螢幕前，說：「四面漢劍。根據我查到的資料，大約在東漢後期鑄造，是配合盾牌使用的兵器，可能，也是歷史上最後一批用於戰場上的劍了。」

「鐵器。」杜長風瞥了長劍一眼，又開口：「妳怎麼修的，說來聽聽。」

如初手忙腳亂掏出手機，點開照片轉向杜長風，解釋說：「這是它剛來到工作室的照片，鏽得很慘，都是有害鏽，出土多年沒有好好整理的後果。有些部位都鏽到凸出來了，簡直像人長了惡性腫瘤。」

她翻到下一張照片，繼續：「我先幫它泡去離子水，但只能除泥鏽，再試了鋼針、手術刀、水砂紙，每種方法都能多除去一小部分的鏽……」

解釋自己一步步親手探索出來的工序，讓如初感到很踏實。心情不知不覺變得平靜，敘述的語調也有了節奏，帶著匠人對手藝的堅持，與初學者的憧憬。

「每一把古兵器都有自己的生命，也有它獨特的紋理。為了設計專屬於這把劍的研磨方式，我從研究它的歷史著手，讀下去才發現，漢劍是眞正殺人的武器……」

一聲輕笑從筆電中傳出，卻並非來自螢幕前面的杜長風。

如初半張著嘴，完全忘了自己講到哪裡，杜長風抬起頭看了前方一眼，再朝她說：「沒事，我們鑑定師感覺妳講的，唔，挺有意思。」

眞的不是因爲哪裡講錯了？

她很想如此反問，卻只能僵硬地對螢幕笑了笑，遲疑地答：「謝謝……」

「不客氣。」一個如弦般錚錚鏦鏦的年輕男子聲音，帶著笑意回應：「妳處理得很好，我應該替這把劍謝謝妳。」

男子的聲音十分眞誠，不像在開玩笑，想到對方是鑑定師，如初忍不住開口：「請問，您有辦法判斷出這柄劍的來歷嗎？」

「妳把照片發到公司信箱，我可以看看。」對方如此回答。

「現在發。」杜長風加了一句。

如初馬上照做，過了一分鐘，那個清越如水的聲音又響了起來，他說：「南陽郡鐵官統一鑄造的產品，專門發給買不起武器又被強迫徵召的小兵。」

言下之意是大量製造的低階武器，價值不大。

「可是，它好美……」如初喃喃。

「我也這麼認爲。」

一來一往之後，雙方都沉默下來，如初意識到自己還在面試中，而且徹底離了題。她忐忑不安地望向螢幕，杜長風摸著下巴對她說：「很有趣。」

「謝謝。」

如初尷尬地對螢幕笑了笑，然後就聽到杜長風問：「現在，妳有興趣聽我介紹一下雨令嗎？」

這句話來得有些突然，如初足足愣了好幾秒才反應過來，忙點頭：「好的，好的，當然，麻煩您了。」

接下來的十分鐘，杜長風解釋了公司對工作的最高指導原則。他們追求完美，不在乎修復師花多少時間完成工作，堅決反對爲求速度而犧牲品質，即使是肉眼看不出來的瑕疵，也求除惡務盡。

講到最後，杜長風說：「我們討論過後很快會做出決定，倘若發了聘書，妳需要在三天內答覆，可以嗎？」

「可以。」

「妳還有什麼問題要問我們？」

「呃，你剛剛已經把我要問的都說完了。」

她的雙頰微微發紅，態度卻十分坦率。杜長風對如初的印象又好了幾分，他笑了笑，說：「妳之後想到也可以發信給我，保持聯絡。」

「一定的，謝謝。」

雙方同時說出「再見」之後，杜長風闔上筆電，抬眼問：「漢劍哪裡好笑？」

一名年約二十六七歲、劍眉星目的男子坐在對面的沙發上，正拿著手機端詳剛剛收到的漢劍照片。聽了杜長風的問話後他抬起頭，若有所思地答：「真正殺人的武器。」

這是如初剛才說過的話，杜長風翹起二郎腿，不在意地說：「原來你笑這個。小姑娘見識少不打緊，心態端正最重要。」

「不，我認同她，漢劍的確屬於戰場。」男子收起手機，平靜地又說：「我當步卒的頭兩年，用的就是這種劍。」

很多年前的往事了，他們也都沒有聊下去的意思。杜長風指著桌上的履歷表，說：「幫個忙，帶去十三樓，叫鼎鼎再看一遍，有意見找我，沒意見就直接發聘書，別老跟我說寧缺勿濫，一直缺人也不是辦法。」

年輕男子微頷首，伸直了一雙裹著牛仔褲的長腿，站起身，走到桌前取過檔案夾，一言不發地離開了辦公室。

窗外碧空一藍如洗，日復一日，剛剛那一絲悸動轉眼便煙消雲散，太陽底下沒什麼新鮮事。他漠然望了一眼外頭空蕩蕩的街道，大步朝電梯走去。

2. 第一眼印象

今年秋天來得晚，九月下旬，驕陽依舊如火。如初拎著半舊的薄外套，帶上兩個用繩子綑得緊緊的大行李箱，在父母的陪伴下前往機場。

媽媽的臨別贈言一籮筐，但總的來說只有一句話：「覺得情況不對勁立刻回家。」爸爸講得少，但意思一樣。如初聽的時候滿口答應，等上了飛機，看完一部電影，在摘下耳機的那一刻，才忽然意識到「不對勁」是個太模糊的名詞，而以她的性格，大概會撐到倒下去爲止吧？

不管了，既來之，則安之。

廣播傳出機長的聲音，要乘客趕緊回到座位，飛機即將開始下降，預計在下午兩點抵達目的地四方市，如初於是懷著滿心期盼與一絲不安，扭頭望向窗外。

青山綿延起伏，從內陸直抵海岸線，而在她正下方，一條大橋如長龍般自海岸線蜿蜒而出，橫亙在粼粼碧波之上。這裡，便是她未來工作的地方。

來之前如初查過資料，得知四方市位於大陸東南沿海，背倚括蒼山，面向流碧河，以山地和丘陵爲主要地形。下轄九個行政區，總面積有一萬七千平方公里，市區面積也有五千平方公里，是個常住人口接近千萬的大都會區。

她的手機裡還收著關於這個城市的更多資訊，然而，所有統計數字都比不上這鍾靈毓秀的第一眼印象。

旅程一切順暢，計程車司機在長巷深處的岔口放她下來，如初拖著行李，一步一步踏在綠樹成蔭的小路上。

道路兩旁全是老式洋房，夏末的蟬鳴聒噪，更襯托出人聲寂寥。公司幫忙安排的酒店座落在盡頭處，她穿過雕花大鐵門，才踏入庭園，一座五層樓高的法式建築就這麼猝不及防地撞進眼簾。

半圓形立面，錯落有致的露臺，在夕陽餘暉與樹影橫斜掩映之下，這座酒店美得如夢似幻，一點都不真實。如初目不轉睛地再往前走了幾步，然後就發現，太過夢幻的事物，果然經不起近距離檢驗。

牆壁上一條條全是漏水痕跡，檐瓦部分脫落，間隙處長滿蕨類植物與雜草。油漆斑駁的門雖然大開，但裡頭沒開燈，外面沒有車，裡裡外外連個人影都不見，這裡真的能住宿嗎？

她停住腳，不再往前走，而一名身穿寬鬆T恤跟垮褲的大男孩卻慢悠悠從黑暗中步出門外，對她摘下棒球帽，欠身說：「體國經野，駱驛不絕，『國野驛』歡迎您，應如初小姐？」

他的出場方式實在太過戲劇化，如初下意識點了點頭，雙腳卻留在原地，不知該如何是好。俊眉修目的大男孩露齒一笑，走上前一手拿起一個行李箱，又對她說：「進來吧，杵在這裡幹什麼？我叫邊鐘，妳喊我邊哥就得了。」

「邊哥好。」

行李在機場過磅時足足有二十公斤重，邊鐘卻拎得輕輕鬆鬆。如初跟著他走上臺階，跨進門，還沒從一連串的震驚中緩過氣來，隨即又被周圍環境吸引了注意力。

大廳裝潢得十分氣派，頗有民國初年十里洋場、海派風華的味道。天花板挑得極高，垂下一盞繁複華麗的大型水晶吊燈，圓拱落地窗上懸掛有厚重的猩紅色絲絨窗簾，旁邊隨意地擺上一張款式古典的釘扣皮沙發，整體氛圍就像間大型的老洋房民宿，歲月靜好，現世安穩。

唯一可惜之處在於有部分牆壁只粉刷了一半，上半部油漆剝落龜裂，隱約露出裡頭的紅磚，看起來好像沒完工似地，十分突兀，不曉得爲什麼留著也不整修。

不過如初的期待並不高，環境乾淨就好。她跟著邊鐘來到及腰的老式花梨木櫃檯前，邊鐘放下行李，手一撐，直接跳進櫃檯，從抽屜裡掏出平板跟觸控筆，抬頭問：「第一次住店，我先跟妳介紹介紹，怎麼樣？」

「好的，麻煩你了。」如初強迫自己不去注意邊鐘異於常人的運動神經，專心聽他講。

邊鐘舉起筆，指著樓上慢條斯理地開口：「我們家客房分四層樓，八個等級，天地玄黃、宇宙洪荒。天地宇宙這四級對一般客人不開放，玄字號、黃字號妳想住得自己貼錢，每個晚上五百；洪字號整修中。雨令替妳訂的是荒字號，我們最便宜的房型，不含早餐，要升級嗎？」

他的聲音有著教堂鐘聲的質感，迴蕩在寬廣的大廳內，十分悅耳。如初跟著他的話舉頭望了一圈，觸目所即每層樓的裝潢都一模一樣。她問：「升不升級，房間的差別在哪裡？」

「少爬一層樓唄。」邊鐘聳聳肩：「我們沒電梯。」

就這樣？

如初環顧四周，覺得怪，卻摸不著頭緒，於是果斷決定：「那不用了，謝謝。」

「行。」邊鐘拿筆在平板上點了幾下，說：「荒字號三號房，三樓出樓梯右轉第一間，妳簽完名板子擱著就好，有事直接來櫃檯找我。」

他將平板與房卡遞給如初，又一個撐跳離開櫃檯，自顧自走向轉角處一架三角鋼琴。不一會兒，整個空間響起了歌聲，是一首四十年代的情歌，但邊鐘用爵士音樂的唱法跟伴奏重新演繹過，懶洋洋的，舒緩而悠揚，一種帶著微醺的感傷。鋼琴旁有一道小巧的木質圓型拱門，幾名穿著白色廚師制服的人從門裡走了出來，手上都拿著食材。如初這才注意到，酒店往裡走還挺深的，應該是附設的餐廳。她好奇地多看了幾眼才在平板上簽名，然後拉起行李往樓梯口走去。

一樓通往二樓用的是老式雕花迴旋梯，曲線優美，緩緩蜿蜒而上，走起來一點都不累人。如初走到三樓，刷卡進房，才推開門，就看到此生所見、最陽春的酒店房間。

一床一几一椅，外加一座入牆的衣櫃，不但沒有任何裝飾品，就連熱水壺與茶包都缺。小浴室裡只擺著一卷衛生紙，床單枕套都是米白色，襯著一塵不染的紫檀木地板，整間房空蕩、清爽，寂寞到無以復加。

相當適合她。

如初打開行李箱，將幾件隨身衣物放進衣櫥，再打了通電話回家報平安。忙完瑣事之後，她將房間裡唯一的一張椅子拉到窗前，坐著凝視夕陽將庭園渲染出一派斷垣殘瓦景象。

她會在這裡遇到什麼人，過上怎樣的生活？

光憑想像當然不會有答案，但幸運的是，來到陌生城市的第一天，居然就找到了如此可愛的角落，讓她能安安靜靜地窩著，一動也不動。

直到華燈初上，如初才站起身走出去找吃的，回到酒店後她忙著研究交通路線，規畫未來兩天行程，直到過了午夜，才在不知不覺中闔上眼，沉沉睡去。

第二天一大早，窗外的鳥叫聲喚她起床。

公司只補貼三天的酒店住宿，因此她需要在四十八小時內找到租屋。時間壓力有點大，如初一睜開眼睛便坐起身，匆匆梳洗後走出國野驛，在巷子口買了個生煎包當早餐，邊啃邊開始今天的行程。

來之前她已鎖定了好幾處公寓，也聯絡好了房東。她照著原定計畫一間間拜訪，然而一整天找下來，不是太髒就是太貴，好不容易找到一間合適的，卻又晚了一步，只能眼睜睜看著屋主與比她早十分鐘來看房的租客簽下合約。

黃昏時分，又渴又累又還沒找到房子的應如初，在陌生的城市不小心下錯站，一腳踏進了舊城區的老街。

四方市是個古都，從周朝起便名列史冊，然而，此地年代雖然久遠，卻從未在任何一個改朝換代的關鍵時刻起過作用。也許正因如此，這個城市避開了戰火，得以將文物古蹟完整保留，這條鋪著青石板的千年老街，便是其中之一。

整條街尚未被開發成觀光景點，入口處只立著一根木製的路標，商店少，行人也寥寥無幾，來往走動的大部分是居民，麻雀就在屋簷下蹦跳，一派寧靜安逸。

如初在門前晒有魚乾的雜貨店買了瓶礦泉水，先咕嘟咕嘟灌下大半瓶，然後慢慢走到一座古井旁，邊喝邊看對街的老先生拿著弓把棉花打鬆。棉絮隨著一聲接著一聲的節奏飛起落下，雖然離冬天還有段日子，卻令人無端想到古詩上說的「人生到處知何似，恰似飛鴻踏雪泥」。

喝完最後一口水，她沒遵循原定計畫走回站牌搭車回去繼續行程，反而毫不猶豫地轉過身，一步步踏入老街。

歷經數十代人無數次改造，老街呈現出一種奇異的時空交錯。橫在頭頂上的石頭牌坊大開大闔，流露唐宋遺風，兩旁的木造老房子青磚黛瓦，錯落有致，卻是明清的格局，典型的江南小鎮建築。

她順著主街前進，走著走著，就在某一刻，如初停下腳步，感覺周圍環境驟然變得有些奇怪，像是失去了眞實感，她分不清現在、過去與未來，甚至不確定自己是否依然存在。

這種情況以前偶爾也出現過，但都只發生在長時間全神貫注修復古劍之後，她伸手扶住身旁的石柱，深深吸了口氣，再抬起眼，忽地瞧見前方數公尺處，一名二十來歲的男子背靠城牆，正低頭吹豎笛。

他整個人藏在陰影之中，看不清楚長相，只能瞧見一個刀削般的側臉輪廓，與一雙不停在按鍵上跳躍的纖長雙手。笛聲悠悠蕩蕩，像是將歲月裡那些美到驚心動魄的繁華娓娓道來，成就一段欲言又止的日常。

時間感再度變得模模糊糊，如初索性靠著柱子聆聽。一曲畢，音符還殘存在空氣中，樂手已開始拆解手上的樂器，顯然打算離開。

周圍並無其他聽眾，地上則擺了只半開的笛盒。如初掏出身上所有硬幣，三步併做兩步放入盒中，抬起頭對男子說：「音樂真美。」

四目相視，如初的心臟彷彿在瞬間漏跳一拍。對方的容貌宛如藝術品般昳麗，帶著凜然的氣息，眼睛則一眨也不眨地凝視著她，說：「謝謝。」

然後頓了頓，問：「妳怎麼會來到這裡？」

「我迷路了……」不，直覺告訴如初，對方講的「這裡」根本不是指這條老街。如初咬了咬嘴唇，忍不住問：「我們以前不認識吧？」

對方沉思片刻，居然搖頭，答：「我不確定。」

「怎麼會呢？」

如初一頭霧水，對方似乎想通了什麼，移開眼慢慢地說：「活著活著就會慢慢發現，這世上總有些人、事、物，看似陌生卻又似曾相識，沒有任何道理。」

講到後來，他的聲音有些沉鬱，如初好奇地望著他，問：「你常遇到這種似曾相識的情形？」

他唔了一聲，答：「人的話倒是第一次。」

「噢，那就好。」不小心講出真心話讓如初很不好意思，她飛快地又說：「我也是第一次。肯定沒見過你，卻又覺得認識你，所以……幸會，別來無恙？」

講到最後一句，她還朝他擺了擺手，做出打招呼的模樣。對方笑出聲，答：「那我該回什麼——好久不見，很高興認識妳？」

這個回應眞棒，如初開心地點了點頭，他彎腰拾起笛盒，又對如初說：「再謝妳一次，這是我今天唯一的收入。」

男子有種貴族般的氣質，一身黑衣黑褲更增添優雅，如初這才後知後覺地想到，對方一定不是爲了錢而在這裡演奏，她的臉頓時紅了起來，結結巴巴地說：「我、只是習慣……」

「好習慣。想不想再聽一首？」他含笑問。

「當然想。」

此時太陽已沒入遠方的地平線，但黑暗尙未完全降臨，天空仍微微發亮。男子將豎笛接好，還沒開始吹奏，如初便低低驚叫了一聲。

「怎麼了？」他停下手問。

「這裡的公車準時嗎？」如初瞄一眼手機上的時間，苦著臉問。

「還可以。」

「那我的車幾分鐘後就要來了。」

她垮下肩膀，他則忍著笑建議：「妳現在開始往站牌走，應該還來得及。」

「你之後還會再出來演奏嗎？」她期待地望著他。

「不一定，要我事前通知妳？」他掏出手機。

「要！」

兩人迅速交換了號碼，如初笨拙地朝他伸出手，說：「下次見？」

「再見。」

他禮貌地輕輕一握便鬆手，但如初還是被他堅實而冰涼的手指給凍得嚇了一跳。她朝他揮揮手，掉頭便往站牌方向狂奔而去，然而才跑了幾步路，笛聲便自身後響起。不同於上一曲的哀而不傷，這次的曲調輕快活潑，充滿喜悅之意。

公車上人不多，大半位子都空著，如初坐著看了一陣子街景，又取出手機翻了翻，忽然發現剛剛的樂手沒給出姓名，而她也忘了告訴他自己的名字。

有點蠢，但好解決。如初馬上發訊息給他：「我叫應如初。」

十多分鐘後，她收到一行字：「我是蕭練。」

酒店離站牌有一段距離，下車後如初邁著輕快的步伐走進國野驛，赫然發覺昨晚那種凋零的美感變弱了幾分，整個庭園煥發出一股朝氣蓬勃，八成她不在的時候，做過了大掃除。

邊鐘正坐在櫃檯後方舉著平板追劇，如初於是愉快地朝他打招呼：「邊哥晚安。」

邊鐘懶洋洋地放下平板，拉開抽屜。他先將如初的房卡放在檯面上，又摸出一顆鏤空的淡金色小球丟了過來，問：「這玩意兒壞了妳能不能修？」

「呃，我是古物修復師不是機械工程……」如初手忙腳亂地接起小金球，最後一個「師」字還沒說出口，聲音便嘎然而止。

她舉起這顆金屬小球，仔細觀察半晌後抬起眼，以不可思議的語氣問：「邊哥，這顆球從哪裡來的啊？」

這顆球百分之百由手工打造而成，雕工靈動。她之前應徵過的博物館裡，收藏了一顆唐代的鎏金花鳥銀香薰球，形制大小都跟眼前這顆非常相似，雕工還比這顆粗。當然現代的工具更好用，只要匠人肯下功夫，要再精細都有可能，但是、但是……

如初瞪著薰球表面那層淡淡的啞金色，腦子一團混亂。這種光澤絕非電鍍，卻貌似春秋時代流行的鎏金手法，但，誰會如此大費周章仿造，只為打磨出歲月的光華？

「妳管它哪裡來的，跟我說修不修得好就行了。」邊鐘老氣橫秋地回她這麼一句。

抱著滿腹疑惑，如初低下頭完整檢查了一圈，然後告訴邊鐘：「搭扣壞了，有工具跟材料的話，我也許可以修。」

邊鐘不在乎地揮揮手：「雨令裡面工具跟材料一定都有，妳修好再拿回來給我。」

如初將小球捧在手掌心，謹慎地問：「那萬一修不好呢？」

「能用就好，不必修太仔細。妳要連這個都做不來，還是趁早斷了進這行的念頭。」

邊鐘涼涼說完，翻身從櫃子裡摸出無線耳機戴好，翹起二郎腿，一派悠閒自在。如果忽略那一身高中生打扮跟長相，單就側面剪影，還真有一點退休人士享受生活的味道。

如初看看薰球又看看邊鐘，最後一咬牙，答：「那我試試看了，邊哥。」

邊鐘回應了一聲「乖」，如初摸摸鼻子收起薰球，取回房卡，上樓。

隔天她同樣一大早出門，繼續找房子，也繼續一無所獲。就這樣奔波到了黃昏時分，如初來到一個交通不太方便但環境清幽的老社區，遇上正在貼廣告的莊茗。

莊茗比如初大一歲，剪著一頭韓式俏麗短髮，父母在山區經營觀光茶園，為這間三房兩廳的小公寓付了頭期款，莊茗住了半年多，決定找名室友分攤貸款，一眼便相中如初。

兩個女生都愛乾淨，喜歡格子窗簾遠勝碎花布，下廚專挑油煙少的茱式烹煮。談了一個多小時，簽妥租約時兩人已經有些熟絡，莊茗於是提議帶如初到附近走走，熟悉一下生活環境。路上經過小吃街，如初問莊茗有沒有推薦的餐廳。

「走走走，烤肉配啤酒。」莊茗拉著如初，奔向馬路對面的一家戶外燒烤店。

點了滿滿一桌菜，如初喝茶，莊茗喝酒，兩人同時享受晚風。吃到尾聲莊茗已有醉意，用手撐著頭問如初：「妳公司在哪裡？」

如初說出地址，服務生送上甜點。莊茗舔了口冰淇淋，眼神迷濛地說：「老區。好多年前繁華過，後來又沒落，前幾年聽說要重建，不曉得現在怎麼樣了？」

「好多年是多少年？」如初咬著雪糕隨口問。

「我想想看，嗯，太平軍圍城後就不行了，之前可熱鬧著——綢緞莊、銀樓，還有老字號的古董店，叫什麼閣的，奇怪，跟妳公司的名號彷彿有點像，還是我記錯了？」

莊茗用手點著臉頰出神，如初等了一會兒，問：「一百多年前的事，妳爲什麼會知道得那麼清楚？」

「我在市內的歷史博物館工作，地方誌上都有記載。」莊茗對如初舉起啤酒杯，說：「來，乾一杯，敬吾土、吾民、吾鄉。」

她也不等如初舉杯，自行咕嚕咕嚕喝下一大口，說了聲痛快，又朝如初問：「妳男朋友會不會常來看妳？」

「我沒有男朋友。」如初答。

莊茗一愣，晃了晃腦袋又問：「畢業分手？」

這個詞挺有趣的，如初噗哧笑出聲，說：「畢業前就沒有。」

莊茗呆呆看著她的臉半晌，湊近了認眞問：「那妳有沒有考慮過，沒遇到對的人，乾脆一輩子自己一個人過？」

有是有，但話題爲什麼突然轉到這個方向？

如初的疑惑很快就獲得解答。原來莊茗剛跟男朋友分手，雖然似乎並不太傷心，卻對愛情、人生與婚姻起了疑惑。兩個女生吃完飯又走到咖啡店聊了好一會兒才分開。隔天早上，如初拎著行李搬出國野驛，買好清潔用品進公寓洗刷整理，開始簡單布置未來三個月的臨時小窩。

兩天後的早上七點，她穿著跟面試時一模一樣的襯衫長褲，踏著一雙平底鞋，走到站牌前，等待公車帶她到人生的第一個工作崗位，雨令文物保護公司。

3. 第一件任務

公車一路停停走走，最後將如初帶到一塊到處都是工地的新興商業區。她深怕下錯站，坐到一半便守在車門邊等候，等下了車，先做一個深呼吸，再跟三名也做上班族打扮的女生一起穿越馬路，來到一棟十來層樓高的大廈前方。

大廈最高層是一整面的玻璃窗，底下樓層則全是灰磚與窗相間隔，外牆上貼著不顯眼的黑色「廣廈」兩字，整棟建築物乍看之下樸實無華，卻自然而然令人感到安詳。如初只抬頭仰望了一眼，便大步直接走進去，搭電梯來到雨令文物保護公司位於二樓的一般辦公區。

這區的空間規畫呈半開放式，米白色辦公桌椅搭配淺灰色牆壁，風格簡約清新。前臺接待區與茶水區相連，中間放了幾盆高高的嫩綠色竹子盆栽。如初一眼便瞧見杜長風穿了件戰壕式風衣，雙手抱胸，站在盆栽旁邊，五六個人正圍著他做早晨會報。

他看上去比視訊時更年輕，但氣勢只增不減。如初站在牆邊，等到會議結束才上前向他道早安。

杜長風第一時間沒認出她來，想了幾秒才說：「正好，有只瓶子破了需要處理，妳報到完就過來找我。」

來之前杜長風就跟如初提過，公司目前有些青黃不接，等過一陣子聘到資深的修復師，就有人帶她了，在那之前，哪裡缺人她就去哪裡。因此如初也沒多問，就跟著主任特助宋悅然進入半開放式的辦公區，開始辦理報到手續，熟悉環境。

早上十點半，如初回到杜長風面前。杜長風將她從頭到腳打量了一番，拋下一句「跟上」，便自顧自走出辦公室。

杜長風的步伐很大，如初必須疾走才跟得上。兩人進入電梯，上到最頂層的十五樓，再出電梯，一路上誰都沒說話，直到杜長風拿出識別證刷開門，如初跟著踏進修復室，她才張開嘴，發出一聲：「哇！」

整個地方只能用一個字形容，就是「光」。

挑高的玻璃屋頂，三面環繞的玻璃牆，讓這間偌大的修復室看起來更像一間溫室，陽光來自四面八方。每片玻璃都裝有電動開關，可以調整方向，讓修復師能充分掌控光源。

「修復古物，最重要的工具就是光，所以我們特別請了這方面的專家來設計。」

直到杜長風的聲音從後頭響起，如初才發現自己竟已不自覺地向前走了幾步，站在他前方。

如初轉頭，見杜長風神色平靜，彷彿是在講一件再平常不過的事，但這絕不尋常。她在哈佛大學實習時所待過的研究中心，就是採用同樣的概念設計而成，在完工啓用的那日，被盛讚爲「光之奇蹟」。

爲什麼一家小型的私人企業，卻配備了世界頂級的藝術品修復設施？

如初半張著嘴，幾乎就要開口發問，但最後還是安靜地跟在杜長風身後，聽他一邊走一邊解說：「我們將待修物件分成三大類，所以修復室用隔板分成了三個區域，但上頭都相通。」

頭頂的空間的確毫無隔斷，顯得十分寬敞，如初想了想，問：「是爲了要讓空間的運用保有彈性，才故意設計成這樣嗎？」

杜長風贊許地瞧了她一眼，說：「我們這裡呢，偶爾也會進來一些大傢伙……我的意思是，特大件的待修物品。遇上這種情況，就會移動隔板，把空間挪給需要的師父使用。像上個月進了一塊地毯，鋪開來就占掉大半間修復室。」

他說到這裡，兩人正好走到一塊隔板前，板子上掛著「善本、書畫與紡織品修復區」的木牌。杜長風停下腳，轉頭問如初：「來，考考妳，當地毯太大，中間部分手搆不到的時候，該怎麼做修復？」

如初從來沒有修過地毯，她先反問：「不可能踩上去吧？」

「開玩笑，好不容易平安出土的和田地毯還敢踩，不怕碎成了灰？再猜。」

「我不曉得。」面對珍稀古物，如初不喜歡猜。

杜長風微笑，敲了敲門板，說：「搭橋。」

他推開門，一張大大的紅棕色長方形地毯就赫然展現在眼前。

這毯子織得十分講究，外有邊框，四角垂著長長的流蘇，中間則是一圈圈楓葉圖樣，雖然殘破，顏色卻十分絢麗。然而對如初來說，最有趣的並非地毯本身，而是在地毯上方十來公分處，兩座約莫一人寬的竹橋橫亙地毯而過，負責修復的兩位師父就趴在橋上織補破損處。

竟然能想出這種方法，眞聰明！

如初對兩人一鞠躬，說：「前輩好，我是應如初。」

趴在中間那座橋上的大哥年約三十來歲，面貌憨厚，他抬起頭，對如初咧著嘴笑，自我介紹叫徐方。而在右邊那座橋上，一位頭髮花白的老師父慢慢爬了出來，沒有搭理如初，雙腳一落地便對杜長風說：「我去抽根菸。」

「不急。」杜長風指著地毯：「老莊，跟小姑娘說說，她多大歲數了？」

「東漢生的，到今年底滿打滿算一千八百八十五歲。」老莊師父抽出一根菸。

如初愣了一下，望著地毯滿臉不敢置信地問：「都不會褪色嗎？」

「礦植物染，再加上墓室裡密封得好，可惜啊，方子沒傳下來。」老莊師父將菸叼在嘴裡，走出了門。

「好，我們不打擾了。」

杜長風說完也轉身，如初跟在他後面走出去，直到關上門，心裡還是滿滿的震撼。她問杜長風：「他們自己搭的橋？」

「當然不，妳是來修古物，不是來搞建築的，更何況，在這裡每個環節都講究專業。我們請來城裡最好的鷹架師父，搭出來的橋才牢靠。」

原來如此。新工作的第一天才剛開始，如初已經覺得好有收穫。她繼續問：「那萬一想不出這麼好的方法怎麼辦？」

「盡人事，聽天命。」

杜長風以沉穩的態度講出這六個字的時候，他們正好經過另一片隔板，上頭也掛了塊木牌，寫著：「無差別急救中心」。

大學四年，如初參觀過十多間修復室，每間修復室依照所進物品的種類多寡，分類方式都略有不同，但大體來說都先區分成「有機」與「無機」兩大類，底下再細分項目。像這種獨立於有機、無機之外的類別，她還是第一次看到。

「這間是？」如初指著牌子問。

「以後再說。」杜長風大步往前走。

如初又多看了木牌一眼，才跟著進入第三區：「玉石、陶瓷與金屬品修復區」。推開門，首先映入眼簾的是六張兩兩並列的長桌，檔案櫃與置物櫃靠牆放，她的名牌赫然已貼在其中一個櫃子上。

杜長風走到桌前，轉向如初，慎重地開口：「修復室守則第一條，也是最重要的一條——別亂動。」

如初微笑，心想她絕不會犯如此基本的錯誤，便又聽到杜長風說：「這裡要整頓的東西太多，歲數跨了幾千年，脾氣也各自不同，所以妳無論是修復、檢查，或者只是看到東西髒了想撣撣灰，都先問過我再說，懂不懂？」

「懂。」如初朗聲回。

杜長風審慎地看著她，又說：「第二條：平心靜氣，有始有終。」

這八個字的前半段她懂，可是後半段……

「什麼是始，什麼是終？」如初問。

「每個人都不一樣，這是妳對工作的態度，自己琢磨。」

杜長風沒給她問下去的機會，又說：「第三條比較囉嗦，妳聽好了。都說修復師是古物醫生，這醫病之間，關係最好清清楚楚，千萬別讓個人偏好、情緒影響到診斷治療，做得到嗎？」

如初感覺這一條最簡單，她用力點頭，答：「一定。」

「那好，自己講過的話自己要記住。現在，上工。」

杜長風說完便轉過身，如初跟著他，走近長桌。

前兩排的儀器如初大多都熟悉，有考古專用的金相顯微鏡，也有專爲出土銅器清除汙垢的噴沙打磨機等等。她才覺得有些把握，杜長風就繞過前兩桌，直接走向第三桌。

這張桌子上沒有儀器，卻在中央處擺了一只將近八十公分高的月白色梅瓶。瓶子的造型端莊挺秀，通體素雅無花，釉色更是清亮醇厚，只可惜肚子處破了一個大洞，而在瓶子左端，整整齊齊排列了二三十塊同樣顏色的碎瓷片。

難道，她的第一項任務會是修瓷瓶？

如初經手過的瓷器不多，頓時有點緊張。杜長風走到桌旁，指著瓷瓶說：「來，妳說說，看到了什麼？」

如初硬著頭皮走上前，仔細觀察，眼睛越睜越大。幾分鐘後，她望向杜長風，帶著不可思議的語氣，兩個字一組，結結巴巴地說：「宋瓷……無紋……汝窯？」

宋代五大名瓷之首，中國製瓷史上的登峰造極之作？

她一定看錯了！

然而杜長風卻對她點點頭，說：「雨過天青雲破處，這般顏色做將來。」

「但、這、不可能啊！」如初脫口而出。

「哦？」杜長風語氣平平，神色意味不明。

「它太高了。」如初自以爲抓到一絲線索，指著瓷瓶又解釋：「現今存世的汝瓷幾乎沒有超過三十公分的，因此收藏界才有『汝窯無大器』的說法……」

她講不下去了。在陽光映射之下，梅瓶隱隱閃出含蓄溫潤的微光，顏色青中偏藍，就像一汪清澈的湖水般鮮活異常。如初看過仿品，還是乾隆皇帝傾全國之力仿製的瓷器，都沒能仿造出這一抹微光。

「別看了，我先問妳，現今存世的汝窯有幾件？」杜長風開口問。

「不到百件。」如初喃喃。

「當年汝窯開窯二十餘年，總共又燒出了幾件？」

這個數據史書上沒寫，如初在心裡算了算，發覺就算一天只燒一件，二十多年下來，也該燒出近萬件瓷器。更何況汝窯是北宋皇家燒制御用瓷器的官窯，規模不可能太小，這麼推算下來……

「幾萬件、幾十萬件？」她問。

「破百萬。」杜長風頓了頓，再問：「妳認爲，妳可以用數量不到一百的倖存者，推測當年那百萬來件瓷器的高矮胖瘦、品性模樣？」

「不可以。」如初毫不猶豫地回答。

「那就得了。」杜長風正色說：「記住，永遠別用自以爲是來衡量古物。」

如初規規矩矩答了聲「了解」，杜長風開始交代事項：她需要先針對梅瓶做研究，心裡有底了再開始清洗，接著整理記錄每塊瓷片，做成檔案以供修復時參考使用。

這些全是磨耐性的基本功，如初一項一項做筆記，再把記下來的工作項目給杜長風過目，確定沒有任何疏漏。等這些都結束了，她綁起頭髮，打開櫃子取出工作服，感覺自己充滿鬥志，蓄勢待發。

杜長風舉腳往外走，幾步路之後又回過頭對她說：「雨令不收贗品，這是原則問題，沒得商量。」

「我，沒有那個意思……」如初頓時兩頰發紅。

個數。」

「不怪妳。」杜長風擺了擺手：「但妳既然進來了，這是塊什麼樣的地方，心裡總得有

說完他就走了出去。如初再度望向古樸典雅的梅瓶，忽然注意到碎瓷片的邊緣處不但毫無泥沙，有些還十分鋒利，像是才剛摔破。

誰那麼粗心大意，真可惡。

她搖搖頭，坐下來，拿起顯微鏡，開始研究釉色下寥若晨星的稀疏氣泡。

4. 敵意

上班第一天的中午，如初從宋悅然手中接過公司識別證，來到位於地下一樓的員工餐廳，準備取菜用餐。

餐廳不大，坐了大約七成滿，早上在二樓打過照面的同事有人還記得她，招手叫她過來坐。如初於是在一張長條桌的角落坐下，聽大家七嘴八舌討論熱門電影與影集，商量著長假該怎麼玩。

這家公司眞的很年輕，同事大多都在二三十歲之間，青春、活力、急著發表意見。如初坐下來沒多久，右手邊的男生便開始滔滔不絕，講述古玩市場越來越發達了，而且國際化，他打算先在國內累積兩年資歷，之後且戰且走……

「妳呢，爲什麼進這行？」講到末了，他這麼問如初。

「沒想過做別的。」如初誠實回答。

對方似乎無法理解這個答案，看她的眼神有些迷惑。如初不覺得有必要解釋，只微微一笑，垂下眼慢慢吃飯，然而吃沒兩口，宋悅然便用手肘捅捅她，低聲說：「福利進場。」

如初舉頭張望，只見兩名三十歲左右的男子正跨進餐廳。這兩人的身材都十分高挑，一位穿了套英倫風的米灰色細格西裝，戴著細框眼鏡，一副職場精英模樣。另一位頭髮略長，隨意地在後腦杓紮了根小辮子，身上以黃黑撞色混搭出雅痞味道，乍看之下比模特兒還時髦。

「戴眼鏡的是鑑定組組長殷含光，旁邊是他弟弟殷承影，專長是鑑定唐宋字畫，帥吧？」悅然靠近如初這麼問。

他們的確耀眼，如初點點頭，悅然又得意地說：「告訴妳，上班上到累得像條狗的時候，身邊忽然經過一個帥哥，最紓壓不過，以後妳就知道了。」

如初想像那景況，忍不住笑出聲，答：「難怪是福利。」

又過了一會兒，殷含光與殷承影端著餐盤朝他們走過來。殷含光只停下腳步跟大家打了聲招呼，便坐到鄰桌。殷承影比較健談，人緣又極佳，好幾個人搶著跟他說話，他一一回應之後忽然轉向如初，問：「修復室的新人？」

「對。」

如初沒想到自己居然會被點到名，忙答：「是，您好，我是應如初。」

殷承影瞇起一雙桃花眼，再問：「妳家做古兵器修復？」

「什麼名號？」

「不忘齋。」

「不忘初心，方得始終？」

這還是頭一次有人聽到「不忘齋」三個字就點破出處，如初眼睛一亮，正要回應，就見殷承影偏了偏頭，說：「沒聽過。」

有幾個女生當場就笑出聲，如初坐得筆直，答：「我們家的工作室很小。」

「開多久了？」

「二十幾年。」如初頓了頓，索性又解釋：「本來是鎮上的打鐵鋪子，我爸接手之後才轉型的。」

她不曉得殷承影爲什麼要刨根究底問下去，但是她以「不忘齋」爲榮，沒什麼不能對人說的。

剛才笑出來的幾個女生聽到「打鐵鋪子」四個字，眼底的嘲弄意味更濃了，但殷承影反而沒有。他對她一欠身，充滿紳士風度地說：「原來如此，請繼續努力。」

這個轉折太過戲劇化，如初噎了一下，喃喃說：「謝謝前輩。」

殷承影端著餐盤離開了。宋悅然轉向如初，說：「他沒特別針對妳，只是隨便問問。」

話雖如此，悅然看她的眼神卻充滿同情。如初想了一下，答：「我也這麼覺得。」

殷承影當然是故意的，但如初並未從他身上感受到任何惡意。他只是好奇，對她非常好奇……爲什麼呢？

雖然中間有些不和諧的雜音，但大體來說，這頓午餐的氛圍尚稱友善。如初吃完站起身，轉頭便見到修地毯的兩位師父拿著飲料經過，徐方衝著她笑了笑，老莊師父卻目不斜視，完全當做沒看到她。

天生氣場不合？如初頓了一下腳步，又繼續往前走。

第二天，她搬出專業的超音波洗牙機來清洗碎瓷片，爲了接去離子水在修復室走進走出，好幾次碰到老莊師父。他打量她的眼神透著評估，擺明了不信任。如初感覺抓到了線索，決心用時間證明實力，反正她身爲最菜的菜鳥，被前輩懷疑不夠資格也是正常，她會盡到禮貌，完全不期待在短期間扭轉偏見。

第三天中午，餐廳裡人滿爲患。如初到處找位子時看見悅然向她招手，於是趕緊走了過去。靠近之後才發現老莊師父與徐方就在同一桌，大家餐盤上的菜都還沒動，顯然才剛坐下來。

眞的要找，也一定還有其他空位，但這樣就太明顯了。如初在心底嘆了口氣，面對著老莊師父坐下來，邊吃邊聽悅然東扯西拉。

經過了這兩天的觀察，她覺得悅然乍看之下大剌剌的，但其實做事很仔細，也挺有分寸，就是比較愛八卦。

她才這麼想，悅然就抬起頭，雙眼炯炯有神地問徐方：「欸，後來警察找到你那個失蹤的學妹沒有？」

「還沒，連我都拉去做筆錄了，啥都沒查出來。」答話的是老莊師父，語氣裡帶著滿滿的恨鐵不成鋼。

氣氛頓時變得有些尷尬，如初垂下眼假裝專心吃飯，但豎起了耳朵，幾分鐘之後，她聽懂了。

原來，徐方的學妹在市區內一間博物館工作，前些日子有人深夜闖入館區內的庫房，破壞了精密的安全系統，幸虧警衛即時趕到，並無任何損失。

因爲博物館外圍的警報器並未受損，經過調查，警方懷疑是內賊所爲。調出監視器記錄後發現，當晚最後一個進入庫房的人便是這位學妹，偏偏她在事發後就消失得無影無蹤，於是警方開始清查學妹的生活圈，徐方首當其衝。

「警察什麼證據都沒有，我一直跟他們說，我學妹很單純，查她沒用，要查就查那些專門走私古物的犯罪集團，但是根本沒人理我……」

徐方講得義憤塡膺，老莊師父放下筷子，搖搖頭說：「守不住寂寞。」

他取過茶杯喝了一口，面向如初，又說：「我修一輩子古物，從來不玩古物，連文物市場都沒踏進去過。人哪，私心一來，哪怕只有一點點，日積月累，就回不去了。」

雖然他態度有點兇，但這論調太耳熟。如初嗯了一聲，忍不住說：「我以爲這是行規？」

「那是。以前我師父老是跟我們說，要守規矩，無規矩不成方圓，現在慢慢也沒人提了……」

老莊師父講起舊事就像是打開了水龍頭，沒完沒了。那頓午餐，悅然吃到最後用手撐住頭，一臉無聊，如初倒是聽得興味盎然，像在聽上個世紀的古老傳說。下午，當她又在修復室與老莊師父碰面時，可以感覺得出來，老莊的態度起了變化，還不到友善，但起碼不會再給臉色看。

旁人的態度只要不構成干擾，如初一向不在乎，她將心思全數放在工作，花了三天時間清洗完全部的碎瓷片，杜長風檢查過表示滿意，於是修復正式進入下一階段，需要根據瓷片的形狀、紋飾和顏色進行試拼編排，行話叫「拼對」。

這個階段最折騰人。瓶身沒有花紋，如初於是先記錄下每塊碎片的厚薄、弧度與形狀，再試著依照這些特徵進行拼對。

她十分努力，然而工作進展得並不順利，往往好不容易把幾塊碎瓷片拼接在一起，轉個角度看卻發現不對勁，只能打散了重新來過。

到了禮拜五中午，如初終於拼好了一片比巴掌略小的區域，還正在桌子旁邊繞來繞去、嘗試從不同方位觀察的時候，老莊師父敲了敲門，探頭進來，板著臉說：「去吃飯，心急修不了古物。」

如初愣了一下，低頭看看擺在桌上的手機：「一點了？」

「可不是，我們都吃完上來了。餐廳半小時後關門，妳再不下去，飯就沒得吃了。」

老莊師父說的沒錯，如初進到餐廳的時候，菜只剩下三五樣，人也不多了，十來個人稀稀落落四散而坐。

她匆匆取了菜，剛結完帳，手機噹一聲響起。如初找了張最近的桌子放下餐盤，還來不及就座便抽出手機，發現蕭練傳來了兩則訊息，第一則寫著：「週末，同樣時間，同樣地點，曲目未定。」

第二則訊息：「無需零錢。」

看到這裡如初笑出聲，目光不經意往上移，一眼瞥見斜前方有個人背對她而坐，正收起手機。

那人穿著墨黑的牛仔褲，深藍色丹寧襯衫，袖子捲到手肘，肩膀很寬，側臉線條流暢，鼻梁又挺又直，像尊雕塑般稜角俊朗，跟印象中的他一模一樣。

太巧了，不可能吧？

理智雖然這麼說，心臟卻不受控制，乒乒乓乓，劇烈跳動。

如初捧起餐盤，朝他慢慢走去。她自認腳步聲不重，對方卻似乎察覺到了什麼，也在此時回頭。

兩人視線相撞，她不由自主地綻開笑容，說：「嗨，真的是你。」

「……應如初。」

蕭練顯然跟她一樣驚訝，卻絕對沒那麼高興見到她。他的眼神冰冷，瞳孔深處似乎有抹藍光一閃而過，不過他隨即垂下眼，不再看她。

如初愣了愣，覺得自己一定看錯了，更覺得蕭練可能誤會什麼了。她急急走上前兩步，舉起掛在胸前的識別證，解釋：「我是雨令新來的助理修復師……呃，我們同一家公司？」

到現在她才後知後覺地看到，蕭練胸前也掛著雨令的識別證，上面的頭銜是「鑑定師」。

一個模糊的印象閃過腦海，如初帶著點興奮再問：「請問，視訊面試的時候，跟我講話的鑑定師就是你嗎？」

「是我。」蕭練目光落到對面的空位，不帶一絲情緒地說：「請坐。」

情況不太對勁，如初不知所措地坐了下來，完全不懂事情怎麼會變成這樣。

蕭練依舊不看她。事實上，從她走過來到現在，他們就只對望過短短幾秒，之後他便一直掉開頭或半垂著眼簾，好像看到她會令他很不舒服似的。

他的桌前沒有餐盤，只放了一杯茶，也許蕭練想獨處，而她打擾了人家？

如初舉起筷子又放下，不安地解釋：「我只是正好看到，過來打個招呼，如果你喜歡一個人坐，我可以坐去別桌——」

「不需要。」蕭練截斷她的話，目光盯著茶杯，低聲說：「我只是沒料到……」

他說到一半就打住，如初等了片刻，見蕭練沒有把話說完的意思，於是重新拿起筷子，緊張地說：「那、我先開動了。」

「慢用。」蕭練皺了皺眉，心不在焉地回應。

如初伸出筷子夾菜，中途卻又忍不住偷偷瞄了蕭練一眼。這一分心，手偏了偏，不巧正好撞到擺在餐盤上的紙杯。眼看著整杯綠茶即將統統潑在飯菜上，電光火石間，蕭練伸出手，扶住了杯子。

「謝謝……」

「謝」字才出口，兩人的視線再度對上。這一回，如初清楚地看見蕭練純黑色的瞳孔中，跳動著兩簇淡青色的火燄。

她不由得倒抽一口冷氣，下一秒，蕭練倏地站起身，推開椅子，轉身大步離去。

如初整個人僵在椅子上，腦筋一片空白，幾分鐘之後才回過神來。

剛剛是怎麼回事？他爲什麼突然離開？

腦中一下子冒出許多問號，但如初更在意的是，蕭練離去時的臉色很不好，他雙手握拳，雙臂肌肉緊繃，像是在忍耐著極大的痛苦一樣。

身體不舒服嗎？

只猶豫了幾秒，如初便抽出手機，發訊息給蕭練：「你怎麼了，還好嗎？」

蕭練沒有回答。午休時間即將結束，她匆匆將飯菜塞進胃裡，便回到修復室繼續埋頭工作。

今天彷彿註定了一事無成。下午杜主任在修復室逗留了一個多小時，大多時間拿著手機收發訊息，三不五時會過來檢查她的進度，視線偶爾也落在她身上。這種老闆就在妳身後盯著、工作卻始終沒有進展的情況，讓如初感覺壓力特別大，整個人都心浮氣躁。

她比正常時間晚了半小時才下班，等了好一會兒都沒等到電梯，索性走樓梯下去。走著走著沮喪感一路在體內擴散，不知道從那一刻起，居然忘了看樓層，只顧著低頭往下走，等走到樓梯的盡頭，才猛然發現自己已經來到位於地下二樓的停車場。

不如意的事太多，她有點麻木了。如初搖搖頭，拖著腳步就要沿原路爬回去，忽然間，一個驚訝的聲音從外頭傳進樓梯間。

「傳承者，剛進公司的那個小姑娘？」

這是殷承影的聲音。如初不清楚公司今年進了幾個新人，腳步卻不禁一頓。緊接著，蕭練無可奈何的聲音響起：「是她。」

「怎麼可能，我之前看她挺正常的。」承影嘟囔一句，又問：「你還行？」

「今天中午我在她對面坐了五分鐘，差點失控。」蕭練頓了頓，鬱悶地說：「根本沒辦法處在同一個空間裡頭。」

他們一定在討論她。如初用力握緊欄杆扶手，拚命壓抑住想要跑出去問個清楚的衝動。虧她還擔心了一整個下午，以爲他生病或出了什麼事，原來，竟是沒辦法跟她相處？

隔著一扇牆，對話還在繼續，承影有點苦惱地說：「這就麻煩了。不過她才剛開始，也不知道未來會成長到哪個階段，要不我跟杜哥討論看看，先請她走，免得留在公司容易出狀況？」

他們要趕她離開公司？

如初一驚，緊接著，蕭練的聲音又傳了過來：「我會處理，你不用管。」

「你能怎麼處理？」承影問。

「今晚先回老家一趟，不行大不了我離職，就這樣。」

「入鞘？也對，我忘了還有這招，那你努力吧。」殷承影同情地拍了拍蕭練的肩膀。

蕭練唔了一聲，低聲又說：「先別告訴大哥。」

「這有什麼好瞞的？他遲早要知道。」

「他一定主張趕人，我不希望……」

人聲與腳步聲逐漸遠去，蕭練之後又講些什麼，如初已聽不清楚了。她留在原地，胸口不斷起伏，不知不覺中握緊了拳頭。

爲什麼？只不過見了兩次面而已，怎麼就弄到不是她走，就是他離職的情況？

她到底是說了還是做了什麼，才導致蕭練如此厭惡她？

胸口極悶，眼睛也酸澀得難受，但她絕不會因爲這一點小事就哭泣，絕不。

從明天起，如果他們敢來針對她，她也會力爭到底；如果只是無法相處，那，她會主動避開他。

心底斷然做出決定後，如初仰起頭，重重踩著階梯，一層一層往上爬。

5. 轉變

修復古物的過程一如修心，容許慢，卻絕不容許出錯。因此這一行有許多禁忌：光線不對、心境不對、情緒太過激動，都得停下手別幹活，怕的就是一個失誤，再也無法回頭。

在餐廳遇到蕭練的隔天早上，如初雖然準時抵達修復室，卻自知不在狀況內，她索性跑到隔壁，蹲在大地毯邊看兩位同事搭檔工作。徐方把拆下來的斷線一條條理順了，按色澤與粗細分類排放。老莊師父則捻著一根細如髮絲的舊線修補，神情專注，動作比呵護嬰兒更加輕柔，補了老半天也只完成一條線，而身下千絲萬縷，猶如無盡的等候。

可以的，她也做得到。

踏著平穩的腳步回到自己的修復室，如初戴上手套，開始拼碎瓷。拼著拼著，整個人逐漸沉浸在溫潤的釉色裡，暫時脫離了現實世界，就在某一刻，她突然驚覺，眼底下的瓷片似乎起了一點變化。

瓷器在入窯燒製時，因爲地心引力的關係，釉粉總會略微沉澱，因此顏色越到底部越顯得厚重，這只梅瓶也不例外。只不過，如此細微的色差純靠肉眼根本無法分辨，但此時此刻，她看出來了。

陽光特別好的緣故？

她仰頭看看玻璃天窗，決定抓緊時間多拼幾片。

有了色差當指標，拼對工作的難度大爲降低。杜長風在傍晚踏進修復室，看到進度後對如初比了個大拇指，如初開心地笑出聲，暗自祈禱明天陽光燦爛依舊。

這天，她一整天都沒見到蕭練，其他人對待她的態度則一如往常。如初在鬆了口氣的同時，卻又有些悵惘。

再隔天，陰雨綿綿，如初到公司後看見老莊師父已經歇了手，正翹著二郎腿在讀資料。她嘆口氣，進入自己的修復室，才打開燈，就瞄見碎瓷片的色差居然比昨天更加顯著。

與陽光無關，是什麼造成了改變？

她拼了一整天，成績斐然，心裡卻有些不踏實。下班回到公寓時，莊茗正在沙發上吃烤肉看電視，如初坐進她身旁，舉起手遮住左眼，望向電視底下的字幕。

「妳眼睛怎麼啦？」莊茗問。

「視力怪怪的。」如初放下左手，改舉右手。

「還好吧？」莊茗不看電視改看如初。

「好像……正常。」如初放下手，神色茫然。

她的左右眼視力都是0.8，平常用單眼看字幕會有點模糊，剛剛試了，跟之前也沒有任何不同。她繼續矇上一隻眼，看窗外招牌、看牆上月曆，到處亂看。

莊茗看不下去了，抓起茶几上的手機滑了兩下，說：「市區有個眼科醫生，我從小看到大，檢查得很仔細，就是人囉嗦了點……我給妳他的地址電話。」

「好，謝謝。」如初矇著一隻眼看室友。

「別，怪滲人的。」莊茗拉下她的手，又交代：「記得禮拜五晚上吃火鍋啊。」

「啊，差點忘掉，我剛剛經過雜貨店，順手買了這個，妳會不會煮？」

如初從背包裡翻出一個塑膠袋，兩個女生開始研究該怎麼煮桂花酸梅湯，視力的問題頓時被拋在腦後。

之後，如初還是抽空去檢查了眼睛。醫生看不到十分鐘，便指出她因爲工作緣故用眼過度，導致眼睛有點乾，但不嚴重。他會開一瓶人工淚液，但最重要的還是少看電腦螢幕，保持睡眠充足，多吃富含維生素A、C、E的食物，同時醫生有個姪子還沒結婚，可以認識一下，假日結伴出去走走有助於放鬆心情鍛鍊體能，番茄多吃、拉筋治百病、穴道按摩……

爲什麼一個大叔可以比三姑六婆還多話？

走出醫院時，這是如初心裡最大的疑惑。至於視力，既然醫生都說眼睛沒問題了，她也就當作一切正常。

到了約好吃火鍋的那天，大塊的瓷片已經拼得差不多，剩下的碎瓷片表面積都太小，絕無可能用色差來辨別，因此進度又慢了下來，不過能做到這樣，如初已相當心滿意足。她將還沒找到正確位置的小瓷片打散，重新平鋪在桌面上，欣賞那一片青中帶藍的粼粼波光。突然間，有一塊拇指大小的瓷片，光芒緩緩增強。

屏住呼吸，如初抓起那塊瓷片，走到拼好的區塊旁，轉了個角度，接上去——完美！

杜長風原本坐在隔壁桌滑手機，聽到動靜走了過來，低頭檢查。

在如初眼中，那塊小瓷片的光芒明顯與其他瓷片不同，但顯然杜長風看不出異樣，他看了半晌，只說：「進度比我預期的要快一點。」

如初吞了吞口水，問：「沒什麼不對勁的地方嗎？」

「挺好的……喔，對了，妳也注意一下身體，別累著。」

杜長風說完便走出修復室，如初目送他離開，再回頭，小瓷片已經恢復成原本的模樣。她遲疑地伸出手指，輕輕戳了一下，小瓷片動都不動，彷彿剛才的一切都只是幻象。

這不可能，她絕對沒看錯。

如初將電腦椅往後拉了半公尺，雙手抓緊椅子邊緣，瞪住碎瓷片不放。

一分鐘過去、兩分鐘過去、三分鐘過去……直到她瞪得眼睛都酸了，也不曾再有任何瓷片發生任何變化。她只好將椅子拉回去，認命地用小鑷子夾起一片碎瓷，慢慢轉著，尋找方向。

異象並未再度出現，如初又拼了幾片，正猶豫著要不要找人來討論這事，手機鈴聲響起。莊茗來電，說她弟弟莊嘉木今晚要開車過來一起吃火鍋，途中會經過雨令，可以順便載如初回家。

「謝謝，不過妳弟的學校在城的另外一邊，拐過來不會繞一大圈嗎？」如初問。

莊茗的弟弟是個學霸，頂級大學的物理專業，剛升大四。姐弟兩人感情很好，如初常聽莊茗聊起嘉木，聽久了基本資料都記住了。

「他今天沒進學校，跑去博物館幫忙測量什麼古物周圍的信息場……噯，我進電梯，不聊了，等會兒見。」

電話忽地中斷，如初對著手機發了一陣子呆，總覺得好像遺漏了什麼，但實在想不起來，最後只能轉回頭繼續工作。

下午五點半，她準時下班，才踏出電梯，一名二十出頭、俊秀挺拔的男生便攔下她問：「應如初？」

「我就是。你是莊嘉木？」

對方微笑，臉頰泛起了兩個小酒窩，伸出手，說：「久仰，幸會。」

莊嘉木整個人充滿活力，像山裡的空氣般清新舒坦。如初一邊伸出手跟他相握，一邊說：「是我久仰你才對吧，莊茗常常跟我提到你。」

「眞的，她都講我什麼？」莊嘉木一副很感興趣的模樣。

莊茗雖然頗以弟弟爲榮，聊起來卻沒少吐槽，如初輕咳一聲，慢慢地說：「聰明、念書過目不忘、皮厚耐操……」

最後一項有點微妙，她眨了眨眼睛，望向嘉木。他不在乎地哈了一聲，說：「其實呢，我最大的優點我姐從來沒把握到，那就是遵守交通規則。」

如初一下子不知道該怎麼接話，嘉木抓抓頭，問：「這笑話好像有點冷？但我只是要跟妳說，妳公司附近雖然有很多空地，我卻把車子停在很遠的停車場。所以現在問題來了，妳要一起走過去，還是留在這裡等我來接妳就好？」

笑話的確有點冷，但他整個人卻很暖。如初微笑，舉起右腳，亮出小牛皮做的芭蕾平底鞋，答：「我的鞋子都很適合走路。」

「OK，Go！」嘉木舉起手，指向前方。

他這誇張的動作惹來如初一陣笑，然而跨出大廳之後，嘉木卻回頭看了一眼，然後低聲告訴她：「妳們公司的警衛是個武術高手。」

「你怎麼看出來的啊？」如初不太信。

「看動作。他腳底穩，腳踝卻很活，走路不是舉腳跨步子，而是腳尖先往前探，找著了地面再把身體勾過來。」

嘉木抬腿，邊說邊示範：「這種走法可以讓重心只在一條水平線移動，被突襲了可以更快反擊回去。」

如初的運動神經一向很差，看不出重心怎麼挪移，倒看出來原本文文秀秀的莊嘉木，行進間忽地英姿颯爽。她哇了一聲，問：「好厲害，你學過功夫？」

「呃，這只是基本功，我一點都不厲害，比妳們的警衛大叔差遠了。」

對上她水汪汪的大眼睛，嘉木耳根微微泛紅，趕緊移開對視的目光，若無其事地又解釋：「我小時候身體不好，跟著鄰居家的老師父練了幾年拳法，健身而已，中間還荒廢過幾年，上了大學才重新撿起來。」

如初沒注意到他的神色變化，只一心想著練拳可以健身，於是又問：「那我可以跟你，不對，跟莊茗學拳嗎？」

她說得理所當然，孰料，嘉木眼神飄了飄，答：「我姐小時候身體太好，被送去學鋼琴。」

如初茫然：「沒聽莊茗提過啊。」公寓裡沒有譜，也沒有琴。

「黑歷史，學了兩個月還不會彈小星星，老師後來把學費退了回來，請她回家……別跟她說是我說的！」

「哈哈哈，沒問題，等下就出賣你！」如初縱聲大笑，所有煩悶憂傷，都在這個涼風習習的傍晚被拋諸腦後。

他們聊得太過興奮，經過停車場居然視而不見，走過兩條街才發現，趕快轉身，邊笑邊往回跑。

回到住處後，氣氛更加令人放鬆。嘉木特別買了博物館附近有名的魚頭火鍋當湯底，乳白色的湯汁在鍋裡沸騰，加入蔥薑、紫蘇跟辣椒，不要幾分鐘，魚香便撲鼻而來。三人在客廳茶几上的電磁爐前坐定，舉起自製的桂花酸梅湯，慶賀大功告成，開吃！

火鍋裡有道地的滷水豆腐，小火慢燉，將魚肉的細嫩鮮美完全吸收，咬下去滿口汁，再加上煮到快化的大白菜，跟爽口彈牙的手打丸子，非常有療癒效果。如初埋頭猛吃，莊茗邊吃邊玩手機，莊嘉木則是吃了幾口就優哉游哉打開電視，看球賽重播。

就在中場哨聲響起的剎那，嘉木的手機也跟著鈴聲大作，他接起來聽了幾句，然後說：「好，我馬上過去。」

掛斷電話，嘉木對莊茗解釋：「博物館那邊出了點事，我得趕緊去一趟。」

「博物館」跟「出事」連在一起，頓時讓如初想起徐方學妹的失蹤案。她慢慢放下碗，望向嘉木，同一時間，莊茗也開口問：「什麼事啊？」

「搶匪闖了進去，打傷兩名警衛——」

「那你還過去！」莊茗啪一聲放下手機，瞪著弟弟，氣勢洶洶。

嘉木舉雙手做投降狀，說：「搶匪早跑了，警方也結束搜證工作。我就過去幫研究中心的博士後清點儀器，看摔壞了哪些，好跟學校報備。」

「這樣啊，那你去吧。」莊茗沒那麼緊張了，但轉而一臉懷疑地又說：「這博物館怎麼老出事？前幾天才鬧內賊，接著又是搶匪——噯，會不會根本就是一起的？一個先踩線，破壞安全系統，方便同夥進去搜刮？」

「可能嗎？」如初忍不住問。

「妳別聽我姐的，她從小立志寫小說。」

莊嘉木走到門邊穿鞋，如初覺得現在不是幫徐方打聽消息的時候，於是只鄭重對他說：「那你自己小心。」

「沒事，該搶的早搶跑了，我又不值錢，沒人要。」嘉木對如初笑笑，酒窩又浮現在兩頰：「下次再聚？」

他的笑容乾淨純粹，讓人看了心情就不自覺變好。如初一口答應，又問：「下次換酸菜白肉鍋好不好？我會做肉丸子，我媽的秘方，保證好吃。」

嘉木大笑，連說想不到她還會做菜，莊茗則在如初臉上捏了捏，喲了一聲說：「這麼賢慧，之前怎麼都沒想到做給我吃？」

兩個女生隨即嘻嘻哈哈鬧成一團，嘉木關上門，迅速離開。

上車後他按鍵回撥，對方接起，聊了幾句後嘉木問：「David，博物館那邊的損失情況怎麼樣？」

「不嚴重，只丟了一把斷成兩截的古劍，不過教授現在對這把劍產生高度興趣，一直催我們去收集資料。」

「劍都沒了要怎麼收集資料？」

「查以前的紀錄吧。館內存了幾張檔案照，我先傳給你，回頭再聊。」

雙方都掛了電話，再過幾分鐘，嘉木的手機收到來自「信息場研究中心　周思遠」的數張照片，從正面側面等各種角度，拍攝一把斷成兩截的古劍。

古劍的劍身平直端正，分八面研磨，劍首與劍柄等部位均用上好的羊脂白玉雕琢而成，在劍格處則以小篆刻著「八服」兩字。劍璏上刻有在雲中半隱半現的龍螭紋，但裝飾劍鞘尾端的劍珌卻不見了。

倘若如初看到這張照片，必然可以認得出來，這是一柄玉具劍，是漢劍中最隆重高貴、佩帶者用以彰顯身分的劍種。

根據宋代最大類書《太平御覽》兵部的記載：「武帝徹在位五十四年，以元光五年乙巳鑄八劍，各長三尺六寸，銘曰『八服』，小篆書，凡五嶽皆埋之。」

6. 意外

時光在不知不覺中流逝，轉眼間，如初已經來到四方市一個月了。她將全付心力都放在工作上，哪裡也沒去逛，反而更快融入，逐漸習慣了大家天南地北的口音，豆花裡除了紅豆、綠豆還可以放玉米粒，銀杏的葉子正慢慢變色，將整座城染出一片金黃。

只要不去想他，心就會很靜，世界十分安詳。

週四下午四點半，如初站在拼好的碎瓷片旁，等待杜長風做最後檢驗。

數十塊瓷片全部貼上編號，整齊排列在桌上。每塊瓷片都附了一張「履歷表」，上頭詳細註明重量、大小、相對應位置等資訊，還附上從不同角度拍攝的照片。杜長風繞著桌子打量一圈，滿意地點點頭，在表單上簽下名，遞給如初，交代說：

「妳去十三樓找產品部的夏經理，告訴她這單我驗過了，沒問題，請她簽個字回給我，任務就算告一段落。」

「十三樓？」如初下意識反問。

她的語氣太過驚訝，杜長風多看了她一眼，才答：「公司的作業流程，每修一回合都得去夏經理那裡備案，報到的時候悅然沒跟妳解釋過？」

「講過。」發現自己有點失態，如初趕緊降低聲音。

但悅然的說法是，公司其他高層與鑑定師的辦公室都位於十三樓，而彼時她尚不知道蕭練就在這家公司當鑑定師，即使知道了，也沒法想像他會對自己抱持如此大的敵意。

杜長風對如初的心理活動一無所知，他將表單遞給如初，說：「那就得了。十三樓的咖啡不錯，妳幫我帶一杯回來，杯子就在我櫃子裡頭。」

說完，他掏了掏口袋，丟下一小支鑰匙，瀟灑地揚長而去。幾分鐘後，如初左手抱著文件，右手拎著一個特大號保溫鋼杯，走進電梯。

十三樓很快就到，然而如初一踏出電梯，便立刻打了個哆嗦。

這層樓的空調開得特別強，又冷又乾燥，簡直跟存放古董的庫房沒兩樣。她摸摸手臂，邁開腳步，踩在光可鑑人的黑色大理石地板，走到前臺。

坐前臺的是一名約莫二十出頭的女子，穿著一身如同剛從同人場裡走出來的漢服，一頭長髮又黑又直，眼睛特別亮，如初一迎上她的雙眼，馬上想起以前課本裡寫的賣唱女，眼睛如寶珠，也似白水銀裡頭養著的兩丸黑水銀。

她用寒如秋水的眼睛掃了如初一下，臉上突然綻放出甜美的笑容，站起身，伸出手，嗲嗲地開口：「新來的小師父對不對？我是鏡重環。」

雖然不懂「小師父」這個頭銜怎麼來的，如初還是伸出手，自我介紹：「妳好，我是應如初，要找夏經理。」

鏡重環的小手比十三樓的空氣還涼，人倒挺熱心。她先用對講機通知夏經理，接著打開簽名簿，教如初填上員工證號碼，順便告訴如初每個人辦公室的位置：

「鼎姐，就是夏經理，在進門左手邊第一間，含光在她隔壁，承影在含光對面，蕭練在最裡頭那間……咦，這杯子跟杜老的好像，妳也愛喝咖啡？」

如初還沒來得及搖頭，鏡重環又歡樂地說：「這樣以後每天來啊，反正我很閒，可以幫妳煮。」

這還是如初進公司以來，第一次聽同事表示太閒沒事做，她不曉得該如何應對，只能尷尬地笑笑。重環收起簽名簿，又興致勃勃地問：「聽說妳很會做手工皀？」

如初的確會做，但她感覺有必要解釋清楚：「我做皀都是爲了清洗古物，怕含離子的洗劑會對銅器鐵器造成損傷——」

「太好了，妳之後會繼續做嗎？」

重環迫不及待打斷她，眼神充滿期待，如初才剛點頭，就聽重環說：「有些手工皀可以做到幾乎中性，泡沫不多，洗感超好……我有點潔癖，肥皀的品質很重要，妳知道的嘛。」

主題是肥皀，但鏡重環卻越講越嬌羞。如初一頭霧水，但爲避免對方誤會，還是努力解釋：「我做的算家事皀，不能洗臉或沐浴。」

「挺好的，那我等妳囉。」鏡重環滿意地點點頭，指指自動門又對如初擺擺手，說：「可以進去了，鼎姐威武。」

「謝謝。」

鏡重環雖然給人的感覺不靠譜，感染力卻頗大，如初不自覺也學她擺擺手，才舉步往前走。

自動門裡頭的空氣比外面還要涼，裝潢倒是延續同一種風格，黑地板、白粉牆，牆上鑲了小塊雕花的木格窗，不著痕跡地將現代設計與古老元素揉合在一起，整個空間因此更顯清朗。

如初走到掛著「業務經理　夏鼎鼎」名牌的辦公室前，還沒來得及舉手叩門，一個充滿自信的聲音便從門內響起：「請進。」

如初推開門，一位大美女剪了貼著頭皮的短髮，穿著全套細麻布西裝，外套敞開，露出裡頭貼身的小背心，笑盈盈地坐在大辦公桌後面。

夏鼎鼎的年齡大約在三十幾到四十出頭，是所有剛邁入社會的女孩祈禱自己會長成的模樣。青澀退去，風華正茂，不靠外表吃飯卻又長得好，充滿強大感，絕對稱得上「威武」二字。

如初將表單呈上，規規矩矩打招呼：「夏經理好，我是應如初。」

「不用那麼客氣，叫我鼎姐就得了。」夏鼎鼎將一疊資料粗略翻了翻，抬起頭問如初：「碎片都收集齊全了吧？」

如初忙答是，鼎姐笑笑，又說：「那就好。瓶子一破我就趕緊拿掃帚全掃起來。這梅瓶原本有一對，現在客廳裡只剩孤零零一個，看上去就難過。」

「鼎姐，那只梅瓶是妳的？」如初瞪大眼睛問。

「家裡的。」夏鼎鼎抓起筆簽完名，將簽呈交還給如初，瞄了一眼大鋼杯，抿嘴笑了笑，又說：「這肯定是老杜的。」

如初這才想起她的另一樁任務，忙問：「請問，咖啡機在哪裡？」

「我叫鏡子幫妳，反正她閒著也是閒著，坐久了容易生鏽。」夏鼎鼎按下對講機，開口：「鏡子，來一趟。」

鏡重環小跑步進來，一臉終於有事做的喜氣洋洋，鼎姐跟如初打了聲招呼，便自顧自與重環一起走出去，留下如初一人，獨自站在這寬敞的辦公室裡。

房間沒什麼裝飾品，倒有一整面牆全是書架，上頭從線裝書、外文書到日本漫畫，琳瑯滿目。如初好奇地走過去，看到書架前還立著一個畫架，架上擺了張素描，畫中一名男子低著頭，手捧一柄斷成兩截的長劍。

這男子有張方臉，左眼角下有一顆淚痣，畫工十分細膩。如初靠近看了半晌，開門聲響，重環一手拿著一個杯子，施施然走了進來。

她將鋼杯交給如初，自己就著馬克杯喝了一口咖啡，指著畫問：「劍都斷成這樣了，還能修嗎？」

「應該可以，我家以前還接過狀況更糟的劍，不過需要親眼見到才能評估。」如初認眞回覆。

「那不錯，總算有點希望。」重環感慨地呼出一口氣，又問：「要修到好也得付出很大的代價吧？」

「代價？」如初聽不懂。

「對呀，他們兵器類兇得很，我雖然不懂修復，可是妳想想看干將、莫邪的例子，就知道我說的準沒錯。」重環一副理所當然的模樣。

莫邪以身殉爐，鑄出寶劍，算是千古聞名的傳說。然而，這跟修復有什麼關係？

如初狐疑地望著重環，說：「他們是鑄劍師。」

「有什麼差別呢？」重環看著如初，神色天眞無邪，一雙眼睛卻似已歷經滄桑：「鑄劍師給他一條命，他搞砸了，被砍成兩段。妳做修復，等於再給他一條命，那就必然要付出同等代價……假設老天沒有要更多的話，不是嗎？」

如初被話帶著，不由自主地點了點頭，重環憐憫地瞄一眼畫，又說：「等這麼多年，封狼八成已經瘋了。」

「封狼是誰？」

「他呀。」重環漫不經心地指著畫上的男子。

走出鼎姐辦公室的時候，如初只覺得腦子裡一團亂，彷彿抓住了一個重要的概念，卻又說不出來確切是什麼。

她走回電梯門前，盯著地板上自己的倒影，還正出神，有人在她身後咳了一聲，開口，說：「嗨？」

如初嚇一跳，猛地回頭，差點把咖啡灑了出來。蕭練就站在她兩步之外，帶著歉意又說：「失禮，我嚇到妳了？」

他的氣息平和，彷彿回到了在老街初相遇時的模樣，然而對如初來說，無論如何都回不去了。

她繃緊神經，瞪著他冷冷開口：「請問，有什麼事嗎？」

蕭練迎上她的視線，說：「餐廳那次，我很抱歉。」

他的瞳孔比一般人黑，除此之外並無任何異樣，眼神也十分真摯。在這樣的目光注視下，如初不知不覺開口，答：「沒關係……」

話才出口她就意識到不應該這麼輕鬆放過，趕忙再繃起臉，問：「所以，那天到底怎麼回事？」

蕭練沉默片刻，艱困地開口，答：「那天出了一些意外，沒事，已經控制住了。」

「然後呢？」如初問。

「再多的，我不能解釋。」

「不能還是不願意？」

他苦笑了一下，答：「都有。」

如初氣得掉過頭不理他，蕭練面對她的側臉，又說：「不會再發生，更不會傷害到妳，請妳，相信我。」

如初依舊不看他，心意卻開始動搖。眞要說起來，也不是什麼大不了的事，他特地來道歉，已經充分表達了誠意，每個人都有自己的爲難之處，她也許眞的不應該咬著不放？

想歸想，心裡還是有疙瘩。如初望著電梯門，以諷刺的語氣問：「好吧，我相信你。那現在怎麼樣，你會不會需要跟我保持距離，以策安全？」

講到最後她忘了自己正在賭氣，又朝他看去。蕭練對她微微一笑，說：「不需要。過去幾天我做過實驗，每次靠近妳一點，情況還好。」

難怪過去幾天她總感覺彷彿見到了他，不過這話什麼意思，他靠近她會怎樣？

噹，電梯門開。他們一前一後走進去，蕭練按下數字二，問：「妳也去二樓？」

如初點點頭，卻不知道該如何接話，氣氛頓時有些尷尬。偏偏今天電梯反應特別慢，兩人並肩而立，蕭練一手插在口袋，一副沒話找話說的模樣開口問：「對了，妳家開工作室，也做刀劍修復，妳怎麼不留在家裡幫忙，反而出來工作？」

「我爸爸身體不太好，如果我留在家裡的話，他就沒辦法退休了。」如初低聲回答。

蕭練一怔，問：「他會過敏？」

「你怎麼曉得？」如初瞪大了眼睛。

「青銅修復師的職業病，我看過很多……」他不知道想起了什麼，眼神掠過一絲惆悵才又說：「還請令尊保重，妳工作的時候也要留心。」

如初點頭：「謝謝，我會注意……咦？」

電梯重重地震了一下，停住不動。

如初整個人僵在原地，輕聲開口問蕭練：「怎麼了？」

「電梯故障吧。」他語氣如常，完全不當一回事的模樣。

如初做不到如此鎮定，她喘了口氣，又問：「這裡電梯常故障？」

蕭練搖頭：「我第一次遇到。」

如初抖了一下，說：「那我們還是趕快跟外面聯絡吧。」

蕭練無所謂地點了下頭，如初迅速按下身旁面板上的通話鍵，還沒來得及收回手，電梯忽地又震了一下，燈在瞬間全滅，慌亂中如初丟下報表抓住扶欄，緊急照明燈隨即亮起，然後她就看到了文件散落滿地，蕭練的襯衫上有一大片咖啡痕跡，而她手中的咖啡剩不到一半……

「對不起。」她簡直欲哭無淚。

「不要緊。妳沒事吧？」他問。

如初搖搖頭，又走回面板前，對準鮮紅色緊急求救鍵用力按下去。按完之後她才注意到，從電梯出事起，蕭練就一直站在原地，連姿勢都不曾改變。

處變不驚是發生意外時的求生關鍵，如初看著自己微微發抖的手指，心內一陣慶幸——還好，是跟他困在一起。

通話喇叭發出一陣雜音，如初一開始沒聽清楚，幾句之後，才辨認出有個中年男子不太耐煩地一直問：「人呢？誰在裡頭？」

她趕忙回答：「我叫應如初，雨令員工，請問現在的情況是——」

「纜繩有點卡住了，裡面的人別緊張，也不要亂動，老實待著，我們剛剛關了總電源，現在重新發動。」那人不客氣地打斷她，口吻權威。

然而他才講完，電梯又震動了一下，緊接著，如初聽到蕭練說：「小心。」

轟隆一聲，電梯驟然傾斜。如初雖然抓緊了扶欄，還是跌落在地板上。她掙扎著爬起來，只見蕭練紋風不動地站在電梯正中央，抬頭往上望。

上面有什麼？

電梯再次小幅度晃動，同時隱約響起鋼索斷裂的嗶剝聲。

纜繩斷了？

如初耳朵嗡嗡直響，腦子裡瘋狂轉著有沒有看過電梯墜落的自保方法。

沒有，從來沒有。她會死在這裡嗎？

極度慌亂中，她轉向蕭練，同一時間，他也轉向她，嘴唇微動，像是在說……別怕。

如初瞪大了眼睛，下一秒，蕭練一個箭步躍到她身邊，一隻手摟住她的腰，另一隻手往牆壁一撐，借力跳起，輕鬆踢破電梯頂部，在空中一個大迴旋，穩穩站上了電梯頂端的邊緣。

情況改變了，然而，並未變得更好。

如初喘著氣，打量四周。電梯井壁是粗糙的水泥牆，她沒看到任何可供他們逃生的梯子，卻赫然瞧見六條纜繩已經斷了四條，只剩後方兩條顫巍巍地勉強拉住電梯，而嗶剝聲再度響起。

「蕭練，纜繩。」她不敢動，連說話的聲音都極小。

「我知道。」

到現在這個地步了，他說話依舊從容不迫，彷彿一點也不擔心。而頭頂上，約莫離他們五六層樓高的電梯門被大力拉開，有個人探出頭，懶洋洋地朝他們開口：「老三，要不要幫忙？」

「不用。」蕭練如此答。

他的話聲方落，最後兩根鋼索應聲而斷。剎那間，如初雙腳懸空，蕭練在她耳邊說：「閉上眼睛。」

什麼？

如初想聽話，想閉上眼睛，可偏偏就是做不到。肌肉完全不受大腦指揮，只能眼睜睜看著電梯筆直往下落，灰燼飛揚，彈起的螺絲釘向上爆衝。

而蕭練腳底下，突然出現一柄長劍！

一柄純黑色，極爲樸素的薄刃長劍。

接下來，所有影像如慢動作般在如初眼前播放——蕭練雙腳一前一後踩住劍身，長劍在空中三百六十度迴轉盤旋而上，流暢優雅地將他們送到了開啓的電梯口，殷承影伸手接住她，將她放到地面上。

出於某個莫名的理由，如初一直緊握鋼杯不放，直到整個人坐在十三樓堅實的地板上，心裡有個聲音說「沒事了」，手才突然一軟，鋼杯滑落在地，滾了兩圈後掉進電梯井，再過幾秒，底下傳出沉悶的一聲吭。

這一聲響徹底刺激到如初，她猛回頭，死死盯著洞開的電梯口。又過了幾秒，她啞著聲音問：「蕭練呢？」

「他好得很，來，喝口茶，壓壓驚。」鼎姐將一杯熱茶交到她手上，柔聲這麼說。

周圍都是人，卻沒有一張臉孔顯現出該有的驚惶神色，如初執著地再問：「蕭練呢？」

殷承影摸摸鼻子，退後一步，如初於是看見蕭練面向玻璃門，似乎正準備進辦公室。除了半邊襯衫被咖啡潑溼之外，整個人好端端的，一點也不像剛經歷過電梯墜落或任何意外的樣子。

他怎麼上來的，什麼時候上來的？

殷承影取來一條毛毯，披在她身上，殷含光靠著落地窗漫不經心地朝外望。重環蹲在她身旁玩手機，鼎姐輕拍她的背，嘴裡含糊不清地說著：「沒事，沒事了。」

爲什麼沒人去照顧蕭練？

如初又將視線落回蕭練身上，掙扎著開口：「剛剛——」

「千鈞一髮。」鼎姐接過話，重環使勁點頭。

她不是要講這個！

如初再開口：「好像——」

「還好妳夠鎮定，蕭練身手也不差。」鼎姐再接話。

「他很強，但是……」她輪流看著所有人，覺得每張面孔都開始模糊不清：「你們沒人看到那把劍嗎？」

重環突然站起來，一臉興奮；鼎姐嘴唇微張，卻沒吐出半個字；殷含光與殷承影交換了一個眼神，殷承影似乎想說什麼，但殷含光對他搖搖頭。而蕭練——

他突然掉過頭，迅速走出她的視線。

到底，發生了什麼事？

如初放下茶杯，手撐著地板，正想靠自己的力量站起來，殷含光突然推開窗，下方隨即傳來高亢的鳴笛聲。

「救護車到了。」殷含光轉向她，微笑，以溫文有禮卻不容質疑的語氣說：「妳應該趕緊去醫院做檢查。」

7. 不會後悔過

如初跟著急救人員走下十三樓，然後就被塞進一輛救護車。胖胖的護士替她套上一個固定脖子的護具，再扎了她一針，吊起點滴，手法乾淨俐落，完全不聽解釋。

「我眞的沒事。」如初不停對胖護士這麼說。

「怕打針是不是？這個給妳。」胖護士遞給她一只管狀的塑膠瓶。

如初接過一看，原來是給寶寶喝的葡萄糖水，頓時更加無語。她轉向陪她上車的杜長風，問：「蕭練會坐另一輛救護車去醫院嗎？」

杜長風一上車就開始滑手機，邊滑邊打字還邊嘆氣，事情似乎處理得不太順利。聽到如初的問題，他頭都不抬張口就答：「他不用。」

在電梯井裡飛行的情景忽地閃過眼前，如初打了個寒噤，望著手臂上東一塊西一塊的破皮與擦傷，想起當時蕭練用身體護住自己的情況，忍不住傾身向前，急急告訴杜長風：「他的傷一定比我嚴重，能不能請車子掉個頭，我們去接他？」

杜長風一臉不解地抬起頭，反問：「他就幫個忙把妳抬出電梯，爲什麼會受傷？」

杜長風不知道電梯墜落時，蕭練也在裡頭？

如初徹底愣住了，而坐她旁邊的胖護士突然插嘴，問：「你們講誰啊？」

正在交談的兩人頓時無語，過了一會兒，如初不自在地答：「我同事。」

「跟妳什麼關係？我看妳挺關心他。」護士繼續問，原本瞌睡的小眼睛如今閃爍著八卦的光芒。

「她手肘都破了，妳不做點醫療處理？」杜長風忽然插嘴，顯然對護士的專業程度很有意見。

護士回敬他一個白眼，轉頭告訴如初：「驚嚇過度之後，情緒上是比較難以控制，妳要不要來顆鎮定劑？」

口氣很像在問她要不要來顆花生米。如初搖頭、道謝，背靠在救護車的車廂，雙眼聚焦在虛空中的某一點，回憶則停格在離開十三樓之前，看向蕭練的最後一眼……

他好像連頭髮都沒亂，也許，真的沒受傷？

怎麼可能呢？

她還會再見到他的，是吧？

手機裡還存著蕭練的號碼，但身邊都是人，如初找不到機會私下打。整件事太過匪夷所思，進入醫院之後，她索性閉上嘴，安安靜靜接受全套檢查，全程擺出一副病懨懨的樣子，讓自己徹底符合一名僥倖逃出生天、驚嚇過度的病人設定。等檢查完畢，她繼續保持沉默，木著一張臉聆聽醫生解釋X光片全部正常，沒有骨折跡象……

「回去繼續觀察，七十二小時內，出現任何頭痛、想吐、說話口齒不清的現象，馬上回醫院報到，可能是腦震盪。」

留了兩撇小鬍子的醫生大概也覺得她沒事，口氣頗輕鬆。等一切都交代完畢，護士拿了一個盤子走過來，上面有一杯水跟三粒顏色各異的藥丸。如初瞇起眼睛，問：「我還需要吃藥？」

「預防性的，也補充營養。」護士解釋。

如初沒問要預防什麼，只順從地將藥塞進口中，拿起水，一口咕嘟灌下。等護士一轉身，她馬上將嘴裡沒吞下去的藥丸全數吐在手掌心上。

大家都是好意，但她不需要鎮定劑，起碼，現在不要。

她的配合態度發揮了作用，杜長風跟醫生討論了一會兒，似乎鬆了口氣，吩咐她好好休息便離去。如初在病床上躺了半個多小時後，護士進來通知她辦理出院手續。

「簽個名就去櫃檯領藥，吃三天，錢妳公司付過了。」護士邊說邊幫她拔點滴針頭。

「好的，謝謝。」如初慢慢從床上坐了起來。

離開病房後她在第一時間打開手機，裡頭充滿了新訊息，幾乎全公司的同事都發來關切，然而其中並未包括蕭練。如初只看了幾條便收起手機，拖著步子去領藥，再轉身走進醫院大廳。

天已全黑，華燈初上，車水馬龍的街道照得外頭比裡面還亮。她的東西都留在公司，該先回去拿錢，還是叫計程車回住處，然後再跟莊茗借錢付車資？

不過醫院似乎離住處不遠，或者也可以直接用走的？

好想洗個熱水澡、喝杯熱茶，好想哭……更想家。

一個人在外地工作的辛酸剎那間悉數湧上，如初伸手扶住牆，一次又一次做著深呼吸，試圖讓自己平靜下來。就在此時，有個人走了過來，停在她前方。

如初抬起頭，只見蕭練換上了高領衫和牛仔褲，拎著一個牛皮紙袋，整個人乾淨清爽，像是電梯意外事件完全與他無關一樣。

他遞上紙袋，說：「妳的東西，鼎姐叫鏡子整理出來了。」

如初打開紙袋，看到她留在公司的錢包、護唇膏與一些零零碎碎的私人物品，全都放置得井井有條。她將紙袋抱在胸前，心情複雜地低下頭，啞著聲音說：「謝謝。」

「怎麼了，還有哪裡不舒服嗎？」蕭練上前一步，摸摸她的額頭問。

有時候，只要一點點溫柔，便足以擊潰心防。

如初對他搖搖頭，在心裡從一數到十，數完後還是忍不住，於是開口，問：「你是不是後悔救了我？」

蕭練一怔，答：「我後悔過很多事，唯獨沒後悔過救人，妳怎麼會這樣想？」

他的語氣十分誠懇，可是如初不要聽這個。她仰起頭看進他的雙眼，又問：「我不管別人，我只管『你』有沒有後悔救『我』？」

「你」「我」兩字還特別加重音，她知道任性不對，但她一定要得到答案，現在。

四目對視，蕭練毫不猶豫地搖頭：「當然沒有。」

他眼神清澈，帶了點迷惑，顯然完全不懂她的感受。如初忽地有些鼻酸，她喃喃說：「如果不後悔，那電梯出來之後你爲什麼不肯理我？」

「我哪有……」蕭練講到一半，恍然大悟，接著流露出哭笑不得的神色，說：「我討厭咖啡。」

如初愕然睜大雙眼，腦子飛快地轉了一圈，瞪著他的衣服問：「你急著回辦公室，就爲了換衣服？」

蕭練不自在地點點頭，說：「對我而言，電梯墜落眞的沒什麼，但咖啡黏在身上，要不舒服許多。」

這句話無論放在任何情境，都毫無說服力，但不知道爲什麼，如初信了。而原本蕩在半空中的一顆心，在這一瞬間，平平穩穩落回了胸腔。

驟然放鬆的後果就是眼淚不聽指揮，她抓住蕭練的袖子，低下頭，任憑淚珠一滴滴打在醫院的磨石子地板上。

「謝謝、謝謝……」

一直都還沒有謝謝他，救自己一命。

蕭練站著不動好一會兒，眼底的淡青色火燄幾度浮起又滅下。最後，他幾不可聞地嘆了一口氣，伸出手，將如初攬進懷中。

這裡是公共場所，他們很快便引起旁人側目。如初趕緊抹乾淚水，拉著蕭練離開。跨出醫院大門時他又說：「杜哥要我轉告，職業災害放假三天，薪水照領，覺得不舒服馬上跑急診室，千萬別忍。」

如初情緒來得快去得也快，此時破涕爲笑，朝他說：「我根本沒事，你應該最清楚啊。」

「在官方的紀錄裡，只有妳一個人在電梯。」蕭練看著她，面容平靜：「妳最好也這麼告訴自己。」

他的語氣雖然溫和，卻不容置疑。剎那間，那把憑空出現在電梯井內的黑色長劍掠過如初眼前。她停下腳步，認眞地對蕭練說：「我有三個問題。」

「我不會回答。」他臉上流露出一絲無奈。

「你先聽我說。」

手指無意識抓緊了紙袋，如初慢慢開口：「首先，如果我告訴你，修復室裡那個汝窯梅瓶的瓷片會自動發光，好像指引我怎麼拼對一樣，你信不信？」

「信。」他答得迅速，但十分愼重，沒有一絲嘲笑或輕慢的意思。

如初咬了咬嘴唇，又問：「傳承者是什麼？」

蕭練猛地停下腳，以一種奇異的目光凝視著她，過了片刻才若有所思地說：「我以爲，妳比我更清楚。」

「可是我不清楚！」如初嚷出聲，靈光一閃，忙問：「跟瓷片有關係嗎？」

蕭練唔了一聲，既沒承認也沒否認，只反問：「這就是第三個問題？」

「不是。」如初垂下眼，看著自己的腳尖，又說：「第三個問題是，我們現在……算朋友了吧？」

他欲言又止地瞧著她片刻，低聲說：「跟我成爲朋友，對妳並沒有任何好處。」

「我從來沒有因爲好處而交朋友啊！」

如初說完，一抬頭，正好對上蕭練黑沉沉的眼眸。那雙眼睛像夜半無風的海域，表面波濤不驚，底下卻藏著深不可測的漩渦，而她永遠也讀不懂。

「妳住哪裡？」蕭練忽然這麼問。

「啊？」

「我送妳回去。」

不願意做朋友，卻願意送她回家？

如初眨了眨眼，不太確定地指著前方說：「應該就在附近，我本來還考慮走回去的。」

「一起走。」他率先朝她指的方向，邁開步伐。

夜風中，他們並肩而行，影子幾乎沒有空隙，女孩清澈如精靈的聲音不時響起：

「呃……剛剛好像應該先右轉？」

「這邊街道都很像，你不覺得嗎？」

「反正都走到這裡了，我先買點吃的再找路好不好？」

「別找了，地址給我，我開手機查地圖。」結束迷路之旅的這句話，語氣有些無可奈何，卻並非不樂意。

8. 劍魂

那晚，他們一開始迷路，中途又不時停下來買吃的、逛小公園，欣賞從牆裡探出頭含苞待放的曇花，足足花了兩個多小時，才從醫院走到如初的住處。

兩人邊走邊聊，蕭練聽的時候多，說的時候少，而且絕口不談過去。如初一直守住界限，不觸及任何私人領域，直到她聊起自己女校白衣黑裙的高中生活，越講越嗨，忍不住順口問了他一句：「你高中制服是什麼樣子啊？」

「我沒念過高中。」

雖然蕭練的神色並無不悅，如初還是覺得問錯話。她急著補救，慌亂之下又開口，問：「那，你總穿過制服吧？」

更蠢，她剛問出口就後悔得要命。然而蕭練居然認眞地回憶了一下，點頭說：「軍隊裡。」

「你當過兵？」

「很久以前的事情。」

那一刻，他的神情有種說不出來的遙遠與寂寥。

回到自己房間，如初明明身心俱疲，卻睡得並不安穩，整個晚上不斷做夢，各種聲音在腦海裡此起彼落——泉水潺潺，打鐵聲鏗鏘有力，小女孩童言童語、問東問西，以及父親的耐心回答：

「傳承怎麼來的？日常淬鍊工作用心，生死關頭頓悟明心，總不外乎這兩個途徑。來，爹爹考妳，金有六齊，大刃之齊……」

「如初如初快起床，妳公司上新聞了！」

「啊，什麼？」

如初翻了個身，用力過猛直接滾落到地板上。她揉著被撞到的額頭走出房門，坐進客廳沙發，跟莊茗一起看電視。

記者在事發現場指著電梯纜繩說，根據專家檢驗，承包商有偷工減料的嫌疑，但目前爲止尚未聯絡到人，據悉電梯從十三樓墜落時有一名女子被困在裡面，經送醫急救後已無生命危險。

「官商勾結，肯定的。」莊茗語帶不屑，她轉頭問如初：「妳什麼時候去醫院回診？」

「醫生說沒有症狀就不用回診。我去買菜，好好煮一頓，等妳晚上回來一起吃大餐。」

如初說著便站起身，打開冰箱檢查食材。

莊茗也站起來，向浴室走了過去，洗完臉又探頭出來問：「嗳，在我老家要遇上這種事，都得吃點什麼去霉運，妳家那邊習俗是不是也這樣？」

「是耶。」這句話提醒如初，她回頭問：「如果我燒豬腳麵線，妳吃不吃？」

「當然吃。等等，有家店的手工麵線做得特別好，我叫嘉木去買。」

莊茗抓起手機開始講電話，如初關上冰箱，站在客廳與廚房之間發呆片刻，紮起頭髮走回房間，抱出一個小紙箱又坐回客廳沙發，從紙箱裡慢慢取出燒杯、溫度計、電子秤，一樣一樣放在茶几上。

「妳在家做化學實驗，不會吧？」莊茗探頭看，嚇了一跳。

「做手工皂。我找到一個馬賽皂的配方，可以用來洗青銅器。」如初抬起頭，扳著手指算時間：「等做完皂再去買菜、燒菜，妳下班回來正好上桌。」

莊茗哦了一聲，看著她問：「妳確定今天要過得這麼緊湊？就算沒傷沒病，也可以趁機會好好休息一下啊。」

如初搖搖頭，苦笑：「我現在很需要找點事情做，分散注意力，不然心裡慌慌的，反而難過。」

「怕什麼？大難不死，必有後福。」

莊茗拍拍她肩膀，便忙著出門上班，留下如初一個人面對空蕩蕩的公寓，以及一顆如同雲霄飛車般忽高忽低的心。

昨天衝擊太大，反而沒什麼感覺，一切都顯得理所當然。但今早起床之後，她只要一空閒下來，電梯井內所發生的一切便在眼前反覆出現——在空中盤旋的黑色長劍，蕭練一腳踢開電梯頂的模樣，以及她被抱起來時，無意中碰觸到的，他冰冷的臉頰……

不想了。如初甩甩頭，開始打皂。這是一個單調重複卻需要全神貫注的工序，能讓人在不知不覺中丟掉所有雜念。她戴上手套口罩，小心翼翼秤出適量的氫氧化鈉，混合好材料後開始攪拌，左手瘦了換右手，起初每三十分鐘休息十分鐘，接著打打停停。

等乳白色的皀液全數入模時，如初的手也痠得快要脫力了。腦袋一片空白，胸腔卻塞得滿滿，彷彿經過這幾小時的忙碌，她又多知道了些什麼，然而只要一凝神思考，線索便消失得無影無蹤。

如初不想陷進去，於是按照原訂計畫脫下圍裙出門。一個多小時後，她拎著一大袋食材走回公寓，遠遠就瞧見一個眼熟的身影，抱著快遞紙箱站在樓下。

「嘉木？」如初精神一振，朝他揮手。

莊嘉木大步跨到如初身旁，上上下下看了一圈，關切地問：「妳還好吧？」

「沒事，你買這麼多麵線啊？」她看著紙箱驚嘆。

「麵在我背包，這個是妳的包裹，快遞小哥剛到，我就幫妳簽收了。妳都買些什麼？好重。」嘉木誇張地做出搬不動的姿態。

那是她昨晚臨睡前下單買的書，沒想到這麼快就送到了。兩人有說有笑地上樓，如初先進廚房處理食材，嘉木坐在餐廳的地板上幫她拆包裹。他一邊拆一邊告訴如初，博物館的搶案陷入膠著，警方沒查到更多證據，但根據館員私下透露，監視器錄到了極爲奇怪的畫面。

「失蹤的館員最後一次進倉庫時，特別抬起頭，對監視器撩起頭髮笑了笑。看過的人都說那神情像中邪一樣，超詭異。」

「眞的？」如初脫口問了一聲，才補充：「我有沒有告訴過你，失蹤的館員是我同事的學妹。」

她的語氣十分自然，但嘉木還是停下手，看著廚房裡忙碌的纖細身影說：「沒有，妳幾乎不提妳公司同事，我最常聽妳講妳老家的老貓。」

他的神情流露出一抹思索，但如初背對嘉木，因此並未察覺。她將切好的一大堆蔥花放進乾淨的碗裡，隨口答：「對啊，你一提我就好想抱黃上，又抱不到。」

嘉木莞爾一笑，問：「妳要不要跟妳同事講這件事？」

徐方似乎很關心他學妹，如初猶豫著：「這也不算什麼線索，還是別說了吧？不然我同事聽了一定很難過。」

「我倒是認爲該說，也許他因此想起什麼，能幫忙找到他學妹。」嘉木頓了頓，又補充：「不過每個人都不一樣，我是那種即使會痛不欲生，也要知道眞相的人。」

這一句，嘉木用詞強烈，跟他平常說話的方式大不相同。

如初轉頭看著他，過了一會兒才說：「對，你是。」頓了頓，她自言自語又加了一句：「我也是。」

滷汁已經煮滾了，如初將火調整到最小，嗅了嗅香味之後，滿意地洗乾淨手，開始收拾善後。然而她才從廚房裡走出來，就見嘉木坐在地板上，面對開封的紙箱，一臉古怪。

「這些書是妳買了自己要看的？」他問。

如初點頭，在他對面盤腿而坐，將書一本本從紙箱中拿出來，平放在地上。她每拿出一本，嘉木就念出一則書名：「《個人飛行器原理》《金屬材料學》《磁浮滑板：超低空飛行概念》《夏商周青銅密碼》《蜀山劍俠傳》……妳這是準備考研究所，買書回來自己念，順便帶套小說當消遣？」

如初瞪他一眼，反問：「哪個研究所要學生念這些書？」

嘉木眼神飄忽片刻，答：「我們研究中心。」

「耶？」如初一臉不敢置信。

嘉木見她表情不對，趕緊幫自己的學校辯護：「入學考當然還是規規矩矩的科目，只是我導師開了一門課，書單裡有些類似的參考書目……等等，妳不會眞的想來念吧？」

如初搖頭，咬了咬嘴唇，指著嘉木說：「不可以笑我。」

「發誓絕不。」嘉木舉右手。

如初半信半疑地拿起一本小說翻開，指著扉頁的漫畫插圖說：「我想知道劍會飛的原理，就像這張。」

圖上的古代俠客踩著劍在月光下飛行，姿態飄逸。嘉木看了看，問：「御劍術？」

如初瞪著他，嘉木再舉手發誓：「保證沒笑，『御劍術』這個詞出自道家文化，幾千年前就存在了。」

「眞的？」如初不太信：「你怎麼曉得？」

「看書，道家留下大量典籍，都在我這學期的書單上。其中有一支的說法是，匠人用流星——古時候稱之爲隕星——所鑄的劍，生而具有魂魄，只要滿足某些特定條件，就可以化形成人。」

他的神情自然，不像臨時捏造出來唬人的。如初遲疑了一會兒，問：「你不覺得這種說法……很不科學？」

「恰巧相反，金屬生命在過去二十年一直是科學界關注的焦點。我從上學期開始做這個題目，光是查證古書上的資料，就搞得整個腦子都亂了套。」他敲敲頭，對她露出一個陽光的微笑。

如初也回應了一個笑容，然後小心翼翼地問：「這種事，還有古書可以參考？」

「我們中心收藏的孤本，內容有點類似《天工開物》，不過範圍窄得多，只講傳承之下，兵器的冶鑄鎚鍛跟修復……小心！」

嘉木講到傳承時，如初手一斜，一本厚重的精裝書不偏不倚砸到腳踝。她疼得噺了一聲，也顧不得揉，便急急問：「你繼續講，什麼是傳承？」

嘉木茫然答：「就一般定義，泛指自古流傳下來的知識經驗，沒什麼特別……喔，御劍術比較怪異。」

「那又是什麼？」如初再追問。

「古時候的匠人似乎曾經發展出一套方法，可以控制這些化形成人的劍，不過後來失傳，這本書也只提到了概念，沒細講。」

嘉木說到這裡，神色有些不以爲然。如初雖然聽不懂，卻有種不太好的預感，她問：「怎麼控制？」

「給劍魂下禁制，就像奴隸主給奴隸下烙印一樣。」

一些亂七八糟的念頭飄過腦海，如初臉色微微發白，耳語似地問嘉木：「你相信這些，傳承、劍魂？」

「妳信不信這世界上有鬼，也有神？」他反問。

「我信。」她毫不猶豫。

「我也信。既然如此，其他還有什麼不可能？」嘉木說得爽朗。

如初從小敬神怕鬼，卻從來沒思考過觀念可以延伸。她緩緩吐出一口氣，答：「對，無限可能。」

嘉木大笑，如初偏著頭看看他，又問：「書可以借我看一下嗎？」

她神色有些脆弱，跟平日獨立堅強的模樣大不相同。嘉木感覺好像在無意中看到她的另一面，故意反問：「妳確定？整本書文言文，沒有標點符號。」

「好奇嘛。」如初將自己手上的小說放在嘉木面前：「交換？」

嘉木笑了笑，答：「可以，不過我有個要求……」

兩人間就這樣說定了，他今晚帶走一套小說，明早帶來一本古書。但是，作爲交換條件，如初每看完一章都需要寫下摘要跟心得，好讓嘉木在面對指導教授時有進度可以報告。

隔天一大早，如初忐忑不安地從嘉木手中接過書，開始閱讀。

出乎意料之外，這本書並非天馬行空之作，而是多位古代匠人的工作手札合集，字裡行間充滿了舊時代的認眞細緻，圖文並茂，內容主要在解釋修復受損刀劍所需要的工具、工序與溫控，只有在每章的後記，才將作坊心得與傳說混爲一談。

也許因爲職業的緣故，如初不知不覺埋首書中，讀得津津有味，就這樣度過了休養的第二天。晚飯後她擦著頭髮走出浴室，正準備回房間，莊茗喊住她，說：「妳同事宋悅然剛剛打電話來，要我轉告，根據妳們公司規定，職災給付在匯進銀行之前，會先通知家屬。」

「我沒有家屬。」身爲未婚女青年，如初答得理所當然。

莊茗同情地看著她，又說：「我也是這樣跟妳同事講，結果她說，家長也算家屬。」

「也就是說，我爸媽會知道我坐的電梯掉下來了！」如初下巴也快掉下來了。

「更正一下，妳爸媽現在應該『已經』知道了。」「已經」兩字加重音，莊茗問：「妳還沒跟妳爸媽講？」

「我完了……手機，手機在哪裡？」

如初衝回房間到處找，忙亂了好一會兒，最後發現手機好端端地躺在餐桌上，只是沒電了自動關機。她趕緊插上電源，幾分鐘後開機了，上面赫然顯示著十多通未接來電，統統來自同一個號碼。

這下麻煩大了，如初硬著頭皮打電話回家。媽媽果然很緊張，接到視訊電話劈頭就問：「妳要不要乾脆回家算了？」

「我又沒事，因爲這樣就辭職不太好——」

「誰要妳辭職，回來看醫生啦！」媽媽一口截斷如初的話，又說：「西醫說沒事不算，中醫也OK才放心，妳還年輕，跌一下後遺症可能要好幾年後才會出現，預防勝於治療。」

「我沒跌啊。」實話脫口而出，如初乾脆用另一個實話補救：「只有跪倒在地上一下下而已。」

「這麼厲害？」媽媽語氣很是狐疑。

「是的是的，我就是這麼厲害。爸爸呢？黃上呢？」如初不給媽媽思考的餘地，迅速轉移話題。

媽媽將一隻肥嚕嚕的大黃貓抱到鏡頭前，舉起肉呼呼的貓掌對如初揮了揮，應錚接過電話，聊起之前那把漢劍已經修復得差不多了，日前又有收藏家出高價，到處尋找能修復漢劍的高手。

「你跟我說好要退休的。」如初板起臉。

「所以我沒接啊，緊張什麼。」應錚答。

「對了，初初，妳睡覺會不會做惡夢？」媽媽抱著貓從應錚後方探出頭問。

如初眨了眨眼睛，含糊答：「還好。」

「就算沒摔到，被嚇到也會影響身體喔。」媽媽說完之後歪著頭看了看她，忽地又問：「妳氣色不太好，最近有沒有運動？」

「我上班耶！」

「工作忙更需要運動，以後提早一站下車，走路去公司。」

「那如果我說我做惡夢，可以先不要運動嗎？」

「妳怎麼會這麼懶啊！」

「妳生的啊。」

「愉悅」的母女對談持續了半個多小時，應錚不時插嘴，輪流吐槽妻女，再被妻女聯合反攻。

隔天，如初沒出門，花了一整天時間，將古書反覆讀了好幾遍。

再隔天，她一大早起床，捧著古書思索良久，最後打了通電話到公司，銷假提早回去上班。

9. 重器

早上十點半，如初走進廣廈。

雖然電梯已經修好了，她還是有點怕，決定今天先爬樓梯上下，等心理陰影淡化了再說。然而她一拐進樓梯間，就看到宋悅然正靠在牆邊低頭滑手機，眼眶有點紅，像是剛哭過。

見她進來，悅然連忙收起手機，抬起頭，擠出一個笑容說：「早。」

「早安。」如初往上走一步，想想又退下來，問：「悅然，妳跟徐大哥同一年進公司的對吧？」

悅然點點頭，面露懷念之色，答：「四年多前的事了，當時全公司才十來人，吃飯就兩張桌子，中午都聚在一起。喔，蕭練不算，他從一開始就挺孤僻的……怎麼想起來問這個？徐方出事了？」

講到最後，悅然有點激動，如初於是趕緊轉述了嘉木所說，關於博物館找到徐方學妹新線索的事，然後再問悅然，該不該將這個消息告訴徐大哥？

「該。」悅然斬釘截鐵答了一個字，嘆口氣，又說：「徐方他雖然鈍一點，但看人眼光挺好的。他學妹我見過，嬌嬌女，被騙有可能，要說她處心積慮幹壞事，我也不信。」

「這樣。」如初再看看悅然，冷不防提議：「要不，妳去講？」

「我，爲什麼？」悅然一臉驚嚇。

「我跟徐大哥沒那麼熟，要是沒碰到妳的話，我八成不會去講。」如初頓了頓，又建議：「而且我覺得，妳還可以把剛剛跟我說的話，再跟徐大哥講一遍。妳也知道，老莊師父因爲這件事，一直對他學妹很有意見，如果我是徐大哥，聽到妳那段話，心裡會比較釋懷。」

最後幾句顯然打動了悅然。她默不作聲片刻，最後說：「那好吧，我這兩天找個時間跟徐方講……不過那完全是因爲看他可憐，想幫他打打氣。」

「絕對。」如初忙點頭，表示理解。

悅然噗哧笑出聲，往上噔噔噔走了三階樓梯，扭頭俯視還留在原地的如初，又說：「謝謝妳啦。」

如初揚起頭對悅然比了個YA，悅然對如初招招手，又說：「投桃報李，來，告訴妳一個公司內部最近傳得超凶的八卦……」

如初往上跑了兩步，站在悅然身邊，兩個女生一邊往上爬一邊嘰嘰喳喳，走到二樓的時候，悅然對如初嫣然一笑，愉快地拐進了辦公區。如初站在樓梯間傻眼半晌，黑著臉掏出手機，發了一行訊息給蕭練，結尾用了三個驚嘆號，這才繼續埋頭往上爬。

一進入十五樓，她便發現隔間的門板有所變動，「玉石、陶瓷與金屬品修復區」的範圍變大了。如初好奇地跨進修復室，赫然看見一尊比她還高的巨大青銅方鼎，矗立在房間正中央，杜長風站在一旁凝視著銅鼎，神色專注而溫柔，像是沒聽見她進來一樣。

這尊鼎的器形厚重典雅，氣勢恢宏，長方形的腹部，上豎兩隻直耳，下有四根柱足，全身滿滿覆蓋著各色各樣的浮雕，一點鏽斑都沒有，狀況看起來相當好，不曉得哪裡需要修復。

如初清了清嗓子，開口：「主任，早安。」

「早。」杜長風淡淡回應一聲，並未將目光自銅鼎移開。

如初站到他身旁，指著鼎問：「新任務？」

「對，我們一起研究看看能怎麼幫她。」

杜長風的語氣一如往常，如初於是趕緊套上工作服，走到他身邊掂起腳，探頭望向鼎內。

銅鼎的腹部內壁鑄有一隻立獸，龍頭鳳翅豹身，身後還拖了一條覆滿鱗片的長尾巴。這是龍生九子之一的嘲風獸，喜好遠望，翼如鳳凰，如初在書裡看過類似圖騰，卻是第一次在青銅器上看到完整獸形。

她轉頭問：「這尊鼎是皇家祭祀用的禮器？」

「天下重器，王者大統。」杜長風淡淡答。

那就是了。她沒修過古鼎，卻修過有耳的高腳酒杯，器形類似，會不會容易受損的部分也相同？

如初再次掂高腳，將整顆頭埋進鼎裡仔細觀察。她邊看邊挪動，就這樣繞著鼎走了半圈，最後在右邊的豎耳旁停下來，神情複雜地抬起頭，看向杜長風。

「怎麼了？」杜長風皺起眉問她。

「這隻耳朵是不是曾經掉下來，後來又接回去過？」如初指著豎耳問。

杜長風嗯了一聲，如初又說：「我懷疑當初焊接的時候沒處理好，不太平衡，時間一久產生隙縫——」

「妳怎麼看出來的？」杜長風打斷她，眉頭皺得更緊了。

「我沒看出來，就感覺……」

「那妳先別動手，多感覺一下再說。」杜長風望著她，沉聲開口：「有些時候修復也講究緣分。合得來，事半功倍，合不來，再怎麼折騰都徒勞無功。妳先別想著修復，多跟她處處，看能不能培養出默契再說。」

這番說法如初以前也聽過，但不知道爲什麼，眼前的古鼎特別令她有一試的衝動。她應了聲好，索性脫下手套，將手虛按在銅鼎右方邊緣處，什麼都不想，只將目光定在綿延不絕的雲雷紋上，感受那份悸動。

時間一分一秒過去，如初心底的感覺越來越清晰——她剛才的判斷並非來自猜測，而是腦子裡彷彿聚集了無數次銅鼎修復的記憶，讓她一眼看過去，就能夠判斷出這隻右耳的情形……

但是，她怎麼可能有這些修復銅鼎的記憶？

如初嚇得飛快縮回手，喘著氣對杜長風說：「右耳有一道裂隙，創口撕裂面積小、傷道深……應該吧？」

杜長風用探詢的眼神盯了她半晌，卻什麼都沒問，只走到鼎旁，說：「那道傷存在許多年了，我們試過各種焊接方式，全都治標不治本。」

這個回應讓如初鬆一口氣，她定了定神，問：「爲什麼直接焊？先做金相分析再補配不好嗎？」

分析出原材質裡各種元素的占比，然後配出類似的材質來補強，這是修復的標準流程，主任不可能不懂，爲什麼不用？

「行不通，她的材質太過特殊，根本配不出補料。」杜長風答。

如初更加迷惑，青銅鼎的材質能夠多特殊？

古書上以隕星鑄劍的描述突然自腦海浮現，她心一驚，又聽杜長風問：「如果讓妳全權處理，妳會怎麼做？」

「我？」如初還想著古書，順口說：「整個打掉，接回去重鑄。」

「爲什麼？」

「這隻耳朵現在是歪的啊。」她說完才回過神，趕緊又解釋：「歪斜型態的裂縫很容易產生應力腐蝕，雖然現在表面看不出來，裡頭可能已經鏽到深處了，不管能不能取得原材料，我都會建議打掉重來，徹底根治。」

「也是。」杜長風長嘆一聲：「大手術。」

如初頓時啞然。只不過一隻耳朵而已，博物館會送進修復室的青銅器，幾乎都比這尊鼎的狀況還要糟糕很多，有些甚至已經四分五裂，需要經過考證才能確認完整的器形，主任見多識廣，爲什麼會這麼說？

如初忍不住小聲開口：「還好吧？」

杜長風橫了她一眼，問：「妳有把握？」

如初頓時安靜了，杜長風嘿了一聲，振作精神說：「上工，妳先把鼎給建檔了，其他的事晚點再討論。」

他一邊吩咐一邊抽出手機跨出門，隔著一道牆，如初聽見杜長風的聲音繼續傳過來，似乎帶著點激動：

「鼎鼎啊，那道傷我可能找到出路了……是，妳對，我畢竟不是你們，這方面的直覺差些，但總歸是好消息……」

杜長風的聲音漸漸遠去，如初收回心思，打開筆電，開始處理例行事務。

沒過多久，杜長風又走了回來，如初正好遇到問題，探頭問：「這尊鼎的品目要怎麼寫？」

「荊州鼎。」杜長風忙著戴手套，回答時連頭都沒抬。

如初飛快打了三個字，忽然覺得不對，再伸出頭問：「九鼎之一的荊州鼎？」

夏商周三代的傳國之寶，皇權的終極象徵？

「沒錯。」杜長風拿出靜電刷，一邊輕拂鼎的表面，一邊淡淡說：「當年禹鑄九鼎安天下，她負責鎮守荊州。」

這口吻太過理所當然，如初不知道該怎麼問下去，索性站起身，再次靠近古鼎。

這尊鼎全身上下覆滿雕飾，每處浮雕自成一體，完全不重複。有的部分像地圖，有的卻像篇文章，有一個區塊甚至在銘文裡混雜了高郵陶紋的數字，手法類似現代拼貼藝術，彼此風格卻十分協調，應該都是同一個時代的作品。

祭祀用的青銅鼎在雕飾上講究對稱，會出現這種東一塊西一塊的紋飾，必然有其重要理由。如初盯著數字與銘文區塊落款處的一小塊圖騰，還正想著是不是在哪裡看過類似的族徽銘文，杜長風的刷子已經伸了過來。

他輕輕一拂，倒轉柄身，指著第一行，一個字一個字往下念：「『戎禹三年，都陽城，荊州田下中、賦上下，貢羽、毛、齒、革，金三品』。這句話講的是大禹在位第三年，荊州當交的貢賦定數。在當年，獸齒鳥羽都可以當貨幣使用。」

「你看得懂？」如初轉向杜長風。

「當然。要修復青銅，不能不懂金文，妳該找個時間去進修。」

這話沒錯，但她實在無法控制疑惑。如初衝口而出：「我以爲，就考古學來說，大禹只是傳說？」

「他活過。」杜長風篤定地回答。

如初沉默片刻，又問：「九鼎，也不只是傳說？」

「說這什麼傻話。」杜長風失笑：「起碼眼前這位我熟得很，妳也算認識了……擇完灰還得水洗，先準備。」

「好，我去接水。」訊息量太大，暫時無法消化。如初機械性地應了一句，拎起水桶就往儲水槽走。

金屬品最怕酸鹼腐蝕，所有清潔用品都得保證完全中性。她想起昨天才做好，要晾上起碼一個月才能用的肥皀，順口又說：「可惜這尊鼎來太早了。」

「怎麼說？」杜長風問。

「我做了馬賽皀，要下個月才能用。」

「那就下個月再清，她喜歡馬賽皀。」杜長風朝如初身後正正經經地這麼說。

如初喔了一聲，放下桶子，雙腳卻忽然動彈不得。

一直以來，杜長風都愛用擬人化的方式談古物，口吻也充滿感情。她向來只當這是杜長風的習慣，但，如果不只是習慣，如果……

她不敢看杜長風，只望著古鼎，結結巴巴地說：「這位，她活到現在，想必經歷過很多朝代，見識過很多英雄？」

「英雄難得。她看的帝王家多，那裡頭人情最涼薄。」杜長風接口，態度自然。他走過來將靜電刷遞給如初，又說：「剩下的交給妳了，手腳放輕點兒，別看她長得厚實，挺怕痛。」

「好的，我會很小心。」

如初實踐了承諾，輕手輕腳幫鼎撣灰一個多小時。中間不時停下，將手放在鼎上，猶豫著是否該說些什麼，做個自我介紹之類的，又覺得自己像個傻瓜。

中午十二點，她離開修復室，走樓梯下去吃午餐。一路往下，陸續有人拐進樓梯間，看來電梯這一摔，摔出不少人的心理陰影。

幾層樓之後人多了起來，大家三五成群，結伴而行。就在二三樓之間，如初瞥見下方不遠處有名穿著繡花套裝的女子，伸出手搥了幾下肩膀，旁邊的人問那女子怎麼了？要不要介紹按摩師父，她說不用，沒效果。

如初驟然加快腳步，衝到那名女子後方，瞪著她背後的繡花圖樣不放——龍頭鳳翅豹身外加一條長尾巴，跟荊州鼎內所刻的嘲風獸紋一模一樣……

「如初？」那名女子笑盈盈地回頭，問：「怎麼不多休息一天？是不是老杜整妳？是的話要說啊，我教訓他。」

語氣有點俏皮，非常人性。然後，如初聽見自己用嘶啞的聲音問：「鼎姐，妳的右肩不舒服？」

夏鼎鼎嘆了口氣，答：「老毛病，不能用力，一動就痛。」

創口細卻深，經應力腐蝕，完全治療好需要……重鑄？

如初接著腳一軟，坐倒在臺階上。

10. 手術

如初不清楚自己究竟如何度過那個下午，該吃的飯吃了，該做的事也做了，甚至還能跟人說說笑笑，外表一切如常，只不過偶爾臉上會閃過片刻怔忪，然後才恢復正常。

實際上，她一直處於震驚後的空白狀態，無法思考，只能機械式反應。

下班時間到，她沿著樓梯往下走，一層樓、兩層樓……走出公司大門，左轉，繼續走，一條街、兩條街……這裡是哪裡？

回過神來的時候，如初正站在一間陌生的小麵店門口，面對一大盤冒著熱氣的滷牛肉。她轉了一圈，發現公車站牌就在身後不遠處，原來是走過頭了，跨進一個公司附近她從沒到過的區域。

這裡的房子比較舊，但生活機能不錯。商店林立，大部分都是賣吃的，居然還有一家咖啡廳夾在超級市場與便利商店中間。如初轉過身朝站牌走，一路東張西望，猶豫著要不要就在這裡找家店吃完晚餐再上車，走著走著，路經一條窄窄的死巷，忽然聽見微弱的咪嗚咪嗚。

她停下腳，往巷子裡跨了一步，餿水的臭味頓時撲面而來。貓叫聲又傳了出來，如初屏住氣息，一鼓作氣繞過兩個圓形的大垃圾桶，在第三個垃圾桶後方找到一隻巴掌大的小黃貓。

小貓的右後腿腫了起來，不斷滲出血與膿，吐著舌頭直喘氣，一定很疼。如初小心翼翼將貓咪捧起來，迅速掉回頭，一邁出巷口，就差點撞上迎面而來的路人。

她緊急停住，抬起頭，兩人同時發問：「你（妳）怎麼會在這裡？」

「我住附近。」蕭練先回答。

太好了。如初趕緊又問：「你知不知道附近哪裡有動物醫院？」

他搖頭：「沒印象。」

「那，哪裡會有呢？」如初不放棄地追問。

蕭練不解地瞧著她，答：「市中心吧。」

如初摸摸小貓，觸手所及，薄薄的一層皮底下全是骨頭，瘦得好可怕。市中心她沒去過幾次，該怎麼找醫院？她望著蕭練，眼神不由自主帶上一絲祈求。

他走上前，伸手翻了翻小貓後腿，又打開貓嘴，瞄了一眼。這幾下手法熟練，如初還沒來得及驚訝，就聽見蕭練說：「右後腿撕裂傷化膿，外加營養不良。」

「你怎麼看出來的啊？」如初雙眼頓時發亮。

被她用熱切的眼神盯著，蕭練感覺不太自在。他掉開頭，低聲說：「以前當兵的時候，幫馬動過手術。」

「你在軍隊裡當獸醫？」如初更驚訝了。

「不算。」蕭練很快否認，意會到不恰當，又硬生生加上一句：「我沒有執照。」

如初搞不懂那是什麼狀況，但還是舉起小貓，問：「能請你推薦一家醫院嗎？」

蕭練搖頭：「動物醫院我不熟，而且牠太虛弱，就算醫好了，放出去也活不了太久。」

「爲什麼要放出去？醫好了我養啊！」如初的回應完全不經思考，特別理直氣壯。

蕭練怔了一下，問：「妳會養貓？」

如初用力點頭：「嗯，我家裡有養貓，只比我小五歲，從小跟我搶枕頭睡。動作很氣派，連舔個爪子，鬍子都一翹一翹的。所以我媽咪就給它取了個名字，叫黃上……是隻母貓。」

聽到最後，蕭練忍不住微笑，如初頓了頓，低頭看小貓，輕聲又說：「牠跟黃上剛來我家的樣子好像，現在怎麼辦？」

「讓我想想……」

就在蕭練猶豫著該不該陪她走一趟醫院時，身旁的路燈慢慢點亮。此時天還沒全黑，燈光與夕陽同時映在如初臉上，將她的徬徨與不安襯托得格外明亮，與他記憶中的某張臉瞬間重疊在一起，分不清誰是誰，今夕是何夕。

他無意識握緊了拳頭，瞳孔中的淡青色火光大盛。而就在下一刻，如初抬頭望了過來，一雙大眼睛裡滿滿地只有信任，毫無算計……

她不是「她」。

蕭練雙瞳迅速恢復原狀。他不動聲色地將目光自如初身上移開，指著近處一棟半舊的公寓，說：「我住那棟，房裡還有些藥，可以幫貓簡單處理一下傷口，不過——」

「我發誓不會跟任何人講。」如初舉起右手，急匆匆打斷了他。

這反應倒是跟記憶中的那人截然不同。蕭練挑起眉，望著如初問：「跟人講了又如何？」

「呃，會給你帶來麻煩吧？」如初不太確定：「無照營業？」

「也對，我都忘了還有這一樁。」蕭練微微一笑，脫下了黑色高領線衫，露出裡頭貼身的T恤。

這舉動搞得如初一頭霧水，她問：「你這是幹麼？」

「牠需要保暖。」蕭練將線衫遞給她。

如初會意，趕緊接過手將小貓裹了起來，又問：「然後呢？」

「我幫牠，順便給妳一個檢舉我無照執業的機會。」蕭練說完，邁開腿便往前走。

走過四條街，又爬了兩層樓，如初進入蕭練的公寓。

這是一間二十坪左右的複式公寓，客餐廳在樓下，一道樓梯蜿蜒而上，臥房想必在樓上。木頭地板搭配一面紅磚牆，剩下的三面牆做細白色粉刷，如果家具搭配得宜，必然能營造出極優雅的復古文藝風。但如今客廳只放了一張黑色皮沙發，開放式廚房空空蕩蕩，雖然紅磚砌成的餐檯很漂亮，旁邊卻連把椅子都沒有，爐具更是光亮如新，說明主人從不開伙，全靠外食。

蕭練一進門便直奔廚房。如初還在玄關脫鞋子的時候，他已經打開抽屜，取出三張全新的塑膠桌布，將餐檯包得密密實實，然後再拿稀釋過的酒精噴灑一圈，簡單的消毒手續便大功告成，一張臨時手術檯儼然成形。

「貓。」他向她伸出手。

如初趕忙將小貓遞上前，蕭練單手托住貓，又指著客廳說：「燈。」

她這才注意到沙發旁還有盞立燈，趕緊奔了過去，將燈挪到餐檯旁。蕭練把小貓放在檯面，又說：「妳安撫牠，我準備麻醉。」

他轉身打開櫥櫃，取出一個閃亮的鐵盤，上面有針頭、針筒、麻醉劑與酒精棉，一應俱全。如初時不時搔著小貓下巴，看蕭練熟練地抽取玻璃瓶內的液體，接著轉身，一針推入小貓體內。

麻藥迅速發揮功能，小貓呼吸平穩了，如初卻開始緊張，她小聲問：「需要我做什麼？」

「站遠點，別擋到燈。」

雖然他的語調毫無責怪之意，如初還是覺得有點窘。她退了好幾步，刻意拉開距離，繞一大圈走到流理檯的水槽前，用消毒酒精清潔雙手。

她才背過身，一柄黑色長劍瞬間憑空出現，浮在餐檯的正上方。

蕭練伸出左手，食指中指併攏伸直，在劍身輕輕一拂，整把劍隨即消失，只留下一截十公分左右的純黑色狹長劍尖在空中搖晃，邊緣不時閃出一抹幽幽藍光，色澤比蕭練瞳孔內的淡青色火燄略深，但跳動的頻率一模一樣。

蕭練伸手握住這截劍尖，開始幫小貓動手術，等如初關了水龍頭回過身來，看到的便是他寬厚的肩膀，與一張專注無比的側臉。

蕭練的鼻梁挺直，下顎線條如刀刻般一氣呵成，既凌厲又優雅。如初一直知道他很好看，但還是第一次近距離長時間觀察，看久了，她忽然意識到他的長相實在過分精緻，像經過千錘百鍊之後的藝術品，沒有一絲瑕疵。

「結束。」直到蕭練出聲，如初才驚覺到，自己居然對著他發起呆來。

她還不太敢動，只站在原地問：「我能過去了嗎？」

「可以。」蕭練將手術刀擱在之前擺放棉花與麻醉劑的鐵盤上，又說：「燈留著，照近點，可以幫牠取暖。」

「手術成功嗎？」如初走到他對面輕聲問，眼角餘光掃過染血的刀刃。

「當然，妳可以靠近看。」

如初慢慢彎下腰，頭湊近。麻藥的效果還在，小貓閉著眼睛，毛茸茸的肚子隨著淺淺的呼吸一上一下，十分安詳。蕭練趁她看得專心，拿起鐵盤，將上頭所有東西往垃圾桶倒，劍尖在滑出鐵盤後倏地立起，瞬間化做幻影消失，針頭藥瓶則滑進桶內，發出一陣叮叮噹噹。

如初回過頭，啊了一聲，忙說：「我來幫忙。」

她俐落地幫垃圾多包了兩層袋子，打上死結，整理完才直起腰，就瞥見貓咪的小爪子抽搐了一下。

「牠醒了？」如初大爲驚喜。

「沒這麼快。」

蕭練拿起點滴袋，環顧屋內一周後將檯燈當點滴架使用，掛了上去，調整好位置後又說：「大概吊完半袋才會慢慢醒來，要等麻藥全退妳才能帶牠回去。」

「太好了，謝謝、謝謝……呃，傷口不用縫嗎？」

謝到一半，如初忽然注意到小貓的傷口不但沒縫，連紗布都沒裹，就這麼大剌剌地攤在那裡。

她瞬間又有些驚惶，蕭練也愣了一下，才不太自然地說：「不用縫，已經開始癒合了。」

剛動完手術傷口就立刻癒合？

如初想抗議這話太過荒謬，但同時，心底有個聲音說：「蕭練不會拿生命開玩笑，儘管只是一隻小貓。」

她咬住嘴唇，緊盯著貓原本腫脹流膿的右後腿不放。手術的痕跡仍在，但傷口已停止滲血，開始縮小。又過了兩三分鐘，傷處居然以一種肉眼可見的速度慢慢凝結出咖啡色的疤痕。

「眞的耶……」她喃喃，抬頭望蕭練，眼底滿滿全是驚喜與不敢置信。

蕭練逃避似地轉過頭，瞄一眼壁鐘後說：「對面有個小超市，妳可以去買點貓食，順便也買點東西給自己吃。」

「那你呢？」如初問。

「我陪牠。」蕭練指指小貓。

這安排十分妥當，但不知道爲什麼，如初總覺得放心不下。她走到大門口，握住門把，被金屬的冰涼感刺激得手一抖，抬眼望去正好看見蕭練彎下腰，打開茶几上的樂器盒，取出一管黑色豎笛。

他的手指修長，骨節分明。如初停下腳步，期待能再次聽到樂曲，但蕭練只試了幾個音，便從盒子裡取出一塊布，順著笛身輕輕擦拭。立燈被挪進廚房照顧小貓了，客廳照明現在只靠天花板上的一排小射燈，微黃的光線將他籠罩在一個光暈裡，好像劃地爲牢一樣，他不出來，旁人也進不去。

如初忽然無法忍受這個畫面。她開口，問：「你想吃什麼，我去買。」

「不用，照顧好妳自己就夠。」蕭練繼續擦笛子，連頭都沒抬。

「那喝的呢？紅茶、綠茶、礦泉水？」她不肯放棄。

他終於抬頭看她，一臉不解，答：「隨便。」

「好，那就這麼說定了，我買什麼你都喝喔！」

她開心地衝出門。下樓梯的時候隱約聽到幾個音符在頭頂飄蕩，並不成調，應該只是試吹，看看清潔好了沒有。

小超市的選擇不多，如初拿了幼貓罐頭、貓砂跟一個鞋盒大小的紙盒子，迅速結完帳，又在隔壁的飲料店帶走兩杯奶茶。當她提著袋子橫越馬路時，鼻端忽然嗅到桂花香裡摻雜了一股焦甜味道——糖炒板栗？

她最愛的零食，在家時可以從九月開始一直吃到隔年，而且印象中，她認識的人還沒有不愛吃的。如初循著香氣找到攤子，老闆把毛巾甩在肩膀上，問她要小顆的還是大顆的？小顆的果肉細膩，大顆的好剝些，老闆邊解釋邊順手遞上一顆，又慫恿她將剩下的全包了——沒多少，本來一斤二十六塊，剩下這幾包少說也有四斤，算個整數，一百。

幽幽笛聲再度自頭頂流洩，聽起來既熟悉、又遙遠，像是人知道自己身處異鄉，卻並不曉得家在何方。

回到他公寓門口時，笛聲已停，如初兩手都拿滿了東西，只好用肩膀壓電鈴。蕭練打開門，她舉起手，開開心心地告訴他：「我買了將近五斤板栗，配奶茶一起吃？」

蕭練握著手機回答：「公司來電話，要我出差一趟。」

如初頓時有些沮喪，她問：「什麼時候出發？」

蕭練一臉無奈答：「現在。」

手機裡突然傳出殷含光的聲音，他問：「老三，有人在你旁邊？」

如初瞇起眼睛，壓低聲音問：「殷組長在禮拜五晚上八點半打電話來要你臨時出差？」

蕭練眼神閃了閃，也壓低聲音對她說：「他不是第一次這樣。」

「過分。」

「可不是。」

手機又傳出聲音，殷含光問：「誰啊？」

如初瞄著手機，忽地一時衝動，開口大聲說：「殷組長好，我是應如初，請問您要吃板栗嗎？」

殷含光沉默下來，再過片刻，蕭練突然縱聲大笑。

他笑了好一會兒，舉起手機對如初說：「他掛電話了。」

11. 兵不血刃

蕭練上樓收拾行李，留如初一個人站在餐廳，糾結地望著檯子上的小貓。

麻醉藥效力漸漸退去，在燈光的照射下，小貓頭不時左右搖晃，似乎是逐漸清醒了，只不過四肢還沒有力氣，只能安分躺著，一雙大眼睛東瞄西瞄，一點也不怕生。

麻醉沒退乾淨的貓不宜移動，但，屋主就要去出差了，怎麼辦？

如初走到餐檯旁邊，用食指輕輕搔了搔小貓下巴。沒過多久，蕭練拎了個小登機箱走下迴旋梯，朝她問：「妳留下來陪牠？」

如初愣了一下，猛點頭。蕭練掏出一支鑰匙遞上前，又說：「麻醉恐怕要到半夜才能全退，不然妳乾脆在我這住一晚？樓上有床。」

「可以嗎？」如初睜大了眼睛問。

「妳覺得不妥當？」

「不會、不會，只是……」如初接過鑰匙，喃喃：「又給你添麻煩了。」

蕭練莞爾一笑，答：「不麻煩。」

他的心情顯然很好，態度比之前要來得輕鬆自在許多，如初很高興看到這麼神采飛揚的蕭練，卻又有些擔心自己剛剛太過唐突。

她看著他，忍不住問：「你不擔心殷組長會生氣？」

「一點也不。」蕭練嘴角微翹：「我好久沒見到大哥被人一句話給堵得啞口無言了，精采。」

殷組長是他的大哥？

疑惑只在心底一閃而過，如初咬了咬嘴唇，垂下眼說：「還有，今天早上我傳給你的那條訊息，你可以……當作沒看到嗎？」

「可以，不過我挺好奇，到底公司裡在傳什麼讓妳很困擾？」蕭練問。

如初想都沒想，立刻否認：「也沒有很困擾。就，辦公室八卦，說你把我從電梯裡救出來，我卻潑了你一身咖啡……」

八卦的後半，當然是把他們湊成一對。

蕭練唔了一聲，一本正經再問：「兩者都是事實，有什麼不對的嗎？」

「我才沒那麼忘恩負義好不好……」說到這裡，如初忽然醒悟：「等一下，兩件事根本沒有因果關係，硬扯在一起，這個不叫事實吧？」

「是不太能算，但挺有娛樂價值的，不是嗎？」他對她眨眨眼。

如初瞪大了眼睛，完全不知道該如何反應——她之前爲什麼從來沒發現蕭練的幽默感如此惡劣？

「好了，不鬧妳。我的經驗，流言就是寫在水上的話，風一吹就散，不必費心。」他伸手輕觸她的右頰，眼底流露出一絲渴望，低聲又說：「只可惜難得有一次，我希望流言能夠成眞。」

兩人站得很近，如初的心臟瞬間狂跳了起來，但蕭練隨即收回手，放下行李箱，轉頭對著躺在檯子上的小貓說：「走之前我再檢查檢查牠。」

他一大步跨到檯前，留下如初站在原地，煩惱著爲什麼今晚的心情像雲霄飛車，忽上忽下。

蕭練查到一半，手機鈴聲響，他接起來，用肩膀夾著說話：「是，我看過現場照片……對，一刀致命，但刀法不是封狼……有，剛收到機票，幫她又不耽誤正事，有什麼不妥當？……好，我馬上出發。」

他結束電話，擦了擦手，轉頭對如初說：「復原情況良好，妳懂得該怎麼照顧吧？」

「沒問題，我家黃上動過兩次手術，都是我照顧的。」如初不自覺伸出手，想拉他的衣袖，伸到一半驚覺不對又縮了回去，望著他只說：「那，我等你回來囉？」

蕭練凝視著她，沉默片刻，最後說：「好，妳照顧貓，也注意照顧自己。」

「一定。」她送他到門口，目光掃過剛剛買的奶茶，又趕緊拿了一杯過來，問：「你要不要帶著在路上喝？」

他接過，喝了一口。如初感覺受到鼓勵，又問：「你什麼時候回來？」

「很快，順利的話搞不好明天就回來了。」

「那，掰掰。」她朝他揮揮手。

蕭練似乎不習慣這樣的道別，只嗯了一聲，便朝車庫走去。直到他的身影完全消失，如初才關上門，回到小貓身旁。

她拍了兩三張貓照片發給莊茗，附注：「陪牠，今晚不回家。」

幾分鐘後，莊茗打電話過來，跟如初商量收養這隻貓。兩人從小貓的名字討論起，一路暢聊到帶貓出門散步的可能性。講完電話後，如初打開電視不停轉臺，眼睛雖然盯著螢幕，腦子裡卻不斷浮出蕭練欲言又止的神情、幫貓咪動手術時的專注，以及那柄手術刀……

純黑色，比一般的手術刀寬而薄，最奇怪的是居然沒有柄，而且頗為眼熟，她到底在哪裡見過呢？

綜藝節目還在熱熱鬧鬧地進行，如初突然跳了起來，抓過背包取出古書，一頁一頁迅速翻動。她翻到三分之二的地方停住，瞪著插圖半晌，閉上眼睛。

果然，記憶並未騙人，被蕭練拿來當手術刀使用的，是一截劍尖。

如初慢慢將書往回翻，插圖所在的章節，標題為「商天子三劍」。這一章開宗明義闡述商朝開國之初，夜降隕星，火光照天，在地面上砸出了兩公尺深的大洞。燃燒數日，光芒逐漸黯淡，又過了半年多，溫度降低，等人們終於可以靠近了，才看到一顆比人頭還大的圓石，閃爍著金銀般的光澤。這顆圓石沉重異常，商天子專門造了一輛車，用十頭牛才將其拉上地面，交給掌管鑄造兵器的大司空。大司空找到了專門鑄劍的一族人，花了六十年的功夫，歷經三代司空，終於將隕星提純，鍛造出三把劍：

「鉗錘一甲子，火候足時，鼓風而金花乍現，一扇一花，愈烈愈現。歷三代司空，隕星百不一存，方成三劍。」

看到這裡，如初已有些心驚，她定了定神，繼續往下看。

商王武乙將這三把劍命名為含光、承影、宵練，是三把幫助商朝軍隊成功討伐人方的寶劍。而後商紂王殘忍暴虐，為周武王所滅，三劍自此下落不明。

古書對三劍的描述還不少，提到宵練劍時的形容是：「其觸物也，騞然而過，隨過隨合，覺疾而不血刃焉。」

翻譯成白話文的意思是：鋒利到切開人體之後，創口立即癒合，不留疤痕，劍身也不會沾上一滴血，爲成語「兵不血刃」的由來。

蕭練擁有這把劍？或者，他就是這把劍，化形成人，活在現代社會中？

如初闔上書，困惑地對自己搖搖頭。

「喵，喵喵。」

小貓對她搖頭晃腦大叫，如初於是取出剛買的貓罐頭，拌了水先餵牠一小瓢。小貓兩三下舔完了又衝著她叫，如初索性把整個罐頭都推了過去。看著貓吧嗒吧嗒吃得肉沫四濺，她忍不住用手點點貓咪毛茸茸的頭，說：「遇到他，算你運氣好。」

小貓吃完了，心滿意足地趴著開始舔爪子，舔著舔著頭一直點，居然睡著了，小小身體發出好大的鼾聲。如初好笑地用蕭練的線衫將牠裹緊，放進紙盒裡，繼續打燈保暖，然後站在客餐廳之間，猶豫片刻，沿著樓梯往上爬。

臥房延續了樓下的整體風格，只擺了一張床，除此之外並無其他家具。整套午夜藍的寢具，鋪得比店裡的展示品還平整，沒有一絲皺褶，當然也沒有人睡過的痕跡，倒是有一本發黃的樂譜攤開來擱在床尾，以及一只笛盒，隨意地放在枕頭上。

房間裡雖然沒什麼生活氣息，卻莫名發揮了主人強大的存在感。如初坐在床上摸摸譜又碰碰笛盒，最後決定抱著毯子跟枕頭下樓睡沙發——小貓需要人陪，她也不想把他的房間弄髒。

那晚，她失眠了，睜著眼睛看小貓在窩裡呼呼大睡。

隔天早上，如初抱著紙盒站在路旁，對一輛小轎車猛招手。車在她身旁停下，嘉木探出頭，愉快地說：「早啊，喬巴怎麼樣？」

喬巴是昨晚她跟莊茗一起幫貓取的名字，如初坐上副駕駛座，答：「睡得比我好，吃得比我香，身體柔軟度還比我強一百倍。」

「跟貓比這個誰會贏啊？」嘉木先回這麼一句，瞄了如初一眼，又試探地問：「妳同事昨天整晚都不在？」

「對呀，出差，工作很辛苦的。」如初摸摸小貓頭，忽地問：「你想，如果書上寫的商天子三劍眞的化形成人，從遠古活到現代，會是什麼狀況？」

她只是隨口一問，嘉木卻板起臉，嚴肅回答：「如果眞有這種事，我會先問，他們對生命抱持怎樣的態度？」

「那是什麼意思？」如初轉向他。

「妳想，這些東西從還是材料起，周圍就不斷鬧出人命。隕星砸下來死了人，鑄成寶劍也是用來殺人的。如果他們眞能夠化形，外表變得人模人樣，內在呢？他們會把人命當一回事嗎？」

嘉木所說的全是古書的內容，有些甚至還是她講給他聽的。如初找不到立場反駁，只好不甘心地喃喃回答：「『東西』這種說法好難聽。」

「講『器物』會比較好聽嗎？」嘉木聳聳肩：「我覺得差不多。」

他今天口氣很衝，如初不想吵架，索性打開車窗，扭頭假裝看街景，不說話。

看著看著，她忽地揉了揉眼睛，說：「我好像看到莊茗了……」

「哪裡？哪裡？」嘉木四下亂看。

如初指指斜前方，嘉木用一種見鬼了的表情說：「就是她，還有我們中心的博士後研究員。」

嘉木這麼一講，如初才注意到還有個男生走在莊茗旁邊。那人身材高大，肌肉發達，背影呈現一個漂亮的倒三角，跟嬌小的莊茗並肩走在一起，反差特別給人一種很萌的感覺。

如初扯扯嘉木：「我們還是裝做沒看見吧？」

「我思考一下……」

嘉木雖然嘴巴這麼說，卻已將車停在路旁。喬巴原本睡得挺香，感覺到變化也抬起頭，伸長脖子往外看。

就這樣，兩個人一隻貓坐在車裡看著前方一會兒，看到男生牽起女生的手時，如初又扯扯嘉木，問：「他們在約會吧？」

「顯然是。」嘉木一臉茫然地說：「問題是他們怎麼認識的？David兩個月前才回國，之前都在澳洲念書。」

講到這裡，他一把推開車門，說：「走，陪我當個電燈泡。」

如初趕緊拉住他：「欸，妳姐甩開那個男的手，往我們這邊走了耶。」

嘉木腳下一頓，下一秒，莊茗數落人的聲音清楚傳了過來：「沒錢付房租不肯找爸媽我能理解，但跟誰都不說一聲？要是我沒發現，你打算怎麼辦，繼續睡研究室地板？」

「我不是沒錢，是皮夾掉了，等下個月薪水發下來就沒事了，而且我們研究室地板挺乾淨的，每天清潔阿姨都掃兩趟……」男子從後面看是虎背熊腰，正面看也像一頭熊，毛髮濃密，臉有點憨，如今肩膀垂下，一副可憐兮兮的模樣。

「沒錢就是沒錢！」莊茗大怒：「你要強辯到哪一年……周思遠，你在看哪裡？」

當然是看到了他們。如初抱著貓站出來，擺手，說哈囉，嘉木則是對著兩人扯了下嘴角，說：「嗨，David。嗨，姐。」

「Jeremy 是妳弟？」大熊一愣，看向莊茗。

莊茗看嘉木，嘉木對如初解釋：「我們中心有外籍研究員，平常互相稱呼都用英文名字。」

如初點點頭，很想告訴嘉木，全場最不需要聽解釋的人就是她。

氣氛尷尬了片刻，莊茗拉過大熊對莊嘉木介紹：「嘉木，這是思遠哥，他們家一直住在我們家隔壁，直到你三歲那年才移民去澳洲。」說完接著轉頭：「思遠，這是嘉木，他三歲……」

莊茗貧乏的介紹詞還沒說完，兩個男生已同時開口。

嘉木說：「喔，你就是我姐那個每一任男友都要為此大吵一架的外國網友？」

大熊說：「小嘉木，你變了好多！我還記得你以前頭髮很少，莊媽媽好擔心你會不會從小就禿頭……」

兩人同時住口，莊茗看起來像是想把自己的弟弟給宰了，嘉木看起來想烤熊掌，大熊則努力縮成一團，想降低存在感，而如初忍笑忍到肚子痛……

最後，四個人浩浩蕩蕩護送小貓回公寓，午餐叫外送，大家表面一團和氣，內裡暗潮洶湧。

嘉木找到周思遠的臉書，成功挖掘出金髮碧眼的前女友（大熊：八年前就分手了！）；莊茗確認嘉木小時候沒頭髮的照片還在家裡，表示要丟上網公告天下（嘉木：營養不良不是我的錯！）；如初不識相地表示獨生女太寂寞，好想要有兄弟姐妹，結果被莊氏姐弟圍攻……

這段發展太有愛了，臨睡前，如初忍不住發訊息給蕭練，說：「有兄弟姐妹真好，成長的過程有伴。」

幾分鐘後，他回：「我少時跟兄弟失散，許多年後才聚首。」

如初問：「你有兄弟？」

他答：「一對雙胞胎哥哥。」

如初想到商天子三劍中的含光劍和承影劍，以及公司裡的殷含光、殷承影……

蕭練跟他們不同姓。

他是如何誕生在這個世界上的，又是怎麼活過了這些年？

如初頓了頓，回：「你現在在哪裡啊？」

直到她闔上眼，這條訊息一直處於「未讀」狀態。

12. 行蹤成謎

蕭練失聯的第三個夜晚，如初在清晨自夢中驚醒，出了一身汗。不記得夢境，也不覺得驚悚，只彷彿遺失了重要的記憶，胸口處空蕩蕩，心底滿滿的失落。反正也睡不著，她索性披上衣服坐到窗前，取出酒店經理邊鐘托她修理的銀薰球，動手檢查，直到時間差不多了，才起身換裝準備去上班。

早上八點二十分，如初抵達公司，她照舊爬樓梯到十五樓，卻愕然看見修復室大門緊閉，杜長風在門上貼了張紙條，宣告所有工作暫時停止，大家去二樓向特助宋悅然報到，另有工作分發。

「該不會發現屋頂漏水了吧？」徐方只比如初晚到一步，看完紙條後憂心忡忡地往窗外望。

今天沒太陽，天空烏雲密布，一副隨時都會下雨的模樣。如初瞥了窗外一眼，便默默退回樓梯間往下走，然而走了兩層樓，她腳步一頓，又轉出樓梯間，來到十三樓的前臺。

站定在重環面前，如初緊張地笑了笑，說：「請問，蕭練回來了嗎？」

「呃，就某種意義上來說，也算回來了……」

重環邊回答邊往如初的後方瞄，如初猛轉頭，只見殷含光跨出電梯，表情凝重。

他走到如初身邊，停下腳，對她說：「蕭練暫時不會回來。」

不對，分開的時候，蕭練明明不是這樣說的！

殷含光在公司的資歷職位都高，說起話來相當具有權威感。如初壓抑住心中的焦躁，又問：「那，可以告訴我他大概什麼時候會回來嗎？他公寓的鑰匙還在我這裡。」

「妳可以先交給我，我負責轉交給他。」

殷含光伸出手，如初不由得後退一步，微微搖頭。殷含光見狀，不在乎地收回手，又說：「妳不放心的話，先幫他保管也行。」他接著轉頭，吩咐重環：「擋掉所有人，今天我們不見客。」

重環問：「誰都一樣？」

「一樣。」殷含光說完便自顧自大步走進門內。

如初愣了半晌，轉頭以求助的眼神望向鏡重環。重環聳聳肩，一臉愛莫能助，說：「要不，妳等杜老回來問他看看？」

一句話提醒了如初，今早還沒看見杜長風。她忙問：「主任去哪裡了？」

「出差。」鏡重環答得順溜。

又是出差。如初再問：「那，請問他什麼時候會回來？」

「這個一定快。」鏡重環笑瞇瞇地向如初擺擺手：「沒事，妳先下去吧。」

「沒事」兩字讓如初心下稍安，她下到二樓，沒找到悅然，於是先處理手邊的表格，編輯之前還沒完成的報告。

中午十二點，如初進入員工餐廳，只覺得餐廳似乎比平常要更吵一點，但也還好。她心不在焉地拿了幾樣菜，剛準備找位子就坐，舉頭就見老莊師父對她招手，臉上充滿激動。

如初走到老莊師父桌旁，還來不及坐下，他就迫不及待地朝她發問：「妳事先也沒收到任何通知，今天到了公司才發現修復室進不去，是不是？」

如初點頭，老莊一拍大腿，連說好幾聲：「我就知道！」

知道什麼？

如初趕緊坐下，聽了幾分鐘之後她搞清楚了。原來，老莊師父懷疑公司遺失了客戶交付的貴重古董，不願聲張，自行封鎖現場請人調查。

「我有個朋友以前待的地方也出過這種事，老闆混黑道的，一口咬定是內賊，二話不說，所有人雙手舉高、臉貼牆，保鑣一個個上來搜身。我朋友當時年輕氣盛，硬是不肯，說他老闆違法，喝，當場兩個嘴巴子下去，臉馬上腫了！」

老莊師父講到興起，連比帶畫，十分有勁，旁邊其他部門的同事都被吸引過來，圍成一圈旁聽。

他語聲方落，就有人好奇發問：「那後來呢，查到誰偷的沒有？」

「查到了，老闆兒子順走的，獨生子，長到二十來歲啥正事都不幹，專門偷雞摸狗。」老莊師父喝口茶，嘿了一聲，又說：「可不是內賊麼。」

全場都笑了，唯有如初笑不出來。先是蕭練出差，如今歸期不明，下落也不明，然後修復室不讓人進去，主任也出差……

巧合？還是眞的出事了？

吃完飯，如初心神不寧地跟著大家離開餐廳，一路想東想西，等回過神來時，不但已經跟著人潮跨進電梯，還錯過了二樓。她只好繼續往上坐，同時告訴自己，沒有人會那麼倒楣，連續兩次遇上電梯意外。

電梯在十三樓停住，門開啓，悅然端了兩個冒著熱騰騰霧氣的杯子跨進來。如初目光落在其中一個眼熟的鋼杯上，問：「主任回來了？」

「剛到，也不去吃飯，關上門在房間裡猛抽菸，我還沒看他心情這麼差過。」悅然嘆了口氣。

如初再問：「我幫妳拿一杯吧？」

「好，謝謝。」悅然將杜長風的杯子遞給如初，靠近時低聲說：「公司有人出事了，等下再聊。」

如初頓時呼吸爲之一緊，再過幾秒，電梯噹地一聲，二樓到了。悅然率先跨出電梯，如初跟著她走到茶水區的窗戶旁，急問：「誰啊？怎麼回事？」

悅然搖頭：「不清楚，我剛剛只聽到主任跟鼎姐討論，說什麼如果會躺上幾十年，該不該保留戶口，就報成工傷……」

「幾十年？」如初倒抽一口冷氣。

「對啊。我聽到的時候就想，躺上幾十年呢，這不成了植物人嗎？二樓今天就有兩個人請假，也不曉得是哪一個，想到都難過，唉。」

悅然神色沉重，如初忍不住抖了一下，問：「妳要不要打電話給請假那兩位同事？就，表達一下關心也好。」

「我剛剛在十三樓有發訊息給她們。」悅然掏出手機看了一眼：「咦，都回覆了，那會是誰出事？」

不會是他，一定不會是他。

如初勉強對悅然擠出一個笑容，舉了舉杯子，說：「那我端咖啡給主任了。」

她說完便轉身，拋下一頭霧水的宋悅然，大步走向主任辦公室。

到了門前，如初伸出手，握緊拳頭，叩叩叩，每一下都扎扎實實敲在門板上。然而過了許久，杜長風才開口，說：「進來。」

如初推開門，室內果然煙霧瀰漫，杜長風皺緊眉頭坐在桌前，只對她說了句「放下就好」，便不再開口。

識相的話，應該自動離去，可是今天如初不打算識相。她將咖啡放在桌上，清了清喉嚨，說：「主任，鼎整理好了，準備送回庫房，排定十二月再來清潔。」

「行。」杜長風又抽了口菸，看都不看她一眼。

「下一樁任務什麼時候開始呢？」

「過幾天。」

「那我什麼時候可以進修復室做準備？」

「再等兩天，不急。」

「請問，蕭練還好嗎？」

這句話，如初用跟之前一模一樣的語氣問出口，但杜長風卻霍然抬頭，盯著她不放。

如初迎上他的視線，再問：「他出事了嗎？」

杜長風捻熄了菸頭，坐直身體，斟酌半晌，說：「受了點傷，沒有生命危險，我們……醫生還在評估中。」

如初一顆心頓時沉了下去，她急急又問：「他在哪家醫院，我們什麼時候方便去探望——」

「不方便。」杜長風一口截斷她的話，又說：「他以後不會來上班了，我知道妳跟他還不錯，有個心理準備也好。」

晴天霹靂，如初整個人都懵了，她掙扎著問：「以後是……永遠的意思嗎？」

「十幾年，幾十年？」杜長風想了想，說：「這種事太難說，反正妳也幫不上忙，先出去，專心工作。」

「好的，我了解了。」

經過一個多月來的相處，如初了解杜長風，他不願意說的，糾纏也沒用。她乾脆地走了出去，找到悅然，開始幫忙處理公司季刊要用的照片。她邊做邊跟悅然聊天，卻也並未得到更多資訊，只確定了兩位請假的同事一個生理痛，一個要拔牙。

到了下午三點，如初試著再去敲主任辦公室的門，卻發現門已上鎖。她不死心，上到十三樓，然而重環滿臉歉意，請她馬上離開。

如初不在乎尷尬，但，當所有的路都被堵死了，要如何才能得知蕭練的下落？

她又回到二樓辦公區，老莊師父與徐方正在爭辯，一個認為已經採到了小偷指紋，如今全案移交給警方，另一個則堅持玻璃窗漏水，恨不得能立刻衝上去檢查地毯。

如初坐在他們兩人旁邊，在你一言我一語中抬頭仰望。

過兩天就能進修復室了，但，過兩天，她會知道更多嗎？

不會，直覺在心底如此說。

等等，為什麼要緊急封鎖修復室，裡頭……藏了什麼？

一個念頭在腦子裡迅速成形、生根，再也無法撼動。如初將手放到鍵盤上，繼續調整季刊照片的光影對比，不流露一絲異樣。

五點半，下班時間到，大家紛紛往外走，她隨著同事們一起出門，跟平常一模一樣，走到站牌等車，車來了，排在隊伍裡上車，有空位就坐下。

車開到下一站，司機也如往常般一個急煞車停住，所有乘客頓時東倒西歪。如初踉踉蹌蹌下了車，站在原地定了定神，沿著原路以正常速度行走，不時留心觀察左右，確定自己在下班的人潮中完全不惹眼。

目標，廣廈十五樓，雨令文物保護公司的修復室。

13. 修復

如初在六點十分走進廣廈，正好碰上同棟另一家公司的下班時間。大廳裡都是人，警衛沒理她，她也不理警衛，直接拐進樓梯間，開始往上爬。

九樓、十樓、十一樓……每爬一層休息一下，然而還是無法控制心跳聲越來越強。終於走到十五樓，如初站在黑暗中的修復室大門前，舉起掛在脖子上的識別證，對著感應鎖徬徨。

只要刷了便會留下紀錄，她該如何解釋？

也許，不解釋？

過去一個多月，有兩次她下班後發現手機掉在修復室，匆匆跑回來，刷卡入內拿了就走，從頭到尾沒猶豫過一秒鐘，事後也沒有任何人找她解釋，又不是做壞事，有什麼好怕的？

心一橫，她握緊卡片，用力往下刷，修復室的門正常開啓。如初大步跨了進去，關上門，打開所有燈，環顧左右。

玻璃窗沒變，隔間沒變，修復區外圍的擺設也沒有絲毫變化。她穩住呼吸，走經過織品修復區，推開「玉石、陶瓷及金屬品修復區」的木板門，仔仔細細開始檢查。

所有設備工具都在原來的位置，擺放方式跟昨天沒有任何差異，如初繞了一圈，拿著手機當手電筒朝櫃子底下望，只找到一隻手套，上面滿是灰塵，也不曉得什麼時候掉下去的，落在這個死角，徹底被人遺忘。

如初將手套扔進垃圾桶，跨出這一區，來到隔壁，站在那塊掛著「無差別急救中心」的木牌前面，深深吸了口氣。

打從她進公司以來，這區就處於完全封鎖狀態，無人提及，也從未見人進去過。她曾問過杜長風，得到的答覆是：「用上的時候妳自然就知道了。」

今天，會是那個時候嗎？

如初伸出手，試探性地推了門板一下，下一秒，門無聲滑開，整個房間在她面前一覽無遺。這間名字很炫的修復室裡，居然只擺了一條長桌，桌上擱著一個長方形的木箱，除此之外，再也沒有任何其他設備。

木箱上貼著白色紙封條，上頭卻無任何說明文字，旁邊也沒有表單。這基本上已經違反修復室守則，杜長風在她上班第一天就說過，東西一定得先貼標籤，註明來歷，才能放上桌。

算了，她如今站在此地，已不知違反多少條修復室守則。

走到這一步，如初反而冷靜了下來。她將雙手放到木箱上，驟然間，耳邊傳來一陣聲響，跟夢境中聽到的有點像，卻更激昂。人用古老的方言傾訴，伴隨著金鐵交鳴，她聽不懂意義，卻聽得出情緒，那是一種呼喚，迫切、急需共鳴……

嘩地一聲，如初撕破封條，取下木箱的蓋子。

首先映入眼簾的是一疊無酸紙，包裝青銅器的常見耗材，隔壁就有一大箱。耳畔聲響迅速遠去，熟悉的事物讓人覺得踏實，如初俐落地撥開紙，看到底下有只狹長的錦盒。

她慢慢掀起盒蓋，只見一柄無鞘的黑色薄刃長劍，靜靜躺在錦盒正中央。

這柄劍在電梯墜落時救過她，然而，正式面對面，它帶給她的那份熟悉感，卻遠遠不止於此。如初定下心，將劍從匣中取出來，一點一點撫摸冰涼的劍身。

指腹的觸感告訴她，劍身上有許多或長或短的裂紋，像是大大小小的傷痕，雖然肉眼看不清楚，卻依然讓人心疼。但問題應該不在這裡，她將劍翻面，心頓時一緊，發出一聲低低的驚呼。

劍身中央有道裂痕，傷口雪亮，看得出來是新傷，雖然不深，卻鮮明地教人觸目驚心。

「你怎麼把自己搞成這個樣子啊？」她忍不住將臉貼在劍上，喃喃低語。

金屬的涼意自臉頰傳來，讓人心情爲之寧靜。如初再次愛惜地摸了摸劍身，然後將劍放回盒中，捧起錦盒，走回金屬品修復區。

穿上工作服、綁頭髮、洗手、擦乾——這是每天的日常，但這次修復，不容許任何失誤，光憑她一個人，做得到嗎？

如初站在工作桌旁凝視長劍良久，咬咬牙，取出手機擱在桌上，再點開視訊通話。

撥號音嘟嘟響了幾聲後接通，她開口，問：「喂，爸爸嗎？我有把劍需要修復，你能不能幫我看一下？」

千里之外，在家裡客廳的沙發上，應錚關掉照慣例吵成一團的政論節目，抱起一直在腳下磨蹭的肥貓，興致盎然地端詳錦盒裡的長劍。

「我看還好，沒斷，就裂了個口子，新傷舊傷？」應錚邊問邊戴上老花眼鏡。

「最嚴重的那道是新傷，但也有舊傷。」如初將劍翻個面，問：「我剛發了缺口的近照過去，爸你收到沒有？」

「剛收到。」應錚端詳著手機上的照片，面露困惑之色。純就造型判斷，這柄劍屬於先秦時代，除了劍柄鑲有一顆青金石之外，再無其他紋飾。如此樸素，照理來說並不屬於王公貴族的用劍，但劍身線條流暢至極，劍刃打磨得光可鑑影，又似出自名家手筆。更怪異的是，即使透過照片，他依然能感受到這柄劍寒氣逼人。

「這劍不會是後代仿的吧？」應錚忍不住問女兒。

「我想不是。」如初看看質譜儀又看看劍，決定不分析元素成分了，怕嚇到老爸，也怕嚇到自己。

她取出劍，試著彎了彎，又補充說：「彈性非常好喔。」

「少見多怪，秦皇一號坑裡出過一把青銅劍，壓彎四十五度還能彈回平直，搞不好同一個坑裡出來的。」

應錚笑著回答，語氣裡多少有教導如初莫大驚小怪的意思。他修復古刀劍多年，什麼怪事都見過，全仗經驗處理，這劍給他的第一印象還可以，不是那種自帶浩然正氣的王者之劍，但也不陰邪，應該不至於對女兒有所妨害。

如初小心地將劍放在桌面，問：「就，開始了嗎？」

她模樣鎮定，聲音卻帶著喘息，彷彿十分緊張。應錚想著年輕人第一份工作，患得患失難免，於是也沒多問。他口頭先解釋了一趟流程，接著說：

「這把劍狀況不差，不用太多處理，我們一步步來，妳拿個小銅鎚，先對付最深的那道傷。沿著傷口周圍輕輕敲，讓傷口往內收縮變小，注意出力要均勻，做過頭了傷上加傷……」

如初照著爸爸的吩咐拿起銅鎚，這才發現手居然在發抖。這可不行！她深吸一口氣，驅散所有雜念，屏氣凝神，開始輕捶劍身。修復室裡沒有掛鐘，但換了三支銅鎚之後，如初還是從漸漸脫力的臂膀，感覺到時間的流逝。

父親的聲音再度響起：「烙鐵修補，一點一點補，補嚴爲止。」

終於修到最困難的一步了。如初撥開被汗黏在頸後的碎髮，舉起焊槍。右臂酸麻到要用左手托著才能穩當，然而槍上吞吞吐吐的火花，好像在告訴她，只要堅持下去，很快很快，就能再次見到他……

汗水滴在炙熱的劍身，發出滋地一聲，轉眼便冒出一縷白煙。而在同一時間，長劍彷彿抖了一下，發出一陣輕吟。

「蕭練？」她趕忙住手，然而劍停在桌面上，再不曾發出任何聲響。

修復已到緊鑼密鼓階段，容不下分心。如初也沒空想自己是不是看錯聽錯，她將細鐵條燒紅了，沾上塡料，開始補劍身。

這道工序最考驗眼力，每次只能沾一點點，如蜻蜓點水般點在大大小小的傷痕上。她先補好那道最深的新傷，接著翻面，處理舊傷。看著錯綜的傷痕一道道被塡平，心中有種說不出來的喜悅安寧。

應錚說完訣竅便掛下電話讓女兒去忙，直到過了午夜，他忍不住打了通電話問如初：「公司不會要妳通宵加班吧？」

「呃……出了點意外，我自願的。」如初舉起手裡的劍，補充：「不然同事會很辛苦。」

女兒看起來雖然累，但笑容燦爛，不像被老鳥欺負的樣子。應錚自以爲理解地點點頭，說：「最後一步，上刻刀，補配面刻平，砂紙磨石拋光——」

「你們倆在幹嘛？」應媽媽的臉忽然進入螢幕，兩隻眼睛瞪得老大。

「媽，我在公司，爸爸教我修劍。」如初雖然忙到頭都暈了，還是開心笑出聲。

她跟媽媽閒聊了幾句，道過晚安後，才將目光焦點重新轉向長劍。

最困難的工序已然完成，剩下來的部分當然還是需要細心與耐心，但是不用再擔心出錯。如初脫下手套準備換工具，這才注意到劍柄上纏繞著一條金絲打造的細帶，泰半已遭鏽蝕，表面全是汙漬。

這條金絲帶與劍明顯不屬於同一個年代，硬湊在一起很奇怪。如初雖然看得很不順眼，卻也還是耐著性子一圈圈將絲帶解下來，打算清理乾淨再纏回去。不料解到最後，卻發現絲帶的末端竟硬生生嵌入劍柄之中，根本無法分開。

一般來說，劍柄纏繞絲帶是爲了方便使用者握持，但這條絲帶無論從材質或纏繞方式都沒有此一效果，要說是裝飾品又不好看。如初沒辦法，只好擦去鏽跡，照原樣繞回去。

修復工作的最後一程，就只剩她跟一把長劍，但如初卻一點都不感覺孤單。她大膽地脫下手套，徒手沿著刃線一路自劍首撫摸到劍尖，以指腹感受劍身上看不見的紋路，然後取出一塊拇指大小的磨石，以最輕柔的手法開始研磨。

凌晨三點半，劍已光滑如新。如初的手沒停，心裡卻開始琢磨一個問題：要怎樣才能知道這把劍修好了沒有？

一般而言，古物修復的標準可以粗略區分成兩種，一種是彰顯歷史價值的學術修復，另一種則是可供展覽賞玩的商業修復。然而，她可不認爲這把劍適用於以上任何一種標準。

「你能告訴我嗎？」如初舉起劍，開口詢問。

劍不理她，她又磨了半小時，停下手，偏頭打量成果。

黝黑的劍身如今平滑如鏡，隱約能照出面容。如初拔下一根頭髮，放在劍刃上，髮絲頓時斷成兩截，而劍身似乎有所感應，下一刻，竟散發出凜若寒霜的鋒芒。

她再舉起劍，以商量的口氣對劍說：「我只能做到這裡了。」

劍繼續不理她。

「你感覺怎麼樣？」

劍還是不理她。

如初又說：「如果我做錯了什麼，或者，弄痛你了，要講啊……」

就在她與長劍一問一答之際，十三樓的小型會議室內，殷承影抓抓頭髮，轉頭問殷含光：「老三到底情況怎麼樣？」

「他能醒來我們才會知道。」含光盯著監視器螢幕，冷冷說：「不過，無論他醒不醒得過來，我都建議立刻把他送走，不能再這樣下去了。」

「他的事，他決定。」鼎姐端著一只瓷杯倚在門邊，飲了口茶，說：「含光，這麼多年，該放下了。」

「可是歷史最愛重蹈覆轍，不是嗎？」鏡重環靠在門框另一端，一副就愛唱反調的模樣。

房間裡驟然響起手機鈴聲，承影掏出手機，低頭看後站起身，說：「邊鐘回覆，封狼有同夥。」

「走吧，去國野驛一趟，問個清楚。」含光拉開門，率先走出房間。

幾分鐘後，一輛休旅車載著含光、承影與夏鼎鼎開出廣廈地下二樓的停車場，朝市中心駛去。而在十五樓的修復室內，如初已經將長劍收進錦盒，開始收拾工具。

就在她轉過身，打開水龍頭洗手的時候，桌上的錦盒突然自動開啟，盒中長劍無聲騰空而起，緩緩發出寒光，在空中旋轉了一百八十度，劍尖搖搖擺擺對準如初的心臟……

鈴鈴鈴，手機鈴聲在空曠的修復室裡響出了回音，如初忙接起，只聽媽媽劈頭就問：「妳還在公司？」

「馬上就走……媽咪妳怎麼還沒睡？」

「早睡了，只是起來上廁所。對了，修完劍妳給我直接回去，搭計程車。」

前半段語調還睡意朦朧，後半段忽然變得非常清醒，如初吐了吐舌頭，答：「一定一定，妳趕快回去睡，晚安。」

「還晚安，都早安了，妳趕快回去睡覺。」

母女同時掛下電話，而在如初身後，長劍晃了晃，又朝前逼近一寸……

「啊，這顆忘了收。」

有顆青灰色的磨石還擺在水槽旁，如初趕緊把手擦乾淨，取了石頭又準備開抽屜。就在她伸手的剎那，長劍光芒頓滅，跌落在錦盒之外的桌上，發出一聲悶響。

如初嚇一跳，急急回頭，只瞧見一柄黑色長劍躺在桌面上，劍尖輕顫，發出嗡嗡的微響。

她之前明明收好了的。

「你有話要跟我說？」她靠近長劍小聲問。

長劍巍然不動，如初想想又建議：「如果你沒辦法說話，但是能動，那可以用寫的呀。」

劍完全沒反應，但如初就是覺得自己被鄙視了。她忍不住舉起劍，左看右看：「喂，我跟你說……」

她有很多話想跟蕭練說，但面對一把劍，該從何開口？

「你的鑄造者有一點跟我很像，喜歡純粹，極簡主義。」

所以整把劍沒有一絲多餘的紋飾，甚至不需要劍鞘，就單單純純地，是一把殺人利器。

不知道爲什麼，這個想法讓如初有些悲傷。她等了一會兒，長劍還是長劍，既沒開口也不會寫字。如初於是將劍重新放回錦盒中，穿上外套，關了燈。

然而，在踏出修復室時，她還是忍不住回頭望。沒有雲的天空，月光如水般自玻璃窗傾洩注地，照亮了桌子的一小角。木箱穩穩站在桌子上，箱內有盒，盒中藏劍，寧靜美好得像幅畫，只要關上門，一切都將安然無恙。

「晚安。」她嘴角微彎，對滿室月光開口後，轉過身，毫不猶豫地離開。

14. 關心則亂

回到公寓後，如初怕吵到人，不敢開燈。她摸黑走進客廳，癱倒在布沙發上，緩緩閉上眼睛。

能做的都做了，剩下的，只有等待。

感覺好像根本沒睡，但當她睜開雙眼時，天空已呈現魚肚白。如初站起身，走到廚房找水喝，一眼看到餐桌上還有碗冷掉的雞湯。昨晚她趁空檔打電話給莊茗，編了個熬夜加班的理由，莊茗說要留碗湯給她，應該就是這碗了。她舔了舔發乾的嘴唇，才捧起碗，砰地一聲，穿著小熊圖案睡衣的莊茗打開房門，邊打呵欠邊問：「剛回來？」

「一兩個小時前吧，嗯，好喝。」雞湯裡加了很多蔬菜，油也撇乾淨了，如初抱著湯碗，含糊回應。

「妳是有多餓？起碼也加熱一下再喝。好啦，喝完上床，好好睡一覺。」莊茗伸個懶腰，說完轉進浴室前隨口這麼說。

如初掏出手機看了一眼，說：「沒時間，等下洗個澡就要去上班了。」

「妳公司要妳熬一整夜，第二天照常上班？」莊茗從浴室裡探出頭問。

「呃，我自願的。」如初放下空碗，抹抹嘴，心虛地如此回答。

這個說法完全無法說服莊茗，她抓著電動牙刷走出來，上上下下打量如初好幾眼，又問：「妳比剛來的時候瘦了一圈，自己曉得吧？」

「有一點，但我覺得還好。」

「我曉得妳從外地過來工作，壓力難免，但是……」莊茗欲言又止了一會兒，問：「妳不覺得妳公司挺奇怪的嗎？」

如初心一驚，反問：「怎麼說？」

「我也說不太上來。其實妳主管還好，頂多就有點神神叨叨，倒是公司裡其他部分……」莊茗皺一下眉頭，問：「他們是不是太多東西沒講清楚，所以妳才一天到晚都那麼緊繃？」

一語驚醒夢中人。如初放下碗，怔怔地點頭：「是，完全就是這樣。」

莊茗同情地看著她，又說：「很煩是吧？組織內部資訊不透明，最容易惹得人心惶惶。」

「對啊。」如初喃喃：「可是我現在根本停不下來。」

無法停止愛上他，無法停止探究真相。

「懂，我剛來現在這個單位時也有同樣感覺，後來處久了，慢慢知道該怎麼溝通，也就沒事了。」莊茗拍拍如初的肩膀，說：「會習慣的。」

她說完便又回到浴室，如初低下頭，喝乾淨最後一口湯。

拜雞湯與這番對談之賜，如初恢復了些許精神，梳洗之後，她急急出門追公車，比正常上班時間提早半小時進入公司大樓。

上班的人潮尚未湧現，如初跟收垃圾的阿姨道了聲早安，搭電梯直上十五樓，抓著背包來到「無差別急救中心」的門前。

她打開門，桌上的木箱依然關得好好的，跟她昨晚離去時一模一樣。如初也說不上感覺究竟是安心抑或失落，她拖著步子走到桌旁，移開木箱的蓋子，卻在下一瞬間愣在當場。

錦盒不見了。

木箱裡只剩下一大疊無酸紙，如初將紙全部抓了出來，確定裡頭的確空無一物之後，又蹲下去查看桌子底下。地毯式搜索了十多分鐘，她什麼都沒找著，只能氣喘噓噓地直起腰，額角全是汗，心臟一陣又一陣狂跳。

也許她根本沒把劍拿回這間安放？

抱著一絲希望，如初跌跌撞撞衝進平日工作的金屬修復區，東翻西找，將所有抽屜都拉了出來，卻還是一無所獲。

她把他弄丟了？

腦子裡突然冒出來的想法讓如初瞬間紅了眼眶，她努力告訴自己別這麼快下結論，卻還是腳一軟，差點跪倒在地上。她扶著桌子定了定神，決定下樓找杜主任坦白一切，尋求彌補的辦法，然而，站在電梯面板前方，她卻鬼使神差地按下了數字十三。

一分鐘後，如初來到十三樓的前臺，滿心期待。

重環今日走龐克風，黑眼圈畫得超級誇張，臉上還戴了一個裝拉鍊的食屍鬼口罩。她不等如初開口便拉開口罩拉鍊，搖頭說：「蕭練沒來。」

「那，有他的消息嗎？」如初問。

重環眼珠子轉了轉，正要開口，卻忽然扯動嘴角，像招財貓般將手舉到耳朵旁擺了擺，說了句「大家早」，接著迅速拉上口罩拉鍊。

如初轉過身，面對殷含光與殷承影，鎮定地說：「早安。」

他們在她身前停下，含光打量她幾眼，說：「妳今天請個假吧。」

「爲什麼？」如初立即警覺，瞪著殷含光。

「妳氣色很差。」答話的是承影，語氣裡帶著同情：「不然先出去吃個早餐再回來？」

「不用了謝謝，我想問——」

「隨妳。」含光打斷她，然後邁開步伐向玻璃門裡頭走。

承影對她比了個意義不明的手勢，用口型無聲說了「保重」二字，也跟著走了進去，留下半張著嘴的應如初，跟繼續轉著眼珠子的鏡重環。

既然在十三樓打聽不到任何消息，如初於是來到二樓。她一跨出電梯，便見悅然與徐方並肩坐在茶水區，兩人神色都十分凝重，正低聲商量著事情。

如初大步走過去，在他們面前停下來，開口：「早安，出了什麼事嗎？」

她也知道自己唐突，但顧不得了。

徐方深深嘆息，悅然抬起頭解釋：「前兩天，警察找到他學妹了。」

眼前兩人的神情絕不像是聽到什麼好消息，如初吞了吞口水，問：「她……怎麼了嗎？」

「根據警方判斷，應該是在第一次發生竊案的時候，他學妹就已經……不幸遇害。」悅然字斟句酌地講到這裡，瞥一眼徐方，迅速又說：「兇手把人丟到荒郊野外，所以過了這麼多天才被發現。」

悅然講到一半，如初就差點驚叫出聲，她用手摀住嘴，安靜地聽到最後，才放下手對徐方說：「節哀。」

「我沒事，她父母最傷心，白髮人送黑髮人，還有她男朋友，都快訂婚了，唉。」徐方又嘆了口氣，轉向悅然問：「出殯的日子還沒訂，不過我想先打通電話跟她家人致意，妳覺得呢？」

悅然似乎愣了一下，但很快反應過來，點頭稱是，又做出隨意的模樣問：「她什麼時候有男朋友的？」

「好一陣子了，最近才公開，男的在上海。她之前還找我聊，煩惱要不要換工作，沒想到出了這種事……」

徐方絮絮叨叨講個沒完，悅然溫溫柔柔地聆聽，直到他講到一個段落，她才抽空抬頭問還愣在一旁的如初：「妳找主任有事？」

如初回過神，忙點頭，悅然又說：「主任今天心情很好，妳快去吧。」

「妳想這會不會是犯罪集團？」徐方忽然開口。

悅然立即反應：「很可能。還有沒有其他地方也出過事？」

「妳這麼一問我倒想起來了，半年多前有個收藏古書的，忽然暴斃……」

徐方與悅然把話題轉向猜測兇手時，如初已經離開茶水區，筆直走向杜長風的辦公室。

主任辦公室的門半掩，裡面斷斷續續傳出說話聲，間接夾雜了幾聲輕笑，杜長風的心情果然很不錯。如初舉起手，輕輕在門板上敲了三下，然後就聽見鼎姐愉快地說：「如初是吧？快進來。」

鼎姐怎麼知道是她在敲門？

疑惑在如初心中一閃而過，她推開門，鼎姐正從沙發站起身，告訴杜長風：「你也知道，邊小哥的聽音辨識力一流，但認臉完全不行。那傢伙站在封狼旁邊，從頭到尾沒吭聲，他實在沒辦法。但反正不急，等老三回來再說。」

如初睜大眼睛，還來不及發問，鼎姐已開門揚長而去。她於是轉向杜長風，急問：「蕭練還好嗎？」

「妳不知道？」杜長風一臉驚訝地反問。

如初茫然搖頭，杜長風摸摸下巴，答：「那我就更不清楚了。」

「爲什麼？」

四目相視，杜長風再摸摸下巴，然後說：「好了，先別管那小子，一大早的，找我幹麼？」

看杜長風若無其事的模樣，如初覺得蕭練的情況應該沒有惡化。想起自己來到這裡的目的，她咬了咬嘴唇，緩慢開口：「報告主任，我，我昨晚修復了一把劍，結果，今天早上，劍不見了。」

她不敢看杜長風，垂下眼，補上三個字：「對不起。」

杜長風抽出一根菸，拿在手上看了看，淡淡問：「修復室守則第一條是什麼？」

「別亂碰。」

「明知故犯？」

「可是，他受傷了啊！」

如初嚷出聲，不知不覺抬起頭，正好對上杜長風的目光，他的語氣並無太多指責之意，但眼神卻明顯流露出不贊同。

如初心一緊，驚惶地問：「我做錯了什麼嗎？」

她的修復，是否造成任何無可彌補的損傷？

「錯不錯，要分兩個面向。修復這個動作本身沒太大問題，但心態上的問題很大。」

杜長風點上菸，抽了一口，慢條斯理又說：「幫古物做修復，最重要的就是心要靜。衝動之下進行的工作，即使結果出來是好的，我也不鼓勵，因爲妳不能一輩子靠衝動做修復。」

理智上，如初明白杜長風這段話有道理，但此時此刻，她只聽得進一句話。

「結果是好的？」她迫不及待發問。

杜長風點頭，微笑。如初如釋重負地喘了口氣，又問：「那把劍現在在哪裡呢？」

「失蹤。」

「啊？」今天第二次，如初完全聽不懂杜長風在講什麼。

杜長風看著她，又好氣又好笑地說：「總之，妳記住了，修復室那些規矩之所以存在，自有其道理，只有遇到緊急狀況，才值得破例一試。」

「但是，昨晚——」

「就這樣。」杜長風打斷她，按熄菸，說：「妳去打份工作失誤檢討報告，交到我桌上，這事就算揭過，回去好好休息，我們明天再開始新任務。」

他講完便伸手取過桌上的卷宗，低下頭翻閱，明顯打算結束這段談話。

如初站在原地不動片刻，又開口：「主任？」

「還有事？」

「昨晚那把劍都傷成那樣了，眞的不需要立刻處理嗎？」

如初自認有理，口氣不自覺變強硬。杜長風抬眼望向她，反問：「跟妳在家修復過的漢劍相比，昨晚那把劍的情況怎麼樣？」

「不能這樣比啊。」

「為什麼不行？」

「因為，因為……」

因為昨晚的長劍可能是蕭練？然而果真如此，主任會不知情嗎？

如初的腦子頓時一團亂，杜長風嘆了口氣，語重心長地說：「天地萬物，各有其數，妳回去好好想想，別因為關心就亂了方寸。」

最後一句話，像一塊巨石般重重壓上如初心頭。

她無言向杜長風一鞠躬，回到十五樓，開始寫俗稱「悔過書」的工作失誤檢討報告。一個字一個字敲鍵盤，每打出一句就忍不住停下來問自己，是不是做錯了？該不該放著不管？有沒有因為私心而喪失了專業判斷？

捫心自問，每個答案都是肯定，加在一起，正好應驗了四個字：關心則亂。

打完兩頁報告，已感覺頭重腳輕。如初於是又加打了一張假條，跟著報告一併送進主任辦公室，杜長風二話不說立刻批准，她草草收拾了一下，拎著背包離開公司。

現在不是上下班時間，外頭行人稀稀落落，連帶公車班次都不多。如初正考慮要不要花點錢直接坐計程車回公寓，突然間，身後傳來一個熟悉的聲音：

「妳下午不用上班？」

15. 告白

「這不是眞的。」如初在心底如此告訴自己，接著又繼續往前走。

身後那個聲音又說：「我找了妳一整個早上，沒開手機？」

就算不是眞的，也値得一次回首。

她轉過身，蕭練就站在三步之外。他穿著一件款式簡單的襯衫，手插在牛仔褲口袋，在秋日中午的豔陽下，身形挺拔，眼神清澈明亮，一點也沒有受過傷的跡象。

如初怔怔地看著他，身體晃了晃，下一秒，蕭練大步跨了過來，一把扶住她，問：「怎麼了？」

「見到你眞好……」她閉上眼睛，將頭靠在他肩膀。

然而事實是，期盼終於成眞，反而更讓人不知所措。如初靠了一會兒，從背包裡摸出手機按了兩下，將全黑的螢幕面向蕭練，說：「昨晚跟我爸講完之後忘記充電。」

他摸摸她的頭髮，低聲說：「謝謝。」

「爲什麼？」她仰起頭問。

蕭練挑眉：「如果妳堅持不知道，我也可以收回……妳眞的不知道？」

他說到一半，語氣驟變，似乎十分驚訝。如初虛弱地搖搖頭，說：「我昨晚修了一把劍，剛剛寫完悔過書，保證再也不會因爲衝動而去做修復，除此之外，什麼都不知道。」

一輛能載她回住處的公車飆進站又飆出站，如初目送車子噴著氣絕塵而去，喃喃問：「你能告訴我嗎？隨便什麼都好，只要是事實就好。」

她的聲音有些沙啞，帶著鼻音，聽起來既似委屈，又像熬夜過後的倦意。蕭練微微嘆了口氣，摟緊她問：「妳想知道多少？」

「全部。」

「貪心。」他失笑，用手指點了點她的鼻子，像對待無理取鬧的小孩。

如初瞪著蕭練：「那就跟你有關的全部。」

她下定決心找出眞相，卻也做好心理準備，他會像之前那樣，想著法子繞過去，避不作答。不要緊，未來很長，今天，他平安歸來就好。

但蕭練凝視如初半晌，卻說：「好，我會告訴妳，不過得先找個空曠無人的地方。」

「無人」這項條件如初勉強可以理解，她問：「爲什麼需要空曠？」

「因爲那樣才方便發揮……」蕭練語氣古怪地停了一下，說：「我的全部。」

如初很快便選好了地點——市郊有座國家級的森林公園，幅員遼闊，景區內有一個大壩截流而成的人工湖，近千座小島星羅棋布在湖面上，四周群山連綿，絕大部分都未經開發，人煙罕至。

她提議帶點吃的去公園走走，就當做是一場午後的小旅行。蕭練聽完之後無異議，然而看向她的目光，卻多了分奇異的思量。

走向停車場的途中，他們進便利商店買了三明治跟飲料，如初被蕭練看得越來越不自在，結帳時她終於忍不住解釋了起來：「來四方市之前，我就聽說森林公園裡有片紅杉林，一直想去看看，反正請了半天假。」

「原來如此。」蕭練付完帳，接下店員遞過來的袋子拎在手上，又說：「我只是好奇，即使……」他欲言又止片刻，字斟句酌地問：「即使妳已經曉得，我們之間的差異是如此巨大，妳還是不在乎跟我單獨出去？」

順著蕭練的目光，如初看到自己身上半新不舊的連帽外套，以及已經磨到起毛邊的帆布鞋，同時也順帶想起來，今早她頭髮洗完沒吹乾就出門，還有，熬夜之後，皮膚狀況必然很差。

打從進店之後，在角落翻雜誌的三個女生就不停偷瞄蕭練，偶爾也用批評的眼神打量她，表情明顯在訴說：醜小鴨怎麼配跟天鵝站到一起去？

如初早就被這些目光搞得有點暴躁，再聽他這麼一問，不假思索就回答：「我在乎啊，可是早上換衣服的時候我又不知道會跟你出去。而且目的地是森林公園，你不覺得活動方便才是穿著的優先考量……噢，你覺得我應該怕你？」

她終於從他的神情，讀懂了他語句背後的含義。

「我因殺戮而生。」蕭練語氣淡然，但眼神卻透露出悲傷。

如初偏了偏頭，輕聲問：「也因爲殺戮而活？」

蕭練大概沒料到她會這麼反問，思考片刻才答：「那倒並不，只不過，本性還是本性。」

他究竟想告訴她什麼？如初望著蕭練，慢慢地說：「但是，昨晚那把長劍身上的殺伐之氣並不重。」

蕭練不置可否地嗯了一聲，如初靈機一動，試探著問：「你一直在壓抑你的本性？」

「嘗試擺脫宿命而已……到了。」

此時兩人正好走到一輛外型剽悍、底盤極高的荒原路華前方。他爲她打開車門，又交代：「中途隨時後悔，只要說一聲，我立刻送妳回去。」

如初很想告訴蕭練不必擔心這個，但她感覺得出來，無論現在自己說什麼，蕭練一定都聽不下去，還是讓行動來證明吧。

她於是聳聳肩，隨口答了聲：「ＯＫ」，正要踏進車子裡，卻又收回腳，問他：「你有駕照嗎？」

蕭練輕咳一聲，貌似被口水嗆到，不過他隨即掏出皮夾遞了過來。如初打開來看了一眼後還回去，繃著臉入座，而他則迅速轉到車的另一邊，坐進她身旁。

如初瞄著他上揚的嘴角，忍不住問：「我一直讓你覺得很好笑？」

「妳提醒了我笑是怎麼一回事。在很長的一段時間裡，我封閉所有情感，所謂笑容，只是細微操控臉部肌肉而已。」

他踩下油門，車子像支箭一般衝出了停車場，駛進大馬路。如初很想回應點什麼，嘗試了幾次都失敗，最後她盯著放在膝蓋上的雙手，說：「你可以繼續笑我，眞的，就算我會不高興，也只是一下下而已。」

蕭練沒開口，只伸手摸摸她的頭髮。

車往郊區開，兩旁房舍很快就變得稀疏。蕭練取出手機放在皮革面的儀表板前，點了兩下，不知名的協奏曲旋即在密閉的車廂空間中流洩。他隨著音樂輕輕吹起口哨，如初聽著聽著，居然餓了起來。她從袋子裡取出三明治，小口小口開始吃，不時偏頭瞧著他。

「妳想問什麼現在就可以開始，不必等。」蕭練沒看她，卻忽然發話。

「剛剛你還沒講完，後來呢？」封閉了情感的他，是如何一步步走到現在？

「也沒什麼後來，有一次因緣際會，我開始學吹豎笛，就一路吹到現在。」他像是想起什麼有趣的往事，眼神頓時變得十分柔和，又說：「這個倒不屬於本性，一天沒練就生疏了。」

就這樣，不肯多講？

如初眨了眨眼睛，說：「有沒有可能只是你缺乏天分？」

「我知道妳不怕我，不必反覆強調。」

如初啃完一個三明治的時候，車子正好開進森林公園。這個時節的景色每天都有變化，銀杏紅楓將山點綴得色彩繽紛，薄霧不時自地面蒸騰而起，更增添一絲奇幻感。

蕭練似乎對這裡很熟，即使山路迂迴曲折，也未能讓他降低速度。幾個大拐彎過後，車子開進一處山坳，柏油路轉成了碎石子路。再行一陣子，他慢慢減速，最後將車靠邊，停在路旁一片草地之上。

如初推開車門走出去。四周杳無人跡，在她右前方，馬路岔出去一條狹窄的古道，長滿青苔的石板沿著山勢往下鋪。幾十株紅色針葉的大樹散布在古道兩旁，樹幹通直挺拔，枝條錯落有致向四面八方斜伸，越往上枝條越短，整棵樹看起來就像一尊紅色寶塔，莊嚴而美麗。

「紅杉？」她指著樹問蕭練。

「是，不過想欣賞整片紅杉林，得往下走一段，妳走得動嗎？」蕭練指著山谷這麼說。

好問題。如初背起雙肩包，毫不猶豫回答：「當然可以。」

走不動了再說。她小心翼翼踏出一步，發現石階年代雖久，卻十分牢固，於是放心地踩著階梯往下。

事實證明如初還是高估了自己。才走一小段，她就開始喘氣，之後走走停停，不時需要休息。蕭練永遠落在她後方兩階處，跟著她的節奏行動，不催促，也不遠離——這是專屬於他的陪伴風格，沉默，卻充滿存在感，分外讓她安心。

走著走著，潺潺流水聲逐漸取代鳥鳴，成爲耳旁最嘈雜的聲音。就在某一刻，如初再停下腳，回過頭，正好看到陽光透過葉隙灑落滿地碎金屑，細細的光點散在蕭練身上，讓原本偏冷的氣質跟著一起變暖和。

心微動，如初揚聲問：「你幾歲了？」

「二十七。」

這個數字就印在駕照上，如初往回走了一個臺階，仰起頭，又問：「生下來就二十七？」

「覺醒。」

蕭練開口的那一剎那，林間的風彷彿也在瞬間止息。

「化形成人，我們稱之爲『覺醒』，我一覺醒，便是二十七歲。」

四目相視，他發出一聲幾不可聞的嘆息，又說：「走吧，眼見爲憑。」

他說完便跨出古道，快步走進林間深處。鋪了針葉的土地又鬆又軟，如初有幾次差點跟不上，好不容易蕭練終於停下來，她跌跌撞撞又往前走了幾步，眼前豁然開朗。

一條清溪流經腳下的山谷，對岸盡是高聳入雲的杉樹林，深紅淺紅燃燒般遍布整座山頭，水色倒映山光，一眼望去竟比天上雲霞還璀璨。

「這就是紅杉林？」她喘著氣問。

蕭練沒回答，只往林間樹木稀少處邁出一步，轉眼間，人在原地憑空消失，衣衫落地，而一柄通體漆黑的無鞘長劍，赫然出現在如初面前。

劍飄浮在半空中，刃上還有她打磨的痕跡。只不過，昨晚的劍猶如一潭深不可測的湖水，表面偶爾閃爍出點點幽光；今天的劍卻似一汪清泉，寒芒流轉於其上，連周圍的空氣都沾染上幾分肅殺之意。

如初不自覺屏住了氣息，目不轉睛。劍浮空片刻，自轉一圈，一群大雁頓時從林中驚起，拉長音嘎嘎直叫，掠過林梢而去。她才因此稍微分心，下一刻，劍芒暴漲，劍尖倏地上抬，筆直朝她刺來。

一切都發生得太快，如初根本什麼都沒看見，只感覺一道寒氣掃過面頰，冰冷、鋒利，像是恨不得刺穿她的心臟。

身旁紅杉搖晃了幾下，緊接著，蕭練的虛影在前方憑空出現，剎那間凝爲實體。他用快得不像人的速度衝到她身旁，雙手按住她的肩頭急問：「妳沒事吧？」

如初硬撐著搖搖頭，蕭練一伸手，長劍頓時回到他手中，而後轟隆一聲，那株高聳入雲的紅杉緩緩倒下。

鳥雀四起，灰燼夾雜著草屑撲面而來，在一片混亂之中，蕭練手持長劍，沉吟不語。

如初一邊咳一邊把頭湊過去，想更靠近看看劍怎麼了，他卻後退一步，舉起長劍，橫亙在兩人之間，說：「我的本體，宵練劍。」

「嗨。」如初緊張地朝劍擺擺手，又說：「我們昨晚見過。」

蕭練苦笑：「本體沒有意識，妳只需要對我說話就行了。」

「噢。」如初趕緊抬起頭。

他並未如之前一般取笑她，只頓了頓，又繼續說：「我的生命分兩階段。劍胚出爐之日，本體與魂魄同時誕生，這是第一階段。百年後，意識覺醒，化形成人，這世上於是有了蕭練。」

如初想起古書上的說法，遲疑地問：「魂魄，就是劍魂？」

「那是傳承者的用詞，我好久沒聽人這麼說了。」

蕭練反掌、鬆手，黑色長劍直直立在他掌心，一點一點變透明，捲起一陣小小的旋風，然後消散不見。

他看著她又說：「如初，我們的劍魂跟人類的靈魂，並不是同一個概念，反而更像是……一個既不會思考也沒有喜惡，只剩下原始本性的我。這個『我』會在我本身意識消失的時候出現，護住本體，如此而已。」

雖然不懂蕭練為什麼要對她解釋劍魂，如初還是努力思索片刻，說出自己的理解：「類似一種自我保護機制？」

「差不多。」他頓了頓，垂下雙眼又開口：「昨晚在修復室，如果我的意識沒有及時甦醒，它……我……已經把妳給殺了。」

最後幾個字，蕭練講得艱難，卻並未因此含糊。如初才倒抽一口冷氣，就又聽他說：「抱歉，不會再發生。」

他的神情隱含著絕然，但如初沒注意到。驚訝過後她忙問：「為什麼？我做錯了什麼？修復過程有哪裡出問題了？」

「不，妳沒有做錯任何事，純粹是我的問題。」

不祥的預感湧上如初心頭，她張了張嘴，卻發不出聲音。蕭練抬起頭，用一種彷彿要將她的影像刻在心底的方式凝視著她，又說：「千年前，有個修復師在我本體內下了禁制，我雖然勉強掙脫，卻也留下後遺症。而妳……妳身上傳承的氣息，跟要控制我的那個人，簡直一模一樣。」

他說到一半，眼神閃過第一次在員工餐廳裡碰面的那天，怔怔地看著她，卻又並非真的在看她，而是想要透過她看清楚什麼一樣。

今天，如初終於懂得那眼神背後的意義，但她寧可不懂。

她喘了口氣，問：「這也是你在公司一開始對我態度惡劣的理由？」

「是。」

「但，後來不也沒事了嗎？」如初受不了他的凝視，急急又說：「我不會想要控制你，或控制其他任何生命。如果你擔心這個，大可不必……」

她沒把話講完，因為蕭練看她的眼神毫無質疑，只有歉意。

「我的確擔心，擔心妳的安危。」他試圖微笑，然而笑容苦澀：「劍魂認定了妳是威脅，亟欲鏟除。當然只要我的意識清醒，都可以壓制，但如果有個什麼萬一……」

他再伸手摸摸她的頭髮，說：「我會辭職。」

腦海空白了一秒，如初問：「你要去哪裡？」

「目前考慮倫敦，我在佳士得實習過。」

連下一間公司都挑好了，就這麼急著，要徹底跟她拉開距離？

頭微微暈眩，如初伸手扶著樹，慢慢地問：「所以你今天來找我，其實是為了……說再見？」

「事實證明，靠近我對妳來說太過危險。」

「事實證明，不靠近你我在電梯裡早已經死了！」

如初打斷他，呼吸急促地繼續說：「因為曾經有修復師做了壞事，就懲罰到我頭上，你不覺得這樣非常非常不公平？」

他無奈嘆息：「如初，這不是懲罰，是保護。」

「那我不要——我有說不的權利嗎？」

空氣在此刻凝滯，如初大口大口呼吸，蕭練瞳孔中的青藍色火燄一閃而逝。

他跨前一步，握住她的手，又開口：「如初，聽我說，人類的生命是一種極其堅韌，卻也極其脆弱的存在。而現在的我對妳來說，就像顆定時炸彈……」

他還沒說完就將前額抵住她的額頭，相較於他的冰涼，她簡直像在發燒，渾身滾燙，腦子暈暈糊糊，就連視線也有些模糊，然而心底唯一的意念，卻更加清楚。

要走就走，但，別說是為了她好。

他不在，她不會好。

「你相信什麼？」如初小力推開蕭練，伸手往臉上抹了一把，這才發現手是溼的。

她哭了？

不過這不重要，她閉上眼睛，一字一句慢慢地說：「你可以不用回答，至於我，這輩子，我相信因果，相信努力會有收穫，相信既然遇到了，老天自然有祂的理由……」

眼淚沿著下巴滴在草地上，她睜開眼，倔強地瞪著他，問：「你信嗎？」

好像等了一個世紀，蕭練都沒有動靜，然後，他忽然笑了，說：「我沒有信仰。」

又一滴淚滑過臉頰——不是傷心，她想，是生氣。

「但紅塵有幸，得以識君。」

文謅謅的句子，不太好懂，但他溫柔的眼神絕不會讓人讀錯。

還來不及緩口氣，眼前忽然如爆炸般炫光大作，蕭練的面容迅速縮小到完全看不見。在鬆開他的手之前，如初腦海中最後浮起的念頭是：啊，他也會慌？

緊接著，黑暗降臨，將她強行拖入無邊的深淵……

16. 禁制

她一直飄浮著，完全喪失了方向感，而無數文字影像從四面八方灌進腦海，整個人像塊被壓進水裡的海綿，頃刻間便吸飽了知識。身體開始慢慢往下沉，如初感覺到呼吸越來越艱困，頭一抽一抽地痛著，每一抽都比上一次更加令人難以忍受。

不行，再這樣下去，會炸掉……

「停！」她用盡全力大喊。

下一秒，有個聲音在腦海裡問：「妳確定，不測試一下自己的極限？」

如初已經痛到說不出話來，只能猛搖頭，那個聲音又嘟囔了一句：「可惜」。下一秒，文字與影像都如潮水般退去，有雙手在她背後輕輕一推，她踉蹌了幾步，在黑暗中踏上一處平地。

空氣中飄散著煙味，隨著木柴在爐中爆裂的劈啪聲響起，周圍一點一點變亮，而如初也終於能看清楚身處的環境。

她站在一間寬廣的茅屋裡，四周由夯土牆堆砌，正前方有張木桌，上頭整整齊齊放置著各式工具與十來塊磨刀石，桌旁矗立了一座由灰石磚搭建而成的炭火爐，爐內燒著柴火，爐底開孔，橫插一只可以用嘴吹氣進去的大牛皮袋。

這是歷史上最早的風箱設計，在西元前便有紀錄，古書上也有類似的插圖。如初謹慎地向前走了幾步，屋子的另外半邊驟然大放光明，照亮了角落裡一個由鵝卵石砌成的小池塘。池塘邊緣有根外接的竹管，正源源不斷往池內注入活水，一名年約五六歲的小女孩，穿了件半舊的錦袍，背對如初趴在池邊撥水玩。

眼前整個場景，從一器一物乃至這名小女孩，都令如初感覺十分熟悉。她沒多想便跨前一步，朝小女孩開口：「請問——」

話還沒說完，小女孩就轉過頭。兩人眼神交會的當下，一股巨大的吸力瞬間將如初扯到池邊，她失去平衡，一頭栽進水裡，只見一根黑色的劍條粗胚靜靜躺在池子底部，散發出森森寒氣……

下一秒，如初猛地坐起，咳個不停，眼耳口鼻都像是還浸在水裡，十分難受。等咳完了，她舉目四顧，發現自己就躺在失去意識之前所站的地方，身上卻蓋著蕭練的外套。

遠方忽地傳來破空聲響，如初抬起頭，只見蕭練踩著長劍，自山上迅速朝她飛過來。他飛得急，好幾次與樹幹擦身而過，行進間像極了現代的職業雪地滑板選手，只是更加優雅從容。最後一段有根橫生的枝椏擋路，蕭練索性跳起，人與劍一上一下分頭避開了樹枝再會合，直直衝到她面前，一個急煞車停住，劍在瞬間消失得無影無蹤。

他將掌心貼上她的前額，問：「感覺怎麼樣？」

冰涼感從他的手傳到她的額頭，如初閉上眼睛享受了好一會兒，才有氣沒力地開口，說：「我開啓了傳承。」

那本古書如今悉數進駐到她腦子裡。書中的每一章都變成了一個獨立空間，空間的入口是一扇扇掛著章名匾額的中式大門，她可以推開門進去參觀，甚至親自動手實際操作。而書中許多原本只是一筆帶過的段落，如今都有完整的呈現，歷歷在目。

其中一章的門上掛了把大鎖，如初不曉得該去哪裡找鑰匙，索性略過繼續往下走。她推開另一扇門，進去之後東看西看，無意中瞥見一幕——穿著乳白色長衫的書生因緣際會救下一群盜賊，卻遭盜賊暗算，他被擊中時化做一柄鑲了白玉的青銅長劍，應聲而斷。如初嚇得馬上睜開眼，一把抓住蕭練的手，眼神驚惶。

「怎麼了？」他反手緊緊握住她。

如初喘著氣，猛搖頭，喃喃：「不是你……」

雖然那柄斷劍跟蕭練的本體沒有一點相似之處，她還是好害怕他又會化做一把冷冰冰的劍，躺在那裡不言不動，於是趕緊回到現實，確認他還在。

他們就這樣十指交扣，默默地靠在一起坐了一會兒，蕭練忽然想起，忙取下背包，拿出一個銀色的保溫瓶遞給她又說：「喝一點，開啓傳承極耗體力。」

如初伸手接過，一眼瞥見正要沉入地平線的夕陽，嚇一跳，問：「我躺了多久？」

「三個多小時。我不敢移動妳，怕妳回不來。」他拾起還蓋在她腿上的外套，抖開來裹緊了她，又說：「還好妳醒了，不然等天黑只好再讓承影送帳篷過來。」

風一吹，頓時送來寒意，如初縮在他的衣服裡喃喃：「那麼久？我以爲只有一下下。」

「最長的聽說耗時一天一夜。我不知道妳經歷了什麼，但有許多修復師都沒能撐過去，或者永遠醒不過來，或者醒來了，人也瘋了。」

他必然是勾起了某些回憶，講到最後語氣特別悵惘。如初剛豎起耳朵想聽個仔細，蕭練卻住了口，幫她旋開保溫瓶的蓋子，倒出一杯熱飲，說：「慢慢喝。」

那是一杯濃郁的熱巧克力，完全不像他會買的東西。如初狐疑地接過杯子，小口小口啜飲著。蕭練再從背包裡取出一個五彩繽紛的紙盒，打開來放到她面前，簡短吩咐：「繼續補充熱量，不夠的話下山再買。」

擺在她面前的是一整打甜甜圈，有原味糖霜、花生糖霜、檸檬糖霜，口味各式各樣，用來補充熱量當然不能說不對，但她總感覺不太對勁。

無語片刻，如初瞇起眼睛問：「誰買的？」

「承影，他說這家店天天大排長龍。」

蕭練顯然也從她的表情裡察覺不妥，卻完全不明白爲什麼。他拿起一個，咬了一口，問：「很蓬鬆，妳不喜歡這種口感？」

看了都覺得牙酸，如初捧著半邊臉問：「你不會覺得太甜嗎？」

「我分辨不出甜味，只有苦與鹹。」

蕭練的情緒彷彿有些低落，說起話來總像是要跟她劃清界線似的。如初放下杯子，一本正經地點頭：「傳承沒提到這點，我要加注，蕭練的舌頭跟喬巴一樣。」

「誰是喬巴？」他一臉狐疑。

「我們救的那隻小貓啊。」

蕭練失笑，搖頭：「我沒救牠，是妳救了牠。」

有貓亂入，原本凝重的氛圍頓時鬆弛下來，如初愉快地伸手拿起一個甜甜圈，咬下一大口，目光不經意掃過蕭練胸前，卻見到他心臟部位附近，竟有點點金光閃動。

刺青？

她再定睛一看，立即發現不尋常。這些光點雖然是金色，卻一點都不溫暖，反而散發出一種陰森森的氣息，而且不停在小範圍內游移，像是活的一樣。

如初放下甜甜圈，如臨大敵似地望著那些金色光點，蕭練低下頭瞥了一眼，淡淡問：「妳看得見了？」

「那是什麼？」

「禁制。」

「你不是說已經擺脫了，只剩下後遺症？」想到那條嵌進劍柄上的金絲帶，如初恍然大悟，然後大怒：「根本沒取下來啊，還好端端拴在劍上呢！」

蕭練一副不願多提的樣子，只淡淡說：「現在這樣算半殘，平常起不了任何作用。」

如初又進入傳承裡搜尋一圈，找不到任何區域與禁制有關，只能怏怏不樂地回到現實。她端詳那些金點片刻，忽然抬頭問：「我披了你的大衣，你會不會冷啊？」

蕭練微笑：「傳承沒記錄嗎？化形成人之後，我的舒適範圍在攝氏負三十度到正一千度之間。」

「太好了，那麻煩你再脫一件吧。」

這個莫名其妙的要求令蕭練挑起眉，如初理直氣壯地又說：「隔著衣服我看不清楚啊。還是說，你雖然不怕冷，可是會感冒？」

「我不會感冒。」

「那就這樣了，一分鐘就好，拜託。」

她雙掌合十，用略帶鼻音的撒嬌語氣說話，眼底卻蘊藏著並不相襯的堅持。僵持數秒之後，蕭練發現自己輸了。

他解了幾顆鈕扣，敞開襯衫，露出精壯的上半身，如初不自覺屏住氣息。

果然，在心臟部位，細碎的金光串起一條鎖鏈的形狀，彷彿毒蛇的鱗片反射日光，美麗，但致命。

如初眼睛眨也不眨地看著，蕭練被瞧得很不自在，正準備把扣子扣回去，如初突然伸出手，要觸摸那條無形的鎖鏈。

「別碰。」他迅速抓住她的手。

她被他嚴厲的語氣給嚇了一跳，睜大眼睛為自己辯護：「可是，不碰要怎麼解開？」

「才剛開啓傳承就想解除禁制？」蕭練氣笑了：「我失控了妳連逃都沒地方逃。」

「可是，總不能一直讓這種東西埋在你身體裡面。」

「它已經在裡面近千年了。」蕭練的語氣驟然變嚴厲：「答應我，絕對不會去接觸任何跟禁制有關的傳承，更不要嘗試解開。」

她才不要答應這種事。如初還正想著該如何將話題繞過，就聽蕭練又說：「即使像昨晚那樣的修復，也需要經過我同意才能進行，我不答應，妳連碰都別碰我。」

這太荒謬了，如初抗議：「你都失去意識了要怎麼同意啊？」

「我們天生帶有自我修復功能，像昨晚那樣的傷，最多躺個百年，總能醒過來。」他定定地看著她：「如初，妳不一樣。」

百年，那超過了她的一生。

心微酸，如初咬住嘴唇不說話半晌，最後不甘心地問：「如果我做到你說的，你會留下來，永遠不走？」

「『永遠』不是個好詞……」蕭練扣上扣子，伸手握住她，又說：「別莽撞，讓我安心留在妳身邊。」

這句話太誘人了，如初無法抵抗。她輕嘆一聲，答應了他：「好，只要你不願意，我就不碰禁制……擊掌爲誓？」

她說完便舉起手，但靠近他時又猛地僵住——到底哪裡能碰，哪裡不能碰呢？

一雙堅實有力的臂膀，猛然將她摟在懷中。

「記住，只能我碰妳。」他在她的耳畔輕聲這麼叮嚀。

這一刻，太陽正好落下地平面，光明與黑暗的分界模糊不清，往前跨是未知的世界，後退一步便是人間。

而她閉起眼睛靠在他身上，享受被他的氣息環繞。

那是一種接近金屬與礦石的味道，像不甜而易醉的白酒，細緻冷冽。

17. 封狼

那一夜，銀白色的月光穿過一株又一株巨大紅杉，將回程的上坡路照得影影綽綽。如初只記得自己喃喃一聲走不動，之後就像夢一樣，蕭練喚出長劍，抱著她踩在劍上，悠悠蕩蕩一路低飛回到車上。

再之後，她睡著了，中間彷彿睜開眼睛兩三次，半夢半醒間下車找鑰匙開房門，聽蕭練在她耳畔低聲絮語……

等等，他到底講了什麼？

如初猛然睜開雙眼時，已經是第二天早上，她顧不得回應莊茗詭異的目光，只胡亂梳洗過後，換了衣服便衝出公寓大門。果然，路邊停了一輛黑色大車，在她靠近的同時，車窗緩緩降下，露出蕭練那張完美的側臉。

他轉向她，愉快地寒暄：「早！我早到，妳也早到了？」

「你爲什麼又要去出差？」如初急急開口問，同時暗自祈禱自己昨晚聽錯。

然而她沒聽錯，蕭練理所當然地答：「因爲上回一無所獲。」

「可是你才受過傷。」如初嚷出聲。

「我現在的狀態比上次出差前還要好。這一點，妳應該比我清楚才對。」蕭練不解地反駁。

這句話沒有錯，但她熬夜做修復可不是爲了方便他馬上回崗位出任務的，如初剛要抗議，忽然想起另一件更重要的事，馬上再問：「你之前怎麼受傷的？」

「這個，說起來有點複雜——」

「離上班時間還有一個半小時。」如初指著車子儀表板上的時鐘，堅持不讓蕭練顧左右而言他。

蕭練微笑，不慌不忙回答：「我的意思是，既然要講，不如我們車上慢慢說，開到公司附近順便吃個早餐，妳以爲如何？」

聽起來很不錯，如初應了聲好，便要繞到車的另一邊，蕭練眼神閃了閃，一本正經又問：「妳今天打算穿拖鞋上班？」

她低下頭，看見腳下的彼得兔拖鞋，慘叫一聲，扭頭就往回衝：「不早講，你故意的！」

他大笑，爽朗的笑聲伴著她一路上樓。

十分鐘後，如初穿著平底鞋，板著一張臉坐在副駕駛座，面朝前方開口：「說吧，從頭說起，一個細節都不准漏。」

她一半氣他，一半也氣自己，這麼重要的事，昨天居然完全沒想起來，只一聽說他要離開就慌了，眞是……白癡。

蕭練笑著親了下她的頭髮，答：「被一把刀突襲，猝不及防。」

刀？如初呼吸一窒，慢慢轉向蕭練，問：「可以化形成人的刀？」

他們彼此之間也有紛爭，動起手來還如此狠辣？

「嗯。大漢驃騎將軍的配刀，斬首千人後在封狼居胥山化形，刀名叫『大夏龍雀』，不過他化形之後，都自稱封狼。」

封狼這個名字如初有點耳熟，但比較起來，大漢的驃騎將軍更讓人如雷貫耳。她沉默片刻，帶著敬畏問：「霍去病的配刀？」

「是。」

「很強？」

「我以爲妳會想先跟我討論歷史？」他眼中帶著笑意回答。

如初可不覺得這有什麼好笑的，她瞪著蕭練說：「他打傷了你，光憑這點，已經足夠我想把這刀送去回爐重造了。不要跟我提什麼歷史價值，就算是霍去病本人傷了你，我也絕不原諒。」

這話太過直白，蕭練從來沒被人如此維護過，一時之間竟不知該如何面對。他狼狽地調開目光，不敢看她，沉澱了片刻，才緩緩說：「封狼在我們之中算不上最強，但過去這些年，他轉戰各國以傭兵爲業，用本體作戰，狀況保持得相當不錯。」

這話等於間接承認了封狼的實力，不過最後兩句如初聽不太懂，她本要再追問，鼎姐素描裡手持斷劍的男子忽地閃過眼前，重環說，以命換命……

如初倒抽一口冷氣，急問：「這個封狼搶了博物館，還殺了徐大哥的學妹？」

「搶案肯定是封狼幹的，但殺人則未必，起碼刀法對不上。」蕭練不經意皺了皺眉，又說：「整個案子都透著一股怪異，我們到現在還沒什麼頭緒，不過別擔心，遲早會找出眞相。」

如初很想說能不能別管了，讓警方去處理，又覺得這樣想太過自私。她掙扎半晌，低低嘆了口氣，說：「那你自己小心。」

「當然。如初，我只是去搞清楚發生了什麼事而已，做好防備，封狼不可能再傷到我。」蕭練握住她的手，又問：「妳早餐想吃什麼，燒餅、油條、小籠包？」

「都好耶。」

「那我找一家三種都有賣的店吧。」

半小時後，車在路旁停下。如初跟在蕭練身後，走進一家擺著木質桌椅的復古早餐店，趁著點餐的空檔她低聲問：「等下吃完了，我們……一起進公司嗎？」

「妳不樂意？」他問。

「不會不會，我沒有不樂意。我的意思是，我們這樣，等於就，公開了？」

蕭練在如初既期待又緊張的注視之下，悠然答：「我們早就『被』公開了，今天只是正式宣告謠言無誤而已。」

「什麼時候的事？」如初無法理解。

「到醫院看妳那天。喔，悅然問起的時候我只微笑，沒吭聲，大概給出不少想像空間。」他看她的眼神有一絲頑皮。

「她問你什麼？」

「問我們兩人是什麼關係。」

如初半張著嘴，愣了好一會兒，轉頭對櫃檯後面的服務人員說：「我要一籠小籠包，一杯熱豆漿，一杯熱紅茶。對了，請給我多一點糖，嗯，越多越好。」

服務人員很快端出餐點，一口氣給了六包糖。如初坐進位子，一包接著一包撕開，將糖統統加進紅茶裡，攪拌均勻後放到蕭練面前，說：「慢用。」

蕭練饒有興味地瞧著那杯茶，說：「妳知道我喝不出來。」

「很清楚。」

「但妳可能不知道，我也不會蛀牙。」

她瞪他，他笑著舉杯，飲了一口，說：「下次練習心狠手辣一點，直接加鹽巴。」

「我怕傷到你。」

「不可能，就算妳加鹽酸我都無所謂。」

他又笑著喝了一口，如初幽幽地看著他，忽然發難：「你交過幾個女朋友啊？」

就在如初如願以償看到蕭練嗆出來的時候，遠在半個地球外，距離倫敦六十英里處，一名左眼角下方有顆淚痣的男子，抱著一只精緻的劍匣，踏進了有九百多年歷史的安伯麗古堡酒店。

這名男子看上去跟蕭練的年紀差不多，高高的個子，穿著長袖帽T，神色冷峻，面容如刀削斧刻，十分英朗。只可惜眉宇間滿是戾氣，即便在斜射入窗的溫暖陽光照耀下，渾身依舊散發出一種生人勿近的冰冷氣息。

服務生核對過資料，用英文對他說了句：「午安，霍先生。」然後便引著他來到二樓走廊盡頭的套房門口，輕敲房門。

房內傳來一聲懶洋洋的「進來吧」，講的卻是帶有京腔的中文。服務生愣了一下，封狼自顧自推開房門，踏入室內。

房間中央有張被褥零亂的歐式四柱床，一名年約二十出頭，面容陰柔秀麗，前額頭髮長得遮住了左眼的男子，斜靠在一堆軟墊中央。

這便是曾被供奉於夏朝太廟，上古三刀中居末位的妖刀犬神。

見封狼抱著劍匣的模樣，他伸手撥了撥瀏海，用酸溜溜的語氣說：「片刻不離手，還眞寶貝了。」

「幫你教訓過蕭練了，東西呢？」封狼面無表情地發問。

犬神故作驚訝：「這麼輕鬆？看來他千年沒飲血，都弱得不像話了。早知道我就該自己動手，打得他滿地找牙……」

犬神的聲音在封狼冰冷的視線下越來越弱，最後他忿忿地拉開床頭櫃，從裡頭摸出一小塊乳白色梯形的玉石，扔向封狼。

封狼反手接過，輕柔地在掌心裡摩挲片刻，然後才開啓盒蓋，將這塊玉製的劍珌套進劍鞘末端。

如今劍首、劍格、劍璏、劍珌四玉俱全，終於湊成了一柄完整的玉具劍。

封狼眷戀地凝視匣中的斷劍，就像凝視久別重逢的情人一樣，犬神打了個呵欠，無聊地問：「找到劍廬了沒有？」

「當然。」封狼關上盒蓋，神態瞬間回復到原來的冰冷。

犬神眼珠子轉了轉，試探問：「那我們……」

「照原定計畫進行，除非計畫本身就有毛病。」封狼說到這裡，用銳利的眼神望向犬神，問：「有嗎？」

「我二哥都靠這法子醒過來了，能有什麼毛病？」犬神抬手撥弄一下瀏海，滿不在乎地說：「血祭麼，自古至今不都這樣。殺一個不夠殺十個，十個不夠就再殺，量變總能產生質變。」

聽了這話，封狼神色稍霽，但依然沉吟不語。犬神見狀，眼波流轉，吃吃笑著又說：「擔心什麼呢？不要說你我，就連含光、承影還有祝九，哪一個覺醒時旁邊沒死人？蕭練那種屍山血海裡爬出來的，就更不用說——」

「我不在乎人命，但痛恨失誤，記住這一點。」封狼打斷犬神：「換裝，十分鐘後去機場。」

封狼珍而重之地抱起劍匣走出去，犬神哼了一聲，一腳將拖鞋踢得老高，落下來時正好掉在床頭櫃面的一本古書上。這本書的封面跟如初那本幾乎一模一樣，只不過在書名底下多了兩個血紅色的篆書小字：「補遺」。

18. 國野驛

十一月中的某個週末，嘉木來訪。他到的時候如初正在房間裡跟媽媽講電話，講完了走到客廳，便見嘉木癱在沙發上，雙眼無神瞪著天花板發呆，一副了無生趣的模樣。

她在他身旁蹲下來，問：「你怎麼了？」

嘉木喃喃：「期中考週。」

如初回憶起大學生活全寢室一起熬夜念通宵的日子，頓時同情心大發。她放柔了聲音說：「加油加油，撐一下，很快就過去了。」

「才剛開始，超級惡夢。」嘉木把雙手插進頭髮裡，呻吟著說：「所有人都還在考試，只有我因爲已經直升研究所了，就被抓去整理剛送到的一批古書，翻開來滿滿都是蟲，我這輩子第一次看到這麼多蠹魚，密集恐懼症都要發作了！」

學霸的苦惱永遠如此與眾不同，如初這下子同情心飛走大半。她站起來，順手撈起在腳下磨蹭的喬巴，問：「要抱抱嗎？」

「要！」嘉木猛地抬起頭。

如初舉起懷中呼嚕嚕的喬巴，慷慨地說：「借你抱。」

嘉木愣了一下，接過喬巴，將臉貼著貓軟軟的毛，喃喃說：「還是妳最療癒。」

喬巴不領情，嫌棄地用貓掌推嘉木。這個畫面很有愛，如初在旁邊欣賞了一會兒，忽然想起他剛剛說的話，忙問：「你們研究中心又進古書了？」

「最後一批，教授有位老同學過世，遺孀把家裡收藏的古書整理出來，都捐給我們研究中心。」嘉木抬起頭，望向如初。

她被看得莫名有點心虛，但想到蕭練身上的禁制，還是開口又問：「這批書裡有任何跟古刀劍相關的嗎？」

「還沒看到，不過如果妳有需要，我整理的時候會幫妳留意。」嘉木答得很慢，眼神中的審視意味濃厚。

如初自認雖然沒有對嘉木說明整件事的來龍去脈，卻也沒有絲毫惡意。她於是大方道謝，又說：「那就拜託你囉。」

「好說。」嘉木猶豫地看著她，忽地問：「如初，之前那本古書，妳會不會覺得有哪裡邪門？」

「邪門？」如初嚇了一跳，忙問：「怎麼說？」

「我正好聽到教授跟他同學的遺孀講話，兩個人起了爭執，好像，那位女士認爲，她先生就是因爲這批古書才英年早逝，『邪門』這個詞也是她用的。」嘉木並不想嚇唬人，因此也沒講完全，他對如初笑笑，又補充：「妳覺得沒問題就好。」

無論從書的內容或傳承的內容來看，如初都感受不到任何邪惡之處。她遲疑地搖搖頭，反問嘉木：「你覺得呢？」

嘉木的邏輯與推理能力一流，如果有人能從古書裡瞧出任何不妥，那一定是他。

如初信賴的眼神讓嘉木有點不好意思，他抓抓頭，說：「教授後來跟我們說，那位女士自從喪夫之後精神狀態就不太穩定。就我一個旁觀者來看，這點應該沒錯，但問題在於，有時候瘋子看事情的眼光反而更犀利——」

嘉木講到這裡，喬巴忽地發難，後腳一蹬跳出他懷中，落地後馬上朝茶几上吃到一半的杏仁小魚干前進，行動乾淨俐落，顯然已規畫良久。

如初立刻撲了過去，想要搶在喬巴之前拿走小魚干，差點自己絆倒自己。嘉木眼明手快一把拉住她，問：「就讓牠吃一點不行嗎？」

「不行，加鹽的東西，貓吃了會掉毛。」

「眞的？那我來。喬巴，不准動！」

嘉木朝貓衝了過去，喬巴叼著小魚干到處亂竄，頓時驚動了窩在房裡的莊茗與大熊。四人合力，很快便抓住了喬巴，但小魚干也已經一點都不剩了。大家又坐在客廳裡聊了一陣子後一起出門，在社區門口分開，莊家姐弟跟大熊要趕去吃秋季的最後一波大閘蟹，如初則躡手躡腳走到蕭練的車旁邊。

再一次，在她靠近之前，車窗落下，他側頭對她微笑。

「我腳步聲眞的很輕，我自己都聽不出來了，你爲什麼可以？」她坐上車，偏頭問他。

「我們的五感與體力都比一般人強，但也有缺陷。」他對她眨眨眼：「我的情況妳知道，嘗不出甜。」

「完全不覺得是缺陷。」如初繫上安全帶，又問：「你這次沒遇上封狼？」

蕭練這趟出差只去了三天就回來，發訊息說是無功而返，她不清楚到底發生了什麼事，總覺得不安。

蕭練搖搖頭，說：「所有線索都中斷了，只查出來他最後出現的地點是倫敦機場。」

「噢，那挺好的，我們今天吃什麼？」得知封狼不在附近，如初連語調都輕快了起來。

蕭練猶豫了一下，帶著歉意說：「我們化形之後並不靠進食來補充能量，吃東西只是好玩跟品嘗。我不愛吃，也不懂吃，所以，出發前我問了承影，結果他推薦的是一家我常去的餐廳。裡頭酒跟音樂都很不錯，就是不知道菜色妳會不會喜歡——」

「會，我一定喜歡。」如初搶著說。

他因爲要帶她出去而特別查餐廳呢，就衝著這一點，如初下定決心，今晚不管吃到什麼都好吃。

蕭練顯然是誤會了，他有點驚訝地說：「我不知道妳這麼相信承影的品味。」

如初眨了眨眼睛，反問：「你知道殷承影有一次在餐廳把酸奶澆在飯上，配著紅燒獅子頭一起吃，還跟我們說這是他去旅行時學到的標準印度菜吃法吧？」

「不知道，但我可以想像。」蕭練臉上寫著一言難盡。

如初攤手：「所以我怎麼可能相信他，當然是相信你啊！」

車在晚風中奔馳，蕭練聽完之後，流露出想要開口卻又不知道講什麼才好的模樣，最後他沒說話，只偏偏頭，羞澀地朝她笑了一下，像個情竇初開的大男孩。

這一刻太幸福了，簡直像偷來的一樣。如初伸出手，與蕭練十指相扣，然而緊接著，手機鈴聲卻響了起來。

蕭練鬆開她的手，關掉音樂，接起電話後開擴音，車內立即出現含光的聲音：「老三，我拿到警方的內部報告了。」含光頓了頓，又問：「如初也在？」

即便知道殷含光是一柄劍化形成人，也無損於他在如初心目中的職場精英與嚴苛主管形象。如初朝手機扮了個鬼臉，開口說：「殷組長你好。」

「妳好，我們現在從機場趕過去，會晚到，你們先用餐，不必等，見面再聊。」殷含光說話的方式一如往常，冷淡有禮。

「幫我問問看廚房，今天有什麼新鮮菜？」殷承影忽地插嘴。

蕭練答了聲「ＯＫ」，電話便斷了線，車子也在此時轉下交流道，徐徐開進一塊有點眼熟的區域。

從停車場出來後，如初越走越覺得眼熟，最後她停在那扇厚重的雕花大門前，轉頭問蕭練：「國野驛？」

他點頭，反問：「可以接受嗎？」

「沒問題，不過我沒吃過他們的餐廳……哇！」如初跨進門內，眼睛頓時一亮。

之前看上去處處殘破的庭園，如今像是時光倒流一般，在短短兩個月內呈現出完整如新的模樣。原本散落滿地的石頭殘塊，如今神奇地堆成了數根石柱，聳立在扶疏的花木之間，一顆大角羊的青銅獸首雕像豎立在噴水池旁，水柱從羊嘴源源不絕地噴射而出，像是把當年剛落成的圓明園其中一景給搬了過來，保留至今。

如初跟著蕭練走上臺階，一路東張西望。邊鐘慢吞吞從櫃檯後方走出來，如初開心地朝他揮揮手，喊邊哥好，蕭練也對邊鐘說：「邊哥，好久不見。」

「我前幾天才見你躺在盒子裡，現在沒事了？」邊鐘笑問蕭練。

蕭練點頭，邊鐘轉向瞪大了眼睛的如初，說：「妳倒真是好久不見，怎麼樣，四方市待得還習慣不？」

如初茫然答：「習慣……為什麼蕭練也喊你邊哥？」

「因為我化形比他早很多年，有什麼問題嗎？」邊鐘反問。

如初搖搖頭，又點頭，再問：「國野驛是不是重新整修過？變得好漂亮。」

「沒啊，從開幕以來就這樣子，連擺設都沒動過。」邊鐘答。

如初指著牆角說：「怎麼可能呢，多了這盞連枝銅燈，還有那邊的大花瓶，還有——」

她忽地說不出話來。之前住進來的時候看上去還沒完工的牆壁，如今布滿了各色浮雕，一隻單足鳥就立在她正前方，刻得活靈活現，彷彿隨時能夠掙脫桎梏，展翅而飛。

那是山海經裡著名的銜火鳥畢方，除此之外，還有九頭的九嬰，背生雙翼的應龍，無頭卻舉著大斧的刑天。所有雕塑明顯出自同一位雕刻家之手，形形色色的異獸連成一圈，包圍住整座酒店，在她眼前勾勒出一個上古的神話世界，奇異、美麗，充滿了危險，雕刻家似乎親眼見過這些動物，每一尊都栩栩如生，靈動異常。

就在如初看得目不轉睛時，蕭練開口問她：「妳剛到四方市的時候，還看不見這些雕塑？」

如初怔怔地搖頭，他再問：「所有變化，都發生在遇到我之後？」

老街的黃昏浮現在如初眼前，古城牆旁他孤寂的身影，蒼涼的樂句，以及那一刻的驀然心動。隨之而來的，便是周遭分分秒秒、物換星移。

「普通人得要先接觸到一位化形者，才有機會開啓傳承，這道門檻我們稱之爲契機，他就是妳的契機。」邊鐘在一旁插嘴：「開啓傳承後視野自然變寬廣，也不限於『國野驛』。」

「原來如此。」如初仰起頭，用亮晶晶的眼神望向蕭練說：「你爲我打開世界的另一扇窗。」

她講得有點誇張，希望能獲得他的會心一笑，然而蕭練卻輕嘆一聲，答：「我也將妳置於險境。」

又來了。如初瞪著他：「好，沒進過高中的，我來教你一句高中課本裡的句子——Don't cry for the split milk。翻成中文：不要爲打翻的牛奶哭泣，OK？」

蕭練舉雙手作投降狀，邊鐘在一旁大笑，說：「這個好，我還沒看過這麼辣的傳承者，時代果然有進步。」

他笑完便大步走到平臺鋼琴前，掀開琴蓋，試彈了一串音階後坐下，搖頭晃腦開始邊彈邊唱。第一首是老式情歌，歌聲極富感染力，短短幾個音符之內，徹底溫柔了人心。

蕭練伸手摟住她的腰，保證似地開口：「以後不提了。」

「我從不後悔認識你，所以，不要老說你後悔認識我，我會很難過。」如初靠在他的胸前，低聲訴說。

打領結的侍者走上前，將他們領到一間隱密的包廂，侍者先送上手寫在團扇上的菜單，再擺上麵包籃，斟上飲料與水，一切都有條不紊、精緻優雅，完全演繹出藏身在鬧區的私宅餐廳氛圍。

如初吃著開胃菜，聽蕭練與侍者討論選酒，等包廂只剩他們兩個了，她才放下麵包，悄聲問：「邊哥眞的比你大很多嗎？」

邊鐘的外形實在太沒說服力了。

「眞的。」蕭練肯定回答：「邊哥既入世，也出世，遊走在人間，過自己想過的生活，不受權勢影響，不被既有規範制約，很有《擊壤歌》裡『帝力於我有何哉』的味道。」他頓了頓，問：「妳要不要猜猜看，邊哥的本體是什麼？」

「太簡單了，我看起來那麼笨嗎？」如初故意嘟起嘴：「邊鐘、編鐘。」

他微笑，再問：「那妳有沒有猜到，他的本體比曾侯乙那套還高上一個規格？」

曾侯乙編鐘是中國出土古物中最古老也最龐大的打擊樂器，由數十個大小不同的銅鐘懸掛在三層的彩繪木梁所組成，兩側都有銅鑄的佩劍武士舉雙手承托梁柱，造型雄偉壯觀，擺開後足以占滿現代音樂廳的整個舞臺，音域則能跨越五個八度，演奏出鋼琴上所有黑白鍵的音符。

比曾侯乙規格還高的編鐘，如初想像不出來，她壓低了聲音再問：「你不是說本體的風格在化形成人之後會保留下來嗎？」

「邊哥保留了。」蕭練毫不猶豫地回答。

如初不解地瞧著他。蕭練今天又是一身黑衣，更襯得舉手投足冷峻優雅，跟本體宵練劍在氣質上如出一轍。倘若邊哥本體也跟他化形成人的氣質一致的話……

「你的意思是說，夏朝有人鑄出了現代高中生風格的編鐘？」

這一句，如初聲音壓得更低了，但蕭練還是可以聽見鋼琴慢了半顆音符——邊鐘顯然也聽到她的突發奇想，而且差點在演唱時笑出聲。

蕭練輕咳一聲，解釋：「保留風格有許多方式。邊哥本體以鳳紋為雕飾，角落則鑄有桐花，聲音又偏清越。他的化形，保留了『桐花萬裡丹山路，雛鳳清於老鳳聲』的含義。八成，也保留了原造物者的那份童心。」

如初似懂非懂地喔了一聲，戴著白帽的廚師推出一部銀色不鏽鋼餐車進入包廂，中斷了談話。今天的主菜是厚切帶骨牛肋排，外表呈現閃亮的粉紅色，沾上薄薄的辣根醬，極其誘人，如初馬上被勾起了食慾。蕭練沒點任何食物，侍者只送上一瓶掛了手寫招貼的紅酒，跟兩只高腳杯。

壞。

「我對酒精過敏。」她即時出聲，阻止侍者倒酒的動作。

「那可惜了，聽說這樣人生的樂趣少一半？」他舉杯，碰了碰她的果汁杯，表情有點

跟他在一起，即使清醒也像半醉，然而她絕對不會說出來。如初咬了咬嘴唇，提醒：

「等下你還要開車。」

「我不會醉，可惜。」蕭練將杯中酒一口飲盡。

時光在琴聲與刀叉偶爾碰撞瓷盤的聲音中度過，過了半小時，邊鐘唱完最後一首晚安曲，拎了只高腳水晶杯走進包廂，自顧自坐下來，倒酒，又問如初：「菜怎麼樣？」

「完美。」如初答完，忍不住好奇，於是繞著彎子又問：「邊哥你……嘗不出來嗎？」

「怎麼可能，我喜歡才會特別把這位大廚從加拿大請過來，不過新客來了，都會問一聲，這樣下次妳再來，可以針對妳的口味做調整。」邊鐘講到這裡，恍然大悟：「喔，妳以為我跟蕭練一樣，舌頭不靈光？」

如初不好意思地點點頭，邊鐘飲一口酒，說：「我的毛病是眼睛，臉盲，看誰都長得像。」

「可是你剛剛認出我了。」如初不解地說。

「靠聽聲音，妳不說話我就不行了。」邊鐘解釋完，轉頭問蕭練：「對了，剛剛忘記問，你情況到底有多差？對上封狼連逃都逃不了，還被打回本體。」

蕭練聳聳肩，不說話，邊鐘飲了口酒，轉向如初解釋：「妳是沒瞧過，蕭練以前多厲害，劍化分身，千軍萬馬都不是對手，現在，唉——」

「老三現在很好，無需唉聲嘆氣。」

殷含光的聲音像一條線般灌入如初耳內，她還來不及驚訝，就見含光與穿了一身皮衣皮褲的殷承影並肩走進包廂，來到桌前朝蕭練開口，說：「新進展，我們出去講。」

蕭練坐著不動，反問：「如初為什麼不能聽？」

氣氛頓時有點僵。如初正想打圓場說她可以出去庭院逛逛，就聽承影低聲說：「又出命案了。」

如初倒抽一口冷氣，蕭練轉向邊鐘問：「有空的包廂沒有？」

「隔壁就空著，我帶你們去。」邊鐘向門口走了幾步，又扭頭告訴如初：「新來的甜品師傅很不錯，要不要試試他的法式紅酒燴西洋梨？」

「當然要試。」承影開口。他拉開一張椅子，坐在如初身旁，指著她面前的盤子說：「再來一客牛排，三分熟。」

所有人都看他。如初茫然，含光撫額，蕭練挑眉，邊鐘則噗哧一聲笑出來。

身為大家的目光焦點所在，殷承影態若自然地說：「人生苦短，甜品先嘗，我那份梨就跟她的一起上。」

19. 異能

紅酒燴西洋梨是甜點中的功夫菜，講究慢火熬煮至入味，上桌時紫紅色半透明的梨子旁環繞了一圈散發甘蔗清香的糖汁，搭配肉桂棒與迷迭香，美麗精緻得教人不忍心吃掉它。

然而這並非如初不動刀叉的理由。她坐在殷承影對面，用手撐著下巴，與承影大眼瞪小眼了好一會兒，才舉起刀叉，切下一片梨，邊吃邊問：「什麼是劍化分身？」

「老三沒告訴妳？」承影玩味地瞧著她：「那我爲什麼要跟妳說？」

「我相信我問了他會講。可是，我不知道問這個會不會讓他難過。」清甜多汁的梨子驟然失去了滋味，如初放下刀叉，直視殷承影，又說：「如果不方便，也請不要勉強。」

承影唔了一聲，也拿起刀叉切下一塊梨，放進嘴裡慢慢咀嚼。嚼著嚼著，他忽地舉起手打了個響指，桌椅頓時微微傾斜。如初低下頭，只見房間中央原本平滑的大理石地板，現在微微隆起，有一塊石板承受不住應力，喀啦一聲，碎成好幾片。

承影放下手，說：「化形之後我們天生自帶異能，每個人都不一樣，也沒有規律。大哥研究過一陣子，最後認定異能大概跟造物者的初衷有關，妳姑妄聽之。」

如初看著地上碎成一攤的石板，懷疑地問：「你的異能就是震碎大理石？」

承影噎了一下，又打個響指，地板隆起的部分頓時消了下去，只剩一塊四分五裂的石板散在房間中央。他放下手，說：「我的異能是移山倒海……開玩笑的。我能小幅度改變地表，範圍如妳所見，大哥能在小範圍內控制氣流，剛剛他就是用異能將聲音直接傳到妳耳朵裡。至於老三……」

他打住，對上如初聚精會神的眼眸，說：「他的異能，就是他的劍。」

雖然殷承影從頭到尾都不怎麼正經，如初卻並未拿他的話當玩笑看待。她可以感覺得出來，嘻笑怒罵只是他的偽裝，眞正的殷承影，也許比蕭練或殷含光更嚴謹，而他今晚留下來坐在這裡，除了想多了解她之外，還有沒有其他目的？

有也沒關係，她也有目的。

蕭練雖然在別的房間，但一定能聽到他們的對談，如初於是盡量用聽起來只是好奇的語氣說：「我看過蕭練用劍芒幫小貓開刀，劍化分身就是那樣嗎？」

「當然不只。」承影懶懶一笑，說：「老三在全盛時期，可以將本體幻化做成百上千，用意念指揮每一柄劍。」

「那現在呢？」如初問。

承影聳聳肩：「現在他頂多能幻化出兩把，拿來當武器的話，大概就一劍劈開一輛車的程度。」

「那也還是很厲害啊。」

「對付封狼不夠用。」承影往後一仰，繼續說：「都不用異能的話，老三未必打不過封狼，但封狼的異能是瞬移，不破解這招，小範圍近身搏擊幾乎只能挨打，很討厭。」

承影解釋得很清楚，如初想了想，謹愼地問：「蕭練爲什麼會失去異能？」

「不是失去，是發揮不出來，有刃的兵器本來就越用越鈍。」

承影說得淡然，可如初無法理解。

「我修復他本體的時候，有好好研磨過啊！」如初回憶當時吹毛斷髮的那一劍，呼吸不由自主變急：「怎麼可能不夠利？」

「光研磨不夠，開鋒後刀劍爲了保持在最佳狀態，都需要……」他頓了頓，像是不願說太明，只反問：「老三沒跟妳解釋這點？」

「他說過，是我沒搞清楚。」傳承自腦海中一閃而過，如初咬住嘴唇。

當蕭練說他嘗試對抗宿命時，她以爲只是壓抑殺戮的欲望而已，沒想到代價遠遠不只如此。他的異能還會因此逐漸退化，甚至於被欺負、受傷。

心疼他，卻無能爲力，如初定了定神，從背包裡找出筆，抓起一張餐巾紙，邊寫邊隨口問：「你們這次去，有沒有找出什麼其他線索？」

承影搖搖頭：「一團亂。原本以爲搶案是封狼幹的，現在都不敢確定了。不過要我說，封狼帶走祝九的本體倒也不錯，起碼照料得一定比博物館仔細。」

承影在說什麼？如初靈光一閃，抬起頭，問：「祝九就是那柄斷劍？」

「妳現在才曉得？」承影一臉好笑地反問。

「蕭練什麼都不肯跟我說啊。」如初不假思索抗議。

她一說完，兩人同時沉默下來，望向緊鄰隔壁包廂的牆壁。

過了片刻，如初面對牆壁，不自在地開口：「我，沒有抱怨的意思。」

「眞的？」承影一臉好奇。

如初瞪了他一眼，問：「如果封狼根本就認識祝九，那他爲什麼還要搶走祝九的本體？」

承影端起水杯，反問：「如果是妳，喜歡看到生死至交的遺體，擺在博物館裡，任人參觀？」

如初愣愣地看著承影一會兒，搖搖頭，然後又拿起筆開始埋頭猛寫。承影晃著水杯，瞇起眼，好奇地注視著她的動作。

幾分鐘後，侍者送上牛排，承影隨手將桌上的巧克力醬淋在肉上，對如初露齒一笑：「巧克力拿來燉肉，味道很不錯，可惜邊哥請的大廚不會做這道菜……這什麼意思？」

最後這一句，承影聲音陡然變低，因爲如初在他面前舉起一張餐巾紙，上頭赫然寫著：「你也希望能幫蕭練解除禁制吧？」

承影瞇起眼睛看著她半晌，緩緩點頭，如初舉起第二張餐巾紙，上頭寫著：「好，目標一致，從現在起，我們筆談。」

她將紙筆推給承影，神色堅定，殷承影將眉毛挑得老高，半晌後，他接過筆，開始在餐巾紙上寫字。

就在同一時間，隔壁包廂內，殷含光指著平攤在桌上的幾張照片，說：「子彈在死者斷氣後才射入體內，雖然破壞了部分組織，但法醫終究還是驗了出來，確定兇器是把彎刀，跟殺害博物館警衛的是同一種刀。」

「但這個人死在徐方學妹失蹤之前。」蕭練看著照片不解：「他是幹麼的？」

「一個收藏家的秘書，過去幾年陸續幫他老闆在拍賣會標到過幾本古書，目前看不出跟封狼有任何瓜葛。」

「封狼本體是直刃的漢刀。」蕭練提醒含光：「背脊相當厚，不可能僞造出這種傷口。」

「廢話。」含光沒好氣地橫了他一眼，說：「光看證據，封狼只搶走祝九，然後又跟你打一架……對了，你到底怎麼跟他起衝突的？」

「從頭到尾沒起過衝突。」蕭練苦笑：「我到的時候，他剛買了祝九生前最愛喝的汾酒，跟祝九本體隔了一張矮几對坐，面前各擺一杯酒，也不喝，就那麼一動也不動地坐著。那情況，我不好說什麼，還是他先開口，問我要不要來一杯。我才接過杯子，他就出手了。」

「圈套？」

「他不會用祝九做圈套。」

含光沒反駁這句話，只沉默片刻，搖頭說：「他就是個瘋子。」

蕭練皺起眉，看著照片問：「如果他爲了掩飾，不動用本體呢？」

「隨便拿一把刀來殺人？這更不像封狼。」

「我知道，但，這次跟他動手，我的想法不同了。封狼的刀法你見過，狠厲有餘，沉穩不足，但那天他出刀時特別沉得住氣，像是在執行一項龐大計畫中的一環，招招都經過計算。」

「計算？」含光重覆了一遍，眼中充滿疑慮。

封狼化形後性格似主，跟驃騎將軍一般高傲孤獨，重情重諾，不在乎殺人如麻，卻絕對不屑詭計陰謀。這個世界，有什麼值得他彎下腰計算？

「他想喚醒祝九！」

兩兄弟同時說出這句話，接著又都從彼此的眼神中，讀出更大的不解。

「那比解開我的禁制還難，除非，他找到當年打造祝九時用的那顆隕星。」蕭練喃喃。

祝九的本體出自另一顆隕星，倘若當年鑄劍時沒全部用盡，剩下的材料的確可以產生起死回生的效果，他只能想到這個可能性。

含光推了推眼鏡，不以爲然：「果眞如此，那他急著找人做修復都還來不及，哪有興致跟你攪和？」

大哥已經好久沒用這種口氣跟他說話了。蕭練摸摸鼻子，答：「說起來，還眞像是找我出氣……等等，他傷我傷得很有分寸，事後又將本體送到國野驛，會不會只是一種警告？」

「他大概想幹點別的什麼，要我們少管閒事。」含光收起照片，又說：「算了，只要他離開四方市，我暫時懶得管他，反正將來總有機會找回這個場子。」

「我總感覺這事不單純。」蕭練搖搖頭，目光不自覺轉向隔壁：「不過封狼這次算漏了。倘若沒有她，我還眞不知道要躺多久才會醒。」

隔著一道牆，他可以聽見侍者在詢問餐後飲料，而承影正大力推薦如初再點一客甜品。如初的反應有點慢，似乎在眾多美食間難以做抉擇，經常冒出「耶」、「眞的眞的」等無意義字眼，聽起來心情相當不錯。

含光跟著聽了一陣子，不可思議地轉向蕭練，問：「這麼無聊的對話，爲什麼可以一直進行下去？」

「我覺得滿有趣的。」蕭練迎上大哥的視線，坦然一笑。

「隨你。」對上自家兄弟，含光說話不必客氣，他站起身指著隔壁包廂說：「你要跟誰在一起，那是你的選擇，我不過問。但傳承者對我們所知越多，就越容易起貪念，這是鐵律。鼎姐的傷再不處理，很快就無法化形，只要私人感情影響到這件事，你立刻調職到國外去，沒有第二句話。」

隔壁又傳出如初的聲音，彷彿在討論約克夏布丁究竟是鹹點還是甜點。蕭練瞥了牆壁一眼，對殷含光慎重點頭：「我了解。」

他頓了頓，又加上一句：「她不是那種人。」

「哪種都一樣，這是人性。」

20. 此生此世

幾天後，如初背著雙肩包，獨自又去了一趟國野驛。

她在庭園裡找到正在幫樹剪枝椏的邊鐘，掏出一個小紙盒，遞給他，說：「修好了，不過我修的時候以爲是一般生活用品，用的都是現代材料，抱歉。」

邊鐘打開盒子，取出鎏金的銀薰球，往空中拋上去又接住，看著如初說：「本來就是生活用品，哪一年出產的不重要，給妳練練手正好。說吧，今天來，想知道什麼？」

被他一眼看破，如初很不好意思，但也絕不會因此遲疑。她從背包裡取出古書，雙手捧到邊鐘面前，說：「這本書有我所有傳承的內容，能請你看一看嗎？」

邊鐘接過書，翻了兩頁便說：「我看上去一團糊，墨豬。」

大熊與莊茗翻開書後也說過類似的話，但嘉木卻能看懂大半，顯然同一本書，落在每個人的眼底都各自不同。

如初洩氣地垮下肩膀，邊鐘又說：「看懂也沒用，我試過站在傳承者旁邊學修復，他下一鎚子我也下一鎚子，做出來的效果天差地別。」

他闔上書，指指自己的左胸，說：「問題就出在這裡。有心的，看上去雖然像是機械式重複，但每個動作都存在極其細微的差異，這些差異中又隱含了韻律，而韻律，是生命的基本元素。」

也就是說，這是她一個人的路，她得在黑暗中獨自摸索？

如初掙扎著又問：「那你知不知道，如果我想要學某一類的傳承，這本書裡提到過卻沒細講的，可以去哪裡找資料？」

「哪一類？」

「御劍術，但我真的不是要控制誰——」

「我懂，妳想幫蕭練那小子解除禁制。」邊鐘打斷她的話，一臉「我早就猜到了」的得意表情。

他能理解眞的太好了。如初鄭重地說：「在有生之年，我希望，能夠讓他自由。」

「這想法不錯。」邊鐘看著她，語帶嘉許地這麼說。如初還來不及高興，他便又說：「但要能解，必先能制。妳敢保證當妳能夠御劍之後，還守得住本心？」

「我保證。」

她答得不僅迅速，還義無反顧，邊鐘莞爾一笑，又問：「那換個位置，妳站在我們的立場，敢不敢賭？」

如初張開嘴，卻說不出話來——她對自己有信心，可別人憑什麼對她有信心呢？

邊鐘將書還給如初，繼續說：「我們之間有我們相處的規則，化形者除非本體受損，不然天生不老不死。如果硬要拿人類間的關係做比喻，我們的圈子類似一個不存在權勢地位的社會，大家各過各的，互相尊重。」

「因此，就算我信妳，只要蕭練不願意妳碰他的禁制，我也不會幫妳。」

「每一位化形者都獨一無二，妳唯一能做的，是去與他好好溝通……對了，要不要帶份桃酥走？廚房早上才烤出來的，宮廷秘方，裡頭核桃眞材實料，最補腦。」

「不用了，謝謝。」如初覺得有必要解釋自己的拒絕，於是又說：「我買不起。」

剛來四方市的時候她急著適應環境，忽略了很多事，前幾天晚餐她偷瞄了帳單，才明白國野驛根本遠遠超過她的消費水準，她跟他們，在任何方面都不屬於同一階級。

邊鐘的臨別贈言是哈哈大笑，外加一句：「小姑娘，先幫自己爭取加薪吧，別想那麼多。」

又過了一個多禮拜，在十一月底，四方市迎來了滿城落葉。金燦燦的銀杏在粉牆黛瓦上飛舞，濃烈的色彩衝擊著每個人的視覺。而「玉石、陶瓷及金屬品修復區」則迎來一面只比如初手掌大一點的美麗銅鏡。

杜長風將銅鏡放在特製的紅檀木架上，取過檯燈，直接打在鏡面。光線像是能穿透金屬的鏡體一般，立刻在修復室的白牆上反射出鏡子背面綿延不絕的重環紋，效果十分奇幻。

杜長風關了燈，問如初：「知道這怎麼回事嗎？」

如初凝視著鏡面，慢慢說：「青銅透光鏡。這面鏡子的原理應該跟『見日之光』一樣，只是工藝更加精良。」

「見日之光」是一面青銅鏡，因其外圍刻有銘文「見日之光，天下大明」而得名。這種青銅鏡是透過複雜的鑄造過程，讓鏡面產生肉眼無法辨識的凹凸形變，再加上長時間手工研磨，慢慢加深這種形變，使鏡面與鏡背花紋之間產生相應的曲率，射在鏡面上的光線經過多次折射，造成了類似透光的錯覺。

透光鏡的工藝十分複雜，據說要研磨百年，方能在鏡面上形成一圈被稱之為「玻璃廓」的金屬保護膜。因此即使在當年，也屬於皇室才能擁有的奢侈品，而流傳至今的透光青銅鏡，件件都是稀世珍寶。

杜長風將銅鏡擺回木匣，清了清嗓子，對如初說：「這一位的問題是玻璃廓上有幾點鏽斑，不嚴重，但也不能用對付其他青銅器的辦法來處理，妳回去做做研究，先擬個方案來我們再討論。」

「好的。」如初將手放在膝蓋上，坐姿與神色都中規中矩，目光有點呆，顯然是晃神了。

杜長風等了一會兒，問：「還有什麼問題？」

「我在想……」如初努力集中精神，對杜長風說：「如果在擬方案之前，加一個『訪查』的步驟，你覺得會有幫助嗎？」

「妳想訪查誰？」

「相關人員。」

「還有這玩意兒，我怎麼沒聽過？」杜長風摸摸下巴，說：「隨妳，愛訪查誰就訪查誰，弄個可行的方案出來最要緊。」

不管杜長風究竟是不是他們其中之一，反正他是主任，有他批准，如初在隔天下午便拎著主任專用的大鋼杯，搭電梯來到十三樓。

電梯門開，蕭練抱著一個大木板箱站在門前。如初莫名有點窘，趕緊跨出門，解釋：

「我不是來找你的。」

「我也覺得妳不是。」他凝視著她，最後卻什麼都沒問，只說：「我今天得晚半小時下班。」

「那我在修復室等你？」

他點頭，與她擦身而過，進入電梯。如初摸摸臉頰，面色如常地往前走。

他們眞的公開交往了。兩人同進同出，不張揚，也不刻意避人耳目。蕭練每天接送她上下班，然而單獨相處，並排坐在車子裡，往往也只是一起聽聽音樂，偶爾閒聊兩句工作與生活。

關於過去，蕭練只提到他雖然沒進過高中，卻讀了大學，音樂系。他輕描淡寫地說到與大哥起了衝突，一怒之下便買票搭上火車，一路流浪，最後在一個充滿音樂的城市停了下來，決定當一次學生試試。

「我主修管樂，系館有一條長廊，面向廣場，景色特別好。有一年十二月，滿天大雪，我一大早摸黑出門去系館練習，廊上的燈還沒有亮起，周遭靜悄悄看不到一個人。我靠在牆上，才吹了幾小節，隔壁琴房居然傳出鋼琴聲幫我伴奏。」

他說到這裡打住，流露出無比懷念的神色，又說：「我們就這樣，隔著一堵牆，合奏出一個完整樂章。」

他的表情實在太像思念舊情人了，如初靜默半晌，怯怯地問：「後來，你們見面了嗎？」

「當然，樂章一結束他就打開房門走出來，曲式學的教授，一位老先生。那學期我居然拿全班最高分，一直懷疑他有沒有放水。」蕭練又打住，好奇地看著她，問：「妳在想什麼？」

「我？」如初目光掠過他高挺的鼻梁，茫然搖頭：「我也不曉得，就忽然感覺好幸福……」

然後她就哭了，蕭練手忙腳亂地幫她找面紙。

從那一天起，如初開始控制思緒，不准自己去想未來。並非因爲害怕，而是太珍惜在一起的時光，怕殺風景。相處是一種發酵過程，只要一不留神，酒就會釀成了醋。她不在乎結局，但求不留下遺憾。

她今天來到十三樓，名義上是爲了公事，實際上卻是爲了自己的感情。因此如初走到前臺，對鏡重環揮揮手，躊躇了一會兒才開口說：「我們修復室剛進來一面透光鏡——」

「終於輪到我啦！」鏡重環從座位一躍而起，迫不及待地問：「怎麼樣，那幾塊鏽能不能清乾淨？我快煩死了，發作起來比蛀牙還疼。」

就算鏡子的身分已算不上什麼秘密，如此直白的反應還是嚇了如初一跳，她左顧右盼後壓低了聲音問：「妳這樣直接說眞的好嗎？」

「放心，我講之前有先看一圈，沒人，跟我來。」

重環轉出前臺，拉著如初走到空無一人的會客區，坐在沙發上開始滔滔不絕。三十分鐘後，如初不但了解了重環的身世來歷（或者說，修復室裡那面透光鏡的出處背景），也還知道了她的異能，就是看得見所有生物的原形。

「妳在我眼裡就是個人，蕭練在我眼裡就是把劍，只不過我看得遠，一兩公里內都清楚，但在都市裡根本沒用，牆一擋什麼都看不見了。」重環攤手，一副無所謂的口吻。

如初眞心誠意地說：「這樣很厲害——」

「別。」重環打岔：「我才不要跟厲害沾邊。妳看多了就曉得，沒有用，平凡活著反而自在。」

重環今天穿女僕裝，頭上戴了一個毛茸茸的貓耳朵髮圈，講話時不時撥弄耳朵，模樣一如既往地嬌媚。但在這幾句對話裡，如初可以感覺到，掩埋在少女外表底下的鏡子姑娘，有一種深沉的偏激。

他們都經歷過哪些人、哪些事？

如初沉默著，重環瞄了她一眼，問：「不同意？」

如初搖搖頭，苦笑說：「我想到蕭練。」

「他？對，他是個厲害的，也是個倒楣的，妳看我就沒事，從來就不會有人想對一面鏡子下禁制……哦，妳今天下來找我，主要是為了談蕭練？」重環斜睨著如初問。

被看穿了。如初不好意思地嗯了一聲，說：「我跟他在一起了。」

「拜託，全世界都知道，妳沒看最近含光臉那麼黑。」重環幸災樂禍地笑著，又問：「擔心什麼？刀劍都很果斷，你若無情我便休，絕不會糾纏不清。」

「我希望能糾纏不清。」

如初衝口而出後等著被嘲笑，但結果並不。重環伸了個懶腰，趴在沙發扶手上，饒有興味地看著她，說：「那妳挑錯對象囉。」

這種程度的打擊在如初意料之中，她沒管這句話，只斟酌著字眼問：「我想知道，你們彼此之間，也會有固定的、忠誠的、有感情的關係嗎？」

她每多說一個形容詞，重環的眼神就多增一分迷茫，講到最後，如初靈機一動，補充解釋：「就像，沒有法律全靠自律的婚姻。」

「一生一世一雙人？」重環馬上反應。

如初猛點頭，覺得這句話聽起來眞貼切。重環唔了一聲，說：「有啊，結契。比你們結婚嚴苛，雙方壽命共享，禍福同當，不過得要同類才行。」

她跟蕭練當然不是同類，如初喔了一聲，才垂下眼，就聽重環又說：「不過這麼做的非常少，主要是因爲同類太難找。像封狼當年爲了跟祝九結契，跑遍天下，最後還不是竹籃打水一場空。」

「他們不是同類？」如初這下眞的不懂了。

「刀跟劍怎麼可能是同類？」重環白了她一眼，繼續說：「更何況，還是一把兇刀跟一柄仁劍，兩人能成爲莫逆，我們都覺得挺不可思議的。告訴妳，我們之間的差異，可是比你們人種膚色的差異要大得多。」

如初愣愣地點頭，重環大概是說到興頭上了，又絮絮告訴如初，祝九身爲兵器化形，卻擁有重環所見過最悲天憫人的個性。新莽時黃河決口，成千上萬的人無家可歸，祝九居然拉著封狼掘了十來座古墓，搞得自己傷痕累累，把挖出來的錢財全散給災民。

「心太好了都活不久。祝九會變成現在這樣，就是因爲救了一村子人，裡頭有那麼幾個忘恩負義的，把他給害慘了。唉，封狼現在一定恨上全人類，他從以前起就非常偏激。」

說到這裡，重環皺皺鼻子，又說：「其實以前我也沒太喜歡祝九，他隱忍過頭，有點虛僞，可是現在覺得有他在眞好。妳知道，虛僞有助於世界和平，爲了和平，我可以擁抱虛僞。」

如初聽到後來，頭有點發暈，也不知道自己在想些什麼。等重環講到這裡，她忽地清醒，慢慢開口問：「那，祝九現在斷成那樣，算是死亡嗎？」

重環眼珠子轉了轉，答：「差不多。我們沒有死亡這個概念，像祝九這樣，本體還存在，但意識已經消散的狀況，我們稱之爲長眠。」

「但，在祝九長眠之前，他跟封狼，即使沒有任何外力束縛，即使性格天差地別，也還是在一起很久、很久、很久？」如初繼續問，感覺心臟跳得太過用力，連耳膜都有點痛。

「當然。」重環用奇怪的眼神看著她，說：「同心比結契重要，眞情比誓約可靠。你們人類社會，不也是這樣的嗎？」

……

如初又跟重環聊了一會兒才離開十三樓，走時步履輕快，眼中閃爍希望的微光。

就在如初離開十三樓之後，夏鼎鼎穿著馬靴走出門，挑起眉問鏡重環：「怎麼不告訴她，妳還能看穿人心？」

「也就判斷善意惡意而已，談不上看穿，她沒有惡意。」重環懶洋洋地回答。

夏鼎鼎若有所思地點點頭，忽地又問：「鏡子，很多年前妳看過封狼，也說他沒有惡意。」

「他是沒有，無論遇到祝九之前還是之後都沒有，可是啊……」重環煩躁地將髮箍一把取下，晃動著滿頭長髮，又說：「善意變成執念，才更可怕，不是嗎？」

21. 守護

很少人能夠了解，修復古物是一門最需要想像力，卻最忌諱創作力的工作。

國之重器，洞鑒廢興。站在一件古物面前，修復師要守護的不僅僅是數千年前的那份手藝，更是流傳了數千年的歷史記憶。前者需要依靠想像力跨越時空，後者卻需要拿出所有尊重，在任何一個動作之前，都得考證再考證，找到完整依據再動手。

見過重環之後，如初的心情安定許多，做起事來特別積極，決心要幫鏡子清除鏽斑。

她花了幾天時間搜索腦海中的傳承，失望地發現她的傳承側重刀劍，對非兵器類的青銅只原則性一筆帶過。但重環本體鏡面上的那層玻璃廓太特殊，如初不敢用磨劍的方式進行研磨。跟杜長風討論過後，她開始大量閱讀古書，最後發現《夢溪筆談》的作者，北宋知名學者沈括，曾經針對這類銅鏡做過研究，只可惜已經失傳了。

無論如何，總算是找出一條線索。如初十分振奮，當天便衝到十三樓再度詢問重環。重環回憶半晌，最後肯定宋代的工匠曾經幫她本體除過鏽，維持了一百多年的清爽舒服。但當如初問起重環還記不記得他們是怎麼弄的時候，鏡子姑娘雙手一攤，無辜反問：「妳知道妳的牙醫是怎麼幫妳補牙的嗎？」

好問題，如初無言以對。

偏偏承影就在此時路過，聽了她與重環的一問一答，露出一口白牙，朝如初揮了揮手，說：「不急，慢慢來，等妳學會補牙我們再討論心臟手術。」

他說的當然是如初想幫蕭練解除禁制一事。蕭練的辦公室就在裡頭，如初沒敢回嘴，只狠狠瞪了承影一眼，然後衝回修復室，繼續努力。

她堅信事在人為，既然古人能辦到，現代人沒道理不能。於是兩天後，如初抱著一疊近代材料科學的相關文獻，結結巴巴向杜長風解釋重環本體玻璃廓的結構，以及，因為準備時間不足，她還沒能理出一個頭緒。

「宋代幾個工匠就能搞定的事，妳大費周張去讀史丹佛的論文，意義何在？」杜長風一臉大不以為然。

努力了好幾天居然得到這種評語，如初火氣也上來了。她將《夢溪筆談》的相關段落一頁頁攤開在杜長風面前，硬邦邦地說：「這種古代宅男寫的文章幽默感還不錯，真要拿來參考就完全不切實際，你要怪就去怪沈括……現在怎麼辦？」

宋代的學者寫文章，習慣性增添談笑戲謔，傳遞的知識十分片段，真的不是她的錯。

「我不曉得妳該怎麼辦。但我知道，沈括在蕪湖修過長堤，在揚州當過參軍，之後入京幫王安石變法，還以翰林學士的身分出使契丹交涉劃分國界。」

杜長風翹起二郎腿，看著如初說：「他一輩子用腳走過的地方，妳搭車都未必到得了，別動不動指著人喊宅男，貽笑大方。」

如初無言半晌，嘟囔著說：「好吧，他不宅。但問題還是一樣，他的東西就是沒有參考價值。」

「那就繼續查資料、做功課，性急修不了青銅器，心急吃不了熱豆腐。」

杜長風一邊說，一邊點起一根菸。如初很確定廣廈的室內禁菸，她望著上升的縷縷青煙，忍不住問：「爲什麼你房間的警報器都不會響，拆掉了嗎？」

「妳沒別的事要做？」

太過好奇的下場，便是被主任趕出辦公室，如初回到修復室，繼續埋頭翻查古書。網路上這方面的資訊稀缺，半小時後，她靈機一動，拿起電話撥到市立圖書館的古籍典藏部門。圖書館在幾年前搬家了，但負責收藏古籍的部門還留在原址，轉接幾次之後老館長親自接了電話。他告訴如初，館藏文獻流傳千年，靠的是每一代人手抄整理前代的紀錄。當然這種法子容易出筆誤，但總歸是當時老百姓生活狀態的一種描述。他們也希望將這些珍貴的史料做成電子檔，方便查閱，但苦於人手不足，獨一無二的線裝書也不好外借，只能請有興趣的讀者親自前來，抵押證件便可入內閱讀，注意摸書前先洗手……

這通電話一講就是半小時，跟修復有關的部分還不到十分鐘，內容雖全屬老派囉嗦，卻充滿善意與對歷史文化的溫柔，像極了這個城市給如初的感受。掛下電話，她望著空蕩蕩的行事曆，在禮拜六那天打了個勾。

週末中午，如初轉了兩趟車，來到四方市立圖書館的舊館區。

這棟圖書館蓋在百多年前，照片上第一代館員都還留著滿清的辮子頭。三層樓的紅色洋房帶著英國伊莉莎白時代的建築風格，兩對雪白色雕花圓柱支撐著二樓的露臺，臺階前梧桐枝葉婆娑，乍看不像是圖書館，卻恍如《京華煙雲》裡的清末民初豪門別墅。

毫無疑問，時光在此地駐足。

如初原本爲工作而來，卻在踏進室內的那一刻，沉澱了所有雜念。她照規矩換了證件，爬上書庫，小心地將一本本線裝書拿下來，一頁頁翻閱。

線索東一處西一處，分散在許多本書之中，但讀古籍最麻煩的並非缺乏系統，而是生硬冷僻的字彙太多，沒有標點的文言文又超出能力範疇。好在，如初早有準備，她取出手機，關掉閃光燈，拍照。

忙到下午三點多，雖然拍下的資料有限，但也足夠她花上好一陣子功夫才能研究清楚。如初伸了個懶腰，走出書庫，站在二樓的拼花木頭地板上，環顧左右。

老建築的魅力總在不經意處張揚，這座圖書館乍看小巧玲瓏，裡頭卻別有洞天。二樓主窗採拱形，室內通道也做出了一道道拱門，金屬樓梯扶手的蔓藤花樣與牆壁的巴洛克雕飾相呼應，處處充滿了巧思與巧手結合後的細節。

如初順著拱門走，不知不覺走到通道盡頭，一座木質迴旋梯迂迴而下，頗有一股曲徑通幽的氛圍。從方位來看應當是通往圖書館後門，底下隱約傳來雜亂無章的笛聲，中間參雜著小朋友稚嫩的問題：「老師，孔會漏氣怎麼辦？」

「來，看我的小指，指腹用力。我說一、二、三，一起開始。一、二、三……」

耳熟能詳的〈小星星〉響起，如初加快腳步走下樓梯，一間裝了老壁爐、鑲著優雅木格櫺長條窗的廂房頓時映入眼簾。七八名大約還是小學低年級的小朋友，人手一隻塑膠直笛，在蕭練前方圍成一個扇形，個個鼓著嘴，瞪著身前的樂譜用力吹奏。

蕭練今天難得不穿一身黑，深藍色的圓領T恤搭配運動長褲，看起來就像個鄰家大哥哥。他一心三用，手拿著直笛吹，腳下打拍子，還同時環顧左右，確認每一位小朋友都跟上了進度。

如初停下腳步，靜靜站在門口不遠處，望著眼前熟悉又陌生的他。

一曲畢，老館長沿著樓梯走下來，越過她走進房內。他先爲剛才的大合奏鼓鼓掌，接著與蕭練交談了幾句，這才轉身，宣布今天的課到此結束。

小朋友亂七八糟地大喊老師再見，蕭練收起直笛，走出房門，直接走到依然站在原地的如初身旁，解釋：「我剛剛聽到妳過來，但課上到一半——」

「這樣很好，角色對調我也會先上課。」她話接得太急，說到這裡換了口氣，才繼續：「你之前跟我說，今天要工作。」

「當義工。」

小朋友三三兩兩從他們身旁經過，他牽起她的手，走到外頭的庭院，才又開口：「附近有家育幼院，開了很多年。圖書館搬家後小朋友能看的書變少了，卻多出了幾個空房間，館長就託我開個直笛班，說是學音樂的孩子不會變壞，然後我就變成了蕭老師，想都沒想過的情況……」

蕭練講到這裡，見如初目不轉睛地看著他，於是問：「怎麼了？」

「我在想，剛剛是不是應該假裝沒發現你，轉身離開？」

她帶著笑容問，聲音卻藏不住沮喪。蕭練怔了一下，反問：「爲什麼？」

「因爲，你好像，並不喜歡我進入你的生活。」

聊著聊著，他們已走到圖書館隔壁的老街。這條馬路是行人步道區，兩旁栽滿法國梧桐，春夏時想必濃蔭可以蔽日，但如今葉子都掉光了，冬陽下樹影斑駁，映著牆後頭的紅磚老建築，反而別有一番敞亮。

並肩而行，蕭練沉默片刻，搖頭說：「完全不是這樣。」

如初低低應了一聲噢，低頭踢走腳下的一顆小石頭，蕭練想了想，又說：「我只是，有時候也弄不清楚自己是怎麼一回事，不想讓人看到……這樣子的我。」

「哪個樣子？」如初抬起頭，一臉不解。

蕭練欲言又止了一會兒，最後說：「如初，妳還記得我跟妳說過，我剛覺醒時跟兄長失散，後來才被找到？」

她點點頭，他繼續說：「但是，我沒告訴妳，我獨自在世上活了多久。」

「多久？」她不假思索地反問，眼神透露出些微不解。

他頓了頓，答：「六十年。」

如初輕輕吸了口氣，蕭練直視前方，低聲又說：「那些年，我都待在軍隊裡，上了前線就是殺敵。起初我不懂生命是什麼，只懂遵照指令行事，但活越久，就越感覺戰爭很荒謬，將軍一聲令下，我們就把他們當敵人，再一聲令下，又變成了盟友，爲什麼？根本沒人問，因爲只要一思考，日子就過不下去了。」

她將頭靠在他的肩頭，像是表達安慰，或者信賴。蕭練苦笑了一下，又說：「更荒謬的是，在那種境況下，我的異能反而被打磨到巔峰，好像我生下來，就是爲了殺戮。有一陣子我都認命了，反正告訴自己，兵器殺人，不需要理由。」

他說到這裡打住，身旁的她半晌不說話，然後忽然猛搖頭，說：「不對，如果事情眞的是這樣，那蕭練的覺醒，就沒有任何意義了。」

蕭練幾不可察覺地點點頭，說：「所以慢慢地，我就變成了現在的我。但是每當我在黑板上畫五線譜，開始教這群孩子音樂的時候，總忍不住想，那個過去的我，會不會還躲在身體裡的某個角落，什麼時候，『他』會再度出現，成為主宰這具身體的『我』？妳能想像這種感覺嗎？」

四目對視，倘若如初臉上流露出任何驚惶厭惡，蕭練都不會意外。然而她居然臉微微一紅，小聲地問：「如果我說，在你講這些之前，我已經開始想像了，會不會很奇怪？」

他無語片刻，問：「妳想到什麼？」

她不好意思似地垂下眼，答：「其實，一看到你在教室裡的樣子，我就想起一首詩，詩名叫〈於我，過去、現在，以及未來〉。」

那是英國詩人薩松在第一次世界大戰時寫下的名作，據傳也是他在軍中服役時對人性的感悟。蕭練怔怔地看著她半晌，問：「那個情景，妳想到的是『我心有猛虎，輕嗅薔薇』？」

「很貼切，不是嗎？」如初仰起頭：「在我眼底，那都是你。」

她的眼神清澈，盛滿完全不加掩飾的愛意。蕭練第一次不逃避，直視著這樣的眼神，問：「妳從什麼時候起這麼看我的？」

她毫不猶豫地答：「第一次見面。」

「我想也是。」

他們挽著手，繼續往前走。如初今天穿了件及膝的薄羊絨旗袍，梳著民初女學生的麻花辮，他則是一身大學生運動風，一個復古、一個現代，眞正的身分跟外表反而調了個樣。

或許是這樣的反差，又或許是陽光太好，暖洋洋地讓人提不起一點心防。走過半條街後，當她再次問起他幾歲時，蕭練給出了眞實答案。

他說：「很難講。」

「為什麼？」她一臉好奇。

他解釋：「我們如果受到損傷，又無修復師立即診治，便會回歸本體休眠，以自我療癒。光因為被植入禁制，我就睡過了整個大唐，妳說，這段時間該不該算進年歲之中？」

她恍然大悟地喔了一聲，又問：「那你總可以告訴我，你在什麼時候覺醒的吧？」

「長平之戰。」蕭練簡短解釋：「白起坑殺二十萬趙軍的那晚，我在戰場上覺醒。」

這段歷史在《東周．列國志》上的形容是：「子哭其父，父哭其子，兄哭其弟，弟哭其兄，祖哭其孫，妻哭其夫，沿街滿市，號痛之聲不絕」。

如初抽了口冷氣，喃喃：「你不是自願從軍，是根本就……」

「也算自願了。」他對她笑笑：「反正剛覺醒，什麼都不懂，以為世界就是這樣。我扒了死人的衣服穿上，變成秦軍的一名小兵。」

別人殺，他也殺，沒有目標，沒有理由，甚至也不分敵我。其他所有人或許有理念需奮鬥，或許有家園要守護，最不濟的也還想著求富貴、求生存。只有他，純粹模仿，不明白自己在做什麼，更不明白生命是什麼。

短期間你死我活，長期內統統化做一抔黃土，便是他對人世所知的全部。

「物要能化形成人，基本上都發生在大量生命消逝之際，我也不例外。但即便如此，那一夜，死的人還是太多了。」

他雖然這麼說著，神色卻又恢復淡然，只是滿身蕭索。如初伸出手想拉住他，才碰到他的衣袖，一群中學生騎著腳踏車呼嘯著從後方往前衝，其中一輛離如初特別近，眼看就要擦身而過，下一秒，蕭練及時摟住她的腰，將她整個人抱進他懷中。

又有一群學生從他們身邊經過，見到他們抱在一起，立即發出鬼哭狼嚎的吼叫，將青春與中二氣息演繹到最高。

在喧嘩聲中，如初仰起頭，用只有他們兩人才聽得見的聲音，輕輕說：「都過去了。」

「嗯，我打了六十年的仗，半個大字不識，居然升成百夫長，還領官餉。比較麻煩的是，每隔幾年就得換一支軍隊，不然外表一直沒變化，容易啓人疑竇。」

如初伸手摸摸他的臉，又問：「後來呢，你怎麼退役的？」

「一位長輩找到我，把我帶離戰場，又嫌我沒文化，請了先生教讀書寫字。」

蕭練彷彿想到了什麼有趣的事，如刀刻般凌厲流暢的側臉線條頓時柔和下來，又說：「那時候毛筆才剛發明，我學寫字吃了不少苦頭，但聽說練字可以養心靜氣，是一種對自我的要求，所以我就練了下去，至今還稱不上好，但總算勉強能見人。」

「眞的？」如初眼睛一亮：「我想看。」

「妳見過，公司錄取信封就是我寫的。」

米白色紙上藏鋒露鋒、氣韻脫俗的字跡閃過眼前，她嘟起嘴問：「那樣的字叫勉強能見人？」

他瞄了她一眼，微笑：「我們標準不同。」

她甩開他的手往前走：「討厭，不要拉我。」

「不拉妳就要撞到樹了。」他伸手，即時撈住她的腰。

「……」

「不客氣。」

他們依偎著又走了一段，又聊到薩松。兩人都好奇對方為什麼喜歡上這首詩，如初先招認，她是因爲高中英文老師喜歡，抄在黑板上要大家背下，這才硬記住了。蕭練則是在大一英文課念到。

「老師講解詩中三個時間概念，過去的我、現在的我，以及未來的我，可以類比成前世、今生跟來世，我印象特別深刻。」他頓了頓，解釋：「覺醒之前所發生的事，可以類比成我們的前世，對我們的性格影響很大，像是基因一樣，無論如何努力都無法擺脫。」

如初點點頭，遲疑地問：「爲什麼要擺脫？」

「嗯，這得從宵練劍的鑄造者說起。雖然我根本沒見過她，但我卻可以感覺得出來，她對生命充滿敬意。另一方面，她卻又竭盡心力打造出一柄殺傷力強大的兵器。」蕭練對如初聳聳肩：「當然，人在很多時候都是自我矛盾，不奇怪，我只是討厭她把這種矛盾也打造進我的性格裡。」

夢境中，黑色劍胚沉浸在淺碧泉水裡的畫面，在如初眼前一閃而逝，她沉默半晌，忽地說：「自我矛盾的工匠，打造不出宵練劍。」

說完，如初猛然住了嘴，完全不懂自己怎麼會說出這番話。此時他們正好走經一棟門口掛了牌子、被列爲古蹟的老洋房，隔著圍牆的另一邊，庭園裡楓紅如火，一片紅葉悠悠蕩蕩飄落至兩人前方。

蕭練伸手接住那片被霜打過的葉子，悠然問：「妳在修復我本體的時候看出來這些？」

「沒有，我也只是亂猜而已……」

如初窘得不知如何是好，蕭練將紅葉交給她，說：「那妳再猜一猜，被困在自我矛盾裡，慢慢變鈍的劍，下一步，該怎麼走？」

「鈍了就鈍了。」如初不假思索地說：「戰爭本來就不是兵器的責任。」

「挺任性的。」蕭練輕笑一聲，摟住她，又說：「不過，守護一個人的能力，我還是有。」

不是愛，而是守護。

秋陽與他都太過耀眼，她闔上眼，又迅速睜開，盡力微笑，伸出小指說：「一言爲定，打勾勾。」

難得有一次，她的手指比他還冰涼。

這樣是最好的，如初告訴自己。

一生的摯友，一輩子的守護。

22. 旦夕禍福

去過圖書館的那天夜晚，如初開了公寓大門，走回自己房間，直接躺上床，舉起手機。

按下快速鍵1，鈴響三聲，耳機裡熟悉的聲音重複著熟悉的問句：「喂，初初，吃過沒？」

「吃過了。」

「有沒有吃夠蔬菜水果？有沒有運動？沒變胖吧？」

公式題，她一樣一樣答：「有，有，沒有。」

大概口氣太過敷衍，媽媽很不滿意：「妳自己的身體，騙我沒意義喔……對了，有沒有認識那邊的男生？」

喉頭又酸又澀，如初閉上眼睛，輕聲開口，答：「有。」

「帥不帥？」

眞沒想到這居然是媽媽的第一個問題，如初坐起身，瞪著手機，忍不住反問：「妳不覺得這樣問很膚淺嗎？」

「開玩笑，我要一上來就問他有沒有錢才叫膚淺，問他帥不帥那是給妳機會誇獎他好不好？」

這回答太過犀利，如初無言半晌，開口：「比帥還要好看很多很多。」

「那就是沒有錢了。」媽媽做出第一個結論，繼續進攻：「對妳好不好？」

「很好。」如初頓了頓，啞著嗓子說：「他說他會守護我一輩子。」

「這種話隨便聽聽就好，千萬別當眞。」

「我知道。」

「不過呢，要是男人不肯講這種話，也就沒有在一起的必要了。」

如初呆了一下，問：「爲什麼？」

「因爲在感情最熱烈的時候不創造點回憶，以後遇到難關會很難撐下去。」媽媽用過來人的口吻，侃侃而談：「不過呢，讓人堅強的回憶其實不需要多輝煌燦爛，只要在想到的時候，心裡會覺得暖，就可以了。」

聽起來很棒，只是，並不適合她。

如初又躺了下去，聲音空洞地開口：「如果這段感情沒有以後呢？」

她一說完就後悔了，電話那頭安靜了一會兒後，媽媽困惑地問：「爲什麼沒有以後？」

實話是絕對不能說的，而且這個話題越快結束越好。如初於是模糊答：「就，覺得這段感情不會有結果。」

「拜託，你們才認識兩個月……等一下，這是妳第一次交男朋友吧？」

「所以呢？」如初眼睛看著天花板，口氣開始不耐煩。

「所以失敗的機率特別高啊，我跟妳說——」

「不會失敗，只是不能在一起而已！」

大聲打斷媽媽的話之後，她才忽然意識到，蕭練一定也是這麼覺得吧，所以搶先說出承諾，希望她認清現實，自己好好過。

鼻頭驟然發酸，如初咬住嘴唇。而手機裡，媽媽又沉默了片刻，開口說：「好吧，那我換個問題，妳自己想就好，不必回答。」

「什麼問題？」

「二十年後的妳再回過頭來看，會不會後悔認識這個男生？」

電話忽地傳來一陣貓叫聲，媽媽要如初等一等，她去幫黃上開罐頭。如初握著手機，茫然地想著四十三歲的應如初會是什麼樣子。她無法想像自己再愛上另外一個人，那麼就還是單身？蕭練依舊年輕、俊美，嗯，所以她大概眞的該離他遠一點，交幾個可以互相扶持到老的朋友，存夠了錢到處走走。

不過，二十年後禁制一定已經解開了，到時候無論他們是否還有聯絡，她都可以驕傲地說：「我深愛過，而且，讓他得到了自由。」

……

幾分鐘之後，當媽媽開完貓罐頭，重新拿起手機時，如初已收拾好心情。爲了不讓媽媽擔心，她擤擤鼻子後掰了個理由，說因爲男方比她大太多，有時候兩人會吵架，這才有了情緒。

「談戀愛嘛，我又不是沒談過，不用跟我解釋這些啦！」媽媽爽朗地這麼答後，頓了頓，問：「他幾歲？」

「二十七。」

「那也沒差幾歲，叫什麼名字？」

「蕭練。」

「性格怎麼樣？跟妳算互補呢，還是很像？」

這還是第一次有人正式問起蕭練，如初本來以爲會不知道該怎麼講，可是一張開嘴，話語自然流洩，根本停不下來。

「他很有擔當，是那種……老派的男生。剛開始相處有點冷淡，熟了之後就會發現他非常溫柔。愛耍冷幽默，大部分時候其實不好笑，但我還是會一直笑，停不下來。」

「他經歷過的事情很多，想得也多，好多事情不跟我商量就自己決定了，最討厭這樣。不過他應該是從不跟人勾心鬥角，所以不管幾歲了，個性還是有那種質樸的感覺，很可愛。」

「對了，他從來不感冒的，羡慕吧？平常愛聽音樂，會去當義工教小朋友吹笛子。跟他在一起總讓我很安心，對了，他現在接送我上下班，還會幫我開車門。」

在她開始講之後，媽媽就安靜了下來，只不時發出嗯嗯的聲音，讓她繼續說個不停。直到如初講到這裡，媽媽才忽地大笑，然後說：「我倒要看看他能撐多久，等哪天他要妳自己開門下車了，千萬別再像今天一樣打來找我，老娘絕不同情。」

「才不會。」如初假裝惱羞成怒：「妳這是嫉妒！」

「我有什麼好嫉妒的，妳家房子在我名下，妳爸還在當我男朋友的時候薪水就給我管了，這麼優秀的身教妳居然一點都沒學到，丟臉喔。」

「誰要學這個啊，管錢很煩耶。」

那個夜晚，母女妳一句我一句的，聊了一個多小時，最後媽媽的結論還是老套的：「先好好相處再說。」

如初應了一聲好，正要說晚安準備掛電話，忽然想到父親，忙問：「爸爸呢？」

「跟朋友聚餐，應該快吃完了。」媽媽講到這裡，又說：「對了，妳打字快妳發簡訊，跟他說敢喝到醉還要我去接他的話，等著明天吵架！」

「不需要威脅吧？」如初一邊發簡訊一邊問。

「拜託，男人最會裝傻，以後妳就知道了。」媽媽以不屑的語氣回答。

想到爸爸喝酒的黑歷史，如初決定不反駁這種一棒子打死全世界一半人口的評價，她將媽媽的話一字不漏打下，按了發送鍵。幾分鐘後，應錚將女兒傳來的簡訊讀了兩遍，收起手機，將手覆在面前的玻璃杯上，阻止服務生倒酒的動作。

他坐在一個裝潢古典的包廂內，可容納十二人的圓桌寬寬鬆鬆只坐了八個人，年紀都在五六十歲上下，桌上幾個大盤子之間，香檳白蘭地交錯擺放，還有一瓶喝到快見底的金門陳年高粱，滿滿一砂鍋醃篤鮮幾乎沒人動，服務生正忙著打包，同時撤剩菜，上甜湯與果盤。

坐在應錚旁邊的老李頭半禿，喝得有點多了，講話都開始大舌頭。他拍了拍應錚的肩膀，含混不清地說：「老婆管完女兒管，越活越回去啦！」

應錚笑了笑，沒回答。眾人又聊了一陣子後，應錚與另一位粗眉毛的技師站起身告辭，先行離去，小趙晃著酒杯坐到老李身邊，問：「你昨天發那什麼照片？我看半天，沒看懂。」

「別管照片了，看真品！」老李豪氣一揮手，彎腰往地面的袋子裡摸了半天，摸出一只長長的劍匣。

他得意地打開盒蓋，黑絲綢上赫然躺著一柄八面漢劍。

劍身情況極糟，不但斷成兩截，還遍布鏽跡傷痕。但有四塊細膩潔白的玉石雕成飾物，分別鑲在劍柄與劍鞘之上，燈光下白玉微透，光澤溫潤油亮，簡直像四塊才剛切開來，呈現半凝固狀的果凍。

在座的全是行家，老李一開啓盒蓋，全室頓時肅靜無聲。幾秒過去，小趙捻了捻兩撇小鬍子，指著劍開口：「玉具劍。」

太明顯了，好幾人跟著點頭。老李微笑不語，故做高深。小趙湊近了，眼珠子黏著那四塊玉不放，嘴裡喃喃又說：「羊脂白玉……這，這玉的料子不輸西漢皇后玉璽啊！」

西漢皇后玉璽出土於陝西咸陽漢高祖陵園的一條地溝邊，根據考古學家推測，應該是在漢高祖劉邦過世之後，掌權多年的呂后所用的玉璽，其材質珍貴，不言可喻。而如今這柄斷劍，卻大方地用上了四塊同等級美玉？

除了小趙，所有人都抬頭等著老李解釋，他也不賣關子，嘿嘿兩聲後說：「有個收藏家出高價要修復這柄斷劍。」

壓低了聲音，老李又說：「我懷疑，這就是漢武帝用來祭五嶽的八服劍。」

幾名技師交頭接耳討論起來，小趙吞了口口水，喉結上下滑動，試探著開口問：「大概出多少？」

老李笑而不語，一位頭髮全白的老技師突然問：「客戶要求修復到什麼程度？」

一般而言，價錢出的越高，代表要求越苛刻。這柄劍損毀得十分嚴重，幾乎不可能做到完全復原，遇到這種情況，好的修復師應該誠實以告，讓客戶心裡有數，但看起來，老李沒這麼辦。

果然，老技師問完，老李摸了摸脖子，眼神閃躲：「不好說，這人挺龜毛的，問東問西，也沒講清楚。」

說完，他也覺得自己這話太心虛，又直起腰板，拋下一句：「先弄過來玩玩，不成功大不了連訂金一起退還。」

這是表白自己不爲錢財，純粹好奇，卻沒考慮到客戶對古物的那份情感。

老技師拿起一片哈密瓜，不再言語，也沒再看斷劍半眼，顯然並不贊同老李的行爲。跟老技師想法相同的技師不在少數，場面頓時有點冷，大家三兩成群各聊各的，之前熱絡的氣氛一掃而空。不過反正飯局本來就接近尾聲，又過了十來分鐘，服務生過來通知代叫的計程車已經到了，眾人於是紛紛穿上外套，走出包廂。

老李也站起來，彎腰收拾劍匣，小趙搶先一步，走到他旁邊，眼睛落在劍柄的玉上，卻沒伸出手，只問老李：「要不要坐我的車回去？」

「你還能開車？」老李抱緊劍匣，不太信任地看了小趙一眼。

「怎麼不行，我就喝了一杯香檳，不信你聞聞看。」小趙張嘴，做勢往老李臉上呼氣。

老李往旁邊一躲，笑罵：「去你的。」

兩人說說笑笑，走進停車場。將近晚間十一點，停車場剩不到幾輛車，夜風在空中打旋，路燈將兩人的影子拉得老長。

小趙走到一輛老舊的汽車前面，卻不開門，只搓了搓手，開口：「李大哥，我有個朋友在緬甸的工廠做事，專門幫玉上色、注膠——」

「你想幹麼？」老李打斷他的話，面色不善。

小趙一愣，乾笑兩聲：「您想到哪裡去了，我這不是覺得劍上那四塊玉成色太好了點，怕有詐。您接單之前，驗過那些玉沒有？」

老李沒答，但抱著劍匣的手鬆了下來，臉上也流露出深思。小趙見狀，一拍大腿，又說：「仙人跳！您看著，客戶取貨的時候一定說玉被換了，扯皮要錢。訂金二十萬算什麼，到時候他獅子大開口，您可就虧大了——」

啪啪啪，三下拍掌聲突兀地響起，迴蕩在空曠寂靜的停車場，打斷了小趙的滔滔不絕。就在右邊約十公尺處的停車格內，停了一輛休旅車，隨著掌聲停下，兩名男子分別跨出車門，走了過來。

走在前方的封狼以T恤兜帽罩住了頭，整張臉藏在陰影之下，走在後方的犬神則穿了件窄版的銀灰色西裝外套，腰身纖細，嘴角含笑，雙手還合在胸前，顯然剛剛鼓掌的就是他。

封狼走到燈光下，拉下兜帽，老李愣了愣，開口問：「霍先生？」

封狼眼睛盯著劍匣，冷冷吐出兩個字：「玩玩？」

這是老李剛剛在包廂裡脫口而出的眞心話，他聽後先是大驚失色，接著轉念一想，反正過去幾天，他看過、炫耀過，夠本了，這把劍他肯定無力修復，不如趁這個機會甩掉。

不過被偷聽，還被跟蹤，不得不讓老李心裡憋了股氣。他解下劍匣扔了出去，大聲說：「你錢多，我不伺候。二十萬訂金如數退還，明天就把錢匯到你戶——」

最後一個字還沒出口，銀光一閃，一柄細長微彎的刀穿胸而過。老李張著嘴，喉嚨咯咯咯數聲，最後還是沒能吐出任何一個有意義的字眼，瞪大了眼睛倒下。

刀拐個彎飛回犬神手中，瞬間消失，只留下一串血滴憑空墜落。犬神舉手掠了掠瀏海，輕輕唔了一聲，笑說：「失禮，手滑。」

早在老李扔出劍匣之際，封狼便瞬間移動到前方，搶在劍匣落地之前接住。之後他只顧著檢查斷劍是否遭到任何損傷，對眼前發生的殺戮視若無睹。直到確保八服劍無恙後，他才回頭，皺眉輕斥：「收斂點。」

他是打算給老李一點教訓，卻沒想過取其性命。一路從北走到南，犬神殺了太多人，也引起太多注意，他開始後悔跟這個神經病合作。

「人家道歉了都……」犬神被罵也不以為意，只挑起眉，瞄著被嚇到跪在原地，褲襠溼了一大塊的小趙，又說：「這個呢？我可不期待這種貨色能幫上祝九。」

「能……我能！」小趙忙接話，起初聲音卡在嗓子裡出不來，咳了幾下，又大聲說：「我知道有人能……」

銀光再度閃過，小趙失去了意識。

隔天一大早，應錚坐在餐桌前滑手機，看朋友傳來的訊息，看著看著，突然哎呀了一聲。

「怎麼啦？」應媽媽捧了盤三明治走出廚房，將盤子放在應錚面前。

「老李過去了。」應錚拿起三明治咬了一口。

應媽媽嚇一跳，問：「你們昨晚吃飯的時候老李不是還好好的？」

「人有旦夕禍福。」應錚感慨地說。

門鈴聲突然響起。應媽媽走過去打開大門，只見一名陌生男子抱了一個長長的木匣，與小趙並肩站在門外。

小趙雖然理著小平頭，卻莫名舉起手，先做了一個掠瀏海的動作，才微笑開口：「大嫂，應大哥在家嗎？」

23. 邀約

時序走到十二月，氣溫驟降，如初的馬賽皀順利開封，清潔銅鼎與銅鏡的工作隨即熱列展開。某個禮拜三，她忙到下午一點半才進入員工餐廳，隨便挑了兩三樣菜便匆匆躲進角落裡的座位，正要捧起熱湯暖手，蕭練端著一杯茶坐到她對面，傾身問：「妳週末有空嗎？我們要回老家，妳要不要順便來玩一趟？」

如初避開他的視線，說：「我爸媽要來四方市，我跟他們約好了一起吃晚飯。」

「妳沒告訴我。」他凝視著她。

「他們也是昨晚才決定的，好像有客戶臨時拜託，我也不太清楚。」

「那正好。」蕭練輕鬆地說：「我們可以白天一起回老家，晚上再陪妳父母吃飯。」

「你想見我爸媽？」如初驚訝地反問，不自覺抬眼看向他。

「我假設妳已經告訴他們妳在四方市有男朋友了，這個假設有錯嗎？」蕭練反問。

如初腦子一團混亂。她搖搖頭，喃喃說：「我想一下。」

兩人都沉默了一會兒，蕭練輕聲開口說：「老家很靜，一隻竿、一扁舟，正好可以散散心。」

「我沒有心情不好。」如初直覺否認。

「但是妳最近在躲我，爲什麼？」

因爲雖然理智能接受，心情上卻依然害怕面對註定不會有結果的愛情。

然而面對面坐在公司的員工餐廳裡，討論著週末見彼此家人的話題，忽然間，如初一點都不願意讓心裡對於未來的憂慮，打擾了這一刻的小小幸運。

她咬了咬嘴唇，用女孩子特有的撒嬌語氣說：「還有兩個禮拜就要公布結果了，我有點擔心。」

蕭練一怔，問：「什麼結果？」

「之前公司只跟我簽了三個月的約，很快就要到期了，可是主任還沒找我談接下來的計畫。」這件事也的確令她神經緊繃，如初壓低了聲音告訴蕭練：「我一直沒能找到方法幫鏡子除銹，主任好像很有意見。」

「妳認眞擔心這個？」蕭練用不可思議的口吻問。

「當然，這是我的工作，你從來沒擔心過失業嗎？」

他皺起眉思考片刻，緩緩搖頭，說：「還眞沒有……不過如果妳擔心，我倒是可以偷偷告訴妳，杜哥百分之百會留妳，我今早坐在辦公室，正好聽到他們討論該不該給妳加薪。」

「眞的？」她瞪圓了眼睛。

他點頭，大笑，神采飛揚，絢麗到讓人移不開目光。如初看呆了，在不知不覺之中，心情也跟著輕盈上升。

這一刻，未來可期，人生雖有不如意，但總括來說尙稱光明。她擁有至親、朋友，喜歡的工作，以及還算健康的身體。所以，好好相處吧，珍惜每一分每一秒他在身邊的光陰。

隔天，如初收到網購的防寒衣、帽子、圍巾跟羽絨被，整個世界頓時溫暖許多。到了晚上，她忐忑不安地打電話回家，告訴爸媽，這個週末，她想帶男朋友來見家長。

爸媽都表示歡迎，也並未問太多問題，這讓如初小小地鬆了一口氣。時間在上班下班中流逝，很快便到了週末，她早上七點半就爬起床，還在刷牙，手機鈴聲驟然響起。

螢幕顯示嘉木來電，如初不知道發生了什麼事，於是趕緊接起電話，然後聽見嘉木用既興奮又困惑的語氣告訴她，他發現了另一本古書，是之前借給她那本的補遺之書。

「被借走一年多了，我昨天辦好預約手續，只等書一還回來，圖書館就會通知我來取，到時候妳就能看到了。」嘉木這麼說。

他的語氣有點怪異，如初忍不住問：「謝謝……有什麼不對勁的地方嗎？」

嘉木慢慢地說：「那本書由校友捐贈，而那位校友，就是我之前提過，教授那個過世的老同學。」

如初不懂：「他把書捐出來，這有什麼不對的嗎？」

「完全不對！」嘉木瞬間激動了起來：「就我所知，所有的書都是他的遺孀在他過世後捐贈，這位老同學生前非常珍愛他的藏書，我聽教授抱怨過，連借給別人封面不小心沾了點灰都不行。可是一年多前，這位老同學還沒死啊，他不可能把他的寶貝捐出去！」

嘉木講到這裡，兩個人同時喘了一口氣，如初忍不住說：「嘉木，算了，你告訴我那本書的書名，我去想辦法找來看，你別借了。」

電話那頭靜默片刻，然後她聽見嘉木說：「我想知道這是怎麼回事……不完全因爲妳，我也還有我的理由。」

他既然都這麼講了，如初只能說：「那，你自己小心。」

「我會，妳不要擔心。」嘉木頓了頓，又問：「館員找到幾張散落的書頁，大概裝訂鬆了，之前借出去的時候沒留意，落在書架上，妳想看的話我可以拍下來傳給妳。」

「好的。」如初不放心地又叮嚀：「有消息一定要跟我或你姐說喔，不要衝動。」

「放心，我看起來像是會衝動的人嗎？掰。」嘉木說完便掛上電話。

十分鐘後，如初綁起頭髮，坐在床上滑手機。

嘉木傳來的這幾頁，都是手抄的直行書，有些字特別潦草，相當難以辨識。如初將每一頁都放大又縮小，湊在眼前看了又看，將近九點時她已讀完兩遍，勉強能夠理解這幾頁書稿講的就是古代鑄劍的最後一道工序：開鋒。

不過這幾頁探討的開鋒過程又跟如初的認知大不相同，其中還有一段講到上失其道，民散久矣，即使寶劍鋒芒畢露，也該哀矜而勿喜。感覺上更像某位工匠的個人經歷，而非一般性的工序。

腦海中的傳承裡，那扇上了鎖的大門門鎖忽地輕輕震動了一下。但當如初試著去推門時，卻發現兩扇門依舊合攏得嚴嚴實實，連一絲縫隙都不存在。再耽擱下去她就要遲到了，因此如初放下手機，走到衣櫃前，開始挑衣服。

今日陽光燦爛，蕭練帶上飛行員的偏光墨鏡，套了件學院風的牛角扣靛青色大衣，將原本就冷清的氣質襯托出幾分王公貴族的典雅，一看就知道是爲了見家長而特別盛裝。如初偏頭看了看，試著想像一下媽媽見到蕭練的情況，然後發現自己實在想像不出來。

她呼了口氣，跨上車，將包裝得漂漂亮亮的禮盒遞給蕭練，說：「禮物。」

他接過，挑眉：「送我的？」

「呃，送你跟你家人的。」

媽媽一聽說她要去蕭練的老家，就立刻給出一堆建議，從髮型服裝到伴手禮到要不要幫忙洗碗之類，應有盡有。如初雖然邊聽邊搖頭，昨天晚上卻還是翻出了之前帶來的茶葉，包裝成一大盒。

蕭練一直看著禮物不說話，如初於是解釋：「今年初出的蜜香紅茶，這種茶在採收前葉子被蟲咬過，然後就產生了一種蜂蜜的香味，樣子不好看，可是很好喝，也耐泡，是我家鄉的特產。我想，既然你喝紅茶，那你家人應該也會喝……」

她在他的注視之下，聲音越來越小，最後低下頭說：「我很不會送禮。」

「不，這份禮物很棒。」他將禮盒擱在後座，若有所思地說：「只不過我忽然想到，這還是我第一次帶女孩子回老家。」

「噢。」如初頓了頓，小聲說：「這也是我第一次跟男生去他家……」

四目相視，如初咬了咬嘴唇：「我會緊張。」

「眞奇怪，我也有一點。」

兩人再度四目相視，同時笑出聲。他牽起她的手，車子往前疾駛，朝市郊前進。

老家就在森林公園之中，因此如初一直以爲他們會往山裡走，沒想到，入園開了一陣子之後，蕭練卻換了條路線，一路盤旋往下，最後車子一個大轉彎，直接停在碼頭前方。

眼前大湖碧波連天，一望無際，湖畔停了艘雪白色兩層樓高的遊艇，鼎姐站在一樓甲板上朝他們揮手，殷含光的聲音直線灌進如初耳內：「如初，歡迎登船，上遊艇時小心腳步。」

承影要帥地從甲板高高躍起，落至岸邊，仰頭對鼎姐說：「全員到齊，放登船梯。」

「這艘船的梯子在哪裡？我們從來沒用過。」鼎姐反問。

「對耶。」承影又跳回船，在甲板上東翻西找。

如初看了一會兒，低聲問蕭練：「你們很少帶客人去老家？」

「上一次是二十五年前，悅然她奶奶帶了還不太會走路的小悅然來，鬧得雞飛狗跳。」

蕭練低聲回答完，對她眨眨眼睛，問：「如果我說等下肯定會出現更多混亂，妳怕不怕？」

「一點都不怕。」如初頓了頓，忍不住加一句：「其實，我還有點小期待耶。」

蕭練笑出聲，一手環住她的腰，如初只感覺雙腳離地後又迅速落地，轉眼間人已站在船尾的甲板上，霧在瞬間消散，馬達聲響起，遊艇緩緩離岸。

長劍還懸浮在蕭練腳邊，如初好奇問：「你們只要心裡一想，無論多遠，本體都能馬上出現，又馬上回去原來的地方？」

「看重量。」鼎姐走了過來，遞給如初一杯熱茶，說：「他們刀劍都沒問題。至於我，起重機還沒發明之前，日子是辛苦些。」

她的口吻詼諧，如初想起在修復室看到的那尊古鼎，頓時頗能理解。

殷承影走了過來，壞笑著對如初說：「來，我滿足一下妳對混亂場面的期待。」

如初剛想抗議他偷聽，卻見承影忽地轉身，一腳踢向蕭練。

蕭練身影微晃，輕鬆閃過，立刻回之以肘擊，頃刻間兩人拳來腳往數回合，動作既快又猛，帶起獵獵風聲，比電影裡看到的武打過招還迅速扎實，簡直就像在以命相搏。

如初目瞪口呆看了好一會兒，才指著纏鬥中的兩人，結結巴巴問鼎姐：「就這樣，放著不管嗎？」

「活動活動筋骨而已，看習慣了就好。」鼎姐微笑，挽住如初的左臂，又說：「走，我們去吃點東西。」

遊艇的原木地板上擺了一張L形皮沙發，旁邊連著一個小吧檯。檯面上擱著一個裹著保溫罩的白瓷茶壺，跟兩個英式下午茶的三層盤，盤面上擺著滿滿的各色鹹甜點心與水果。

「自己拿，別客氣，我不知道妳愛吃什麼，所以每樣都準備了一些。」鼎姐將擋住路的畫架移到牆邊。

畫架上放了一幅彩色鉛筆畫，還在草稿階段，畫的是城市一角的街景，正中央處聳立著一棟約二十層樓高的酒店，金碧輝煌的大門前立有兩隻石獅，看上去十分氣派。

「妳還不知道吧？」鼎姐對她微笑：「我的異能是預見，以畫的形式表現。」

「這幅畫，畫的是未來？」如初猛地扭頭轉向畫，然而無論她怎麼看，這都只是一幅普通的風景素描而已。她指著畫問：「這，預見了什麼呢？」

「還沒畫完。我的預見總是片段浮現，就好像冥冥之中自有一股力量，阻止未來被一眼看穿。」

「我一直認爲，如何解讀影像，才是關鍵。」含光穿著白襯衫卡其褲，玉樹臨風地從駕駛臺走了下來，朝如初伸出手，說：「叫我的名字就可以，或者妳願意，跟著老三喊我大哥也行。」

如初順著喊了聲「大哥好」，下一秒，一道強勁的腳風掃過，將畫架踢出船外，往湖面落了下去。

蕭練踩著劍斜飛而出，搶在畫架落水前一手抓住，再一個翻身回船，將畫架擱在船尾，轉頭便揮劍往承影砍去。

如初嚇得連呼吸都停住了，然而承影伸手，一柄沉重的金色重劍立即出現在半空中。他反手握住劍，扛下了蕭練的劍招，緊接著一個斜劈，兩劍互撞，在空氣中擦出炫目的火花。

「他們在『運動』。」含光對她解釋完，拿起茶壺斟出一杯茶，鼎姐則伸了個懶腰才走向畫架收畫，一副無所謂的模樣。

如初學著他們的淡定，站在沙發旁邊看蕭練將承影的長髮削去一截，隨著髮絲飄散，承影手中的重劍頓時招式一變，大開大闔朝蕭練劈去。他的劍勢中隱隱夾雜風雷之聲，風刮得如初臉有點疼，她不自覺往後退了一步，下一秒，一張吧檯椅從她頭頂飛掠，落在旁邊的甲板上，頓時四分五裂。

如初再退一步，站到了樓梯口。含光放下茶杯，保證似地對她說：「不用緊張，老三的控制力還不錯。」

含光的話還沒說完，又一張椅子直直飛了過來。他手上驟然多出一把雪白明亮的短劍，一揮手，椅子便從中裂成兩半。

他收劍，淡淡對如初說：「就算他不行，還有我。」

三兄弟之中，蕭練美得像藝術品，承影是明星臉加模特兒身材，而含光乍看之下最不起眼，但剛剛劍起劍落，如初只覺得眼前一亮，翩翩濁世佳公子的形象頓時浮現，果眞人如其名，曖曖內含光。

她感激地朝含光笑笑，往左移了一步，不小心踢到一只畫箱。箱子被踢得半開，露出裡頭一疊泛黃的舊畫。擺在最上頭的是一幅人物素描，一名少女挽著長髮，用麻布帶繫起袖口，從爐中抽出一柄燒到微透的純黑色劍條，準備放到鐵砧上搥打。

畫中的少女長眉入鬢，面容還帶著稚氣，動作卻帥氣俐落。如初盯著畫片刻，猛然抬頭問含光：「她是誰啊？」

含光回：「傳承沒告訴妳嗎？她寫下了第一部刀劍修復手札，據說，整個傳承脈絡都由她所創建。」

「我的傳承從來不提人名，我都不知道誰做了什麼。」如初喃喃。

含光若有所思地點點頭，又說：「不過，她還有另一重身分。」

「耶？」

對上如初疑惑的目光，含光凝聲說：「她也是一名天才鑄劍師，幫助她父親打造出含光與承影兩劍，然後，宵練劍在她手中出世。」

引擎聲忽然消失，鼎姐的聲音自駕駛臺傳出，她說：「到家了。」

24.老家

遊艇靠岸數分鐘後，大家魚貫而出。如初與蕭練並肩走在碼頭的木橋上，她牽著他的手向前望，只見百多公尺外，馬頭牆黑白相映、高低錯落，拱出一片明朗素雅的兩層別墅。

這棟別墅看起來頗爲現代化，但跟周圍環境融合得非常好。白粉牆搭配小片黛瓦，屋頂上砌著流檐翹角，正好呼應遠山的層巒疊嶂，周圍庭園內修竹環繞，一彎清溪順著地勢蜿蜒而出，將房舍襯托得分外意態嫻雅。

「我以爲老家會是老房子。」如初喃喃。

「的確是，我們住了上千年，一直翻修，妳進去看了就知道。」蕭練摟住她的肩膀。

說著說著他們已走近大門，而如初驀然張大眼睛，望向站在門前的帥氣大叔——熟悉的雙腳微開站姿，熟悉的戰壕式風衣，熟悉的手指夾根菸姿態，大叔與如初四目相視，甚至還打了一個熟悉的呵欠。

「老杜，船又要修了。」鼎姐愉快地向大叔揮手，證實她沒有看錯。

「杜哥。」三兄弟同時開口打招呼，粉碎她最後一絲懷疑。

雖然腦子亂七八糟，但如初還是用跟平常上班一模一樣的語氣，朝前方喊：「主任好。」

「怎麼樣，坐船好不好玩？」杜長風捻熄菸，用跟平常一模一樣的語氣問她。

如初眨了眨眼睛，肯定點頭，答：「很精采。」

杜長風瞄一眼略顯不自在的蕭練與一臉無所謂的承影，噗哧笑出聲，說：「玩得盡興就好，進來吧。」

他轉身，如初愉快地跟上腳步，跨進老家。

大門一進去，迎面而來的便是一道由玉石砌成的影壁。壁身通體潔白無瑕，下方有個形狀如同蓮臺的基座，壁頂簷腳外挑，而在壁頂中央處，站了一隻遍身鱗甲、頭上長尖角的青銅怪獸。

見到有人靠近，牠忽地昂首噴出一股鼻息，蹄子刨了刨青瓦。

「好了，客人來，安靜。」杜長風懶洋洋說了一句。

怪獸停下腳，低頭望，目光正好與仰著頭的如初對上。一人一獸對看了好一會兒，如初不太確定地問：「麒麟？」

龍頭、獅尾、鹿角，牛蹄，跟頤和園內的銅鑄麒麟神似，但更加古樸精緻。

「化形失敗，空有力量。」蕭練簡單回。

承影插嘴：「本體還是有意識的，很好溝通，而且異能強大。它叫麟兮，異能是個防護罩，打開了就算飛機空投轟炸都不怕……來，麟兮！」

承影一腳抄起角落的一顆足球，銅麒麟頓時飛奔而下，朝著球直撲了過去。牠動作迅速，身體還在半空中，一張嘴便猛地咬住球，四隻蹄子落地後，居然啣著球跑到如初身旁，昂起頭將嘴對準她。

青銅麒麟坐下來之後幾乎與如初同高，臉上沒有表情，但嘴邊兩根長鬚一抖一抖的，彷彿十分歡快。如初猶豫了一下，朝牠伸出雙手，麒麟噗一聲將球噴到她掌中，又跑去繞著承影團團轉，顯然在這家裡，牠最喜歡承影。

承影拍拍牠那顆龍頭，得意地告訴如初：「麟兮才是我們家么弟，比老三可愛多了，對吧？」

「你們化形還會失敗？」如初關注的焦點不一樣。

承影頓時不吭聲，含光跨前一步答：「什麼事都有風險，麟兮，回去。」

麒麟踏著空氣走回影壁之上，停住不動，蕭練上前牽住如初的手，舉步踏進室內。

一進門便是寬廣的大廳，屋頂正中央鑲了一塊碩大的圓形玻璃，精緻的木雕環繞在四周。設計乍看先進，仔細觀察才會發現這是老屋翻修，將原有的天井改裝加上玻璃頂，新與舊水乳交融。

整間大廳就像間展覽室，擺著大家的本體。鼎姐的荊州鼎屹立在角落處，重環的古銅鏡豎立在一張古色古香的紅木梳妝臺上，承影的金劍與含光的白劍都高懸在牆壁上頭。陽光徐徐灑落，將整間房照得溫暖明亮，在玻璃頂的正下方，座落了一具龐大的青銅編鐘。

這架遠古樂器由長短不同的兩面木架垂直相交組成，呈L型，上頭掛滿大大小小近百枚銅鐘，最大的比大西瓜還大，最小的也跟她的拳頭差不多。如初一走進門，鐘便無風自動奏出幾個樂句，像是在跟她打招呼。

「邊哥？」如初三步併做兩步衝到編鐘前方，原地轉了一圈，四下找尋。

鼎姐輕咳一聲，開口：「他意識不在這裡，只是本體遇到友人的自動反應。」

如初恍然大悟，開心地摸了摸鐘架，緊接著，角落的高酒櫃後方傳來一聲悠長的劍吟，蕭練手一揚，黑色長劍撞開酒櫃的玻璃門，如一道寒光般飛到他手上。劍身憤怒似地輕輕顫動片刻，又回歸寂寥。

蕭練沉下臉，從抽屜裡翻出一只花紋斑斕的蟒皮劍鞘，用力將劍套上，再將劍擲回酒櫃，轉頭對她說：「失禮，沒事了。」

大家都不說話，如初咬咬嘴唇，仰頭告訴蕭練：「我沒關係的，不需要這樣。」

「無妨，入鞘只會讓我五感鈍一些，落個安靜也好。」他一臉無奈地問：「想不想吃蘋果，我用劍芒幫妳削皮。」

「好。」如初對蕭練笑笑，主動牽起他的手，幾步之後，她跨進了一個長方型的廳堂。

這是一間起居室，裝潢中西合併，牆上錯落有致地掛著幾幅山水字畫，面對港口的是整片落地玻璃窗，坐擁湖色山光，面對山的牆上則有三扇復古的木格窗，冬天冷，窗戶都關上了，透過雕花玻璃，隱約可見外頭就是沾染青苔痕跡的石壁。

溫度十分宜人，顯然他們考慮到她要來，特別提早開了暖氣。

「自己招呼自己，不用客氣。」杜長風對如初丟下這麼一句，拿出一根菸，拉開落地窗走到戶外。

蕭練從邊桌上的果籃裡揀了一只紅豔豔的大蘋果，坐在沙發上，喚出劍芒，開始削皮。如初坐在他身旁，見鼎姐將背在身上的畫筒丟給承影，步履輕快地走進廚房泡茶。承影熟練地打開畫筒，將紙鋪平後放在靠窗的畫架上，大家各做各的，完全一副回到家的自在模樣。

含光一進房間就走向配置了三個螢幕的電腦桌，如初好奇地偷瞄了一會兒，赫然發現螢幕上的曲線圖表全是金融市場的走勢分析。

「鼎姐不時會預見一些時勢變化，用這些資訊來買賣期貨，成了大哥過去兩百年的娛樂。」蕭練將削好皮的蘋果放進如初手中，對她解釋。

「也是我們家過去兩百年的主要經濟支柱。膜拜吧，他賺的比我們全部加起來還多。」承影邊說邊從果籃裡拿起一只綠蘋果，扔向蕭練：「老三，也幫我削個皮。」

蕭練反手用劍芒叉住蘋果，自顧自咬了一大口，不理承影的抗議。含光抬起頭，對承影說：「不需要膜拜，你把教麟兮起立、坐下跟轉圈圈的時間都拿來搞這個，也未必輸我。」

「但麟兮現在能聽懂一百多個詞句，不是也很有意義？」承影拿了一串葡萄走過來，坐在含光旁邊的單人沙發上，說：「家裡有一個人會賺錢，足矣，其他人幫忙花就好了，吃不吃？」

含光搖搖頭，卻也還是摘了一顆葡萄放進嘴裡，如初再啃下一口蘋果，仰頭問蕭練：「你過去兩百年的娛樂是什麼？」

蕭練指了指靠牆的玻璃門櫃，如初順著瞧過去，只見其中一層放著十來根豎笛。從舊到新一字排開，乍看之下根本就是一列豎笛演進史，其中最老的一款連按鍵都沒有，只在笛身上開了七個音孔，古色古香地像個藝術品。而在最新款的豎笛旁邊，卻赫然立了一只銀色的薩克司風。

「你還會吹薩克司風？」如初問。

蕭練揉揉鼻子，有點尷尬地解釋：「前年才開始練，還在摸索。」

「我想聽，好不好？」

「千萬別！」「NO！」「不要！」

杜長風、含光與鼎姐同時開口，以三句不同的話表達了同樣程度的強烈反對。承影則等大家都說完，才對如初攤手，說：「其實我挺喜歡的，他們三個偏偏要說那玩意兒的聲音跟嗩吶沒兩樣，三比二，薩克司風註定在家裡只能當裝飾品。」

如初笑出聲，拉拉蕭練的衣袖，說：「沒關係，下次你去街頭吹的時候，再發訊息叫我來聽。」

蕭練低下頭，吻上她的額角，如初沒料到他居然當著大家的面這麼做，頓時兩頰發紅。等這個吻結束，她強做鎮定，胡亂指著牆上的一幅卷軸問蕭練：「有典故嗎？」

這是一幅孤舟垂釣圖，筆觸蒼勁，畫面有著大片留白，純靠角落裡的一葉扁舟，便渲染出強烈的空間感，煙波浩蕩的江水躍然紙上。

「應該是馬遠吧？」蕭練不確定地望向杜長風。

如初怔了怔，再問：「南宋四大家的馬遠？」

就掛在她坐的沙發旁邊？

「是。」這一次，回答的人是杜長風。

如初霍然站起身，仔細環視整個房間，她一幅畫一幅畫看過去，最後望向杜長風，以虔敬的心情發問：「這些，全都是真跡嗎？」

「雨令不收贗品。」杜長風微笑，再一次如此回答。

他上回這麼說，是在她上班的第一天。如初彼時半信半疑，但今天，心裡再沒有一絲疑慮。

天底下，也只有故宮開啓所有珍藏，才有辦法如同這間起居室一般，粉牆上一幅接著一幅，劉李馬夏，演繹出千年前煙雨中搖曳的半壁江山、雲深人家。

當年要收藏這些名家作品，靠的是眼光，而歷經顛沛流離還能夠保存下這些嬌貴的書畫，靠的卻是專業、毅力，與一顆真正珍惜藝術的心。

如初再度面向杜長風，掙扎片刻，傻傻地問：「主任，你也做書畫修復嗎？」

「我啊，什麼都會一點，什麼都不精。」杜長風接過鼎姐泡的茶，聞了聞香，悠然回答：「不過牆上這幾幅，都是朋友的即興之作。」

「我想聽，拜託。」如初合掌，彷彿又回到了踏進雨令修復室的第一天，一個全新的世界在眼前等著她。

杜長風微笑，走到距離他最近的畫前，如初趕緊跟了上去，一趟時空之旅頓時展開。

蘋果脆而鮮甜，茶很香，杜長風還是那個滿肚子掌故的杜主任，每幅畫由他娓娓道來，成了一個個悲歡離合的故事，如初牽著蕭練的手，一幅一幅聆聽，同時近距離觀賞。

就在杜長風快講完整面牆時，鼎姐突地站起身，筆直走向畫架，開始作畫。其他人全都同時安靜下來，蕭練拉著如初，迅速走向門外。

25. 預見之晝

老家的庭園依地勢而建，風格清逸質樸，奇石多、植物少。蕭練牽著她的手一直走到石板路的盡頭，才停下腳，告訴如初：「預見來臨的時候，鼎姐得盡快作畫。」

「我也這麼猜。那，我們現在去哪裡？」如初問。

萬里無雲，天空一片澄澈，而眼前只有她，跟他。

「劍廬如何？」蕭練問：「我本體出世之後不久，鑄劍師一族就大舉南遷，臨走前把劍廬裡的所有器具、一磚一瓦，都從舊址拆下來運走，在這附近原樣重建。」

「在哪裡？」如初四下張望，沒瞧見任何建築物。

「被山擋住了。」蕭練指著高聳在老家後方的山頭，如此回答。

眼前這座山拔地而起，山勢陡峭，頂上怪石嶙峋，看不出有路可供人行走。如初默然片刻，低下頭——果然，黑色長劍已懸浮在兩人之間。

「不遠，慢慢飛頂多十分鐘就能到。」蕭練微笑著這麼說。

如初看看山又看看劍，掙扎著問：「但是，會需要飛很高吧？」

「嗯，也是，但我保證安全穩妥。」他用誘哄的語氣回答。

「你保證不會讓我掉下去，對不對？」

「我保證即使妳自己往下跳，我也能在妳落地前把妳接住。」

這話太奇怪了，蕭練的幽默感有時候眞的不太有趣，如初馬上提高警覺：「我爲什麼會自己往下跳？」

蕭練一臉若無其事地答：「體驗無重力飛行，承影就這樣做過，沒背降落傘。」

「雖然他是你二哥，我還是要說，他眞的好詭異。」

「我有同感。」

直到劍升空的那一刻，如初還是無法理解自己是怎麼被說服的。她踩著劍站在蕭練身前，後背緊貼著他的胸膛，感覺心臟撲通撲通，身體搖搖晃晃，風刮過耳邊獵獵作響。

「還閉著眼睛嗎？錯過風景可惜了。」

他的語氣十分輕鬆，如初於是將眼睛睜開一絲縫，偷瞄腳下。

他們離地面不遠，大約就是一兩層樓的高度，長劍的速度也不快，以一種游刃有餘的姿態在修竹之間穿梭擺盪，如鷹般迴旋滑翔。

「抓緊，要開始爬山了。」

他一說完，長劍便似行雲流水般飛出了牆，朝老家背後的山頭扶搖直上。

如初差點驚叫出聲，然而蕭練即時伸手，將她整個人摟住。如初索性半轉身，將頭埋進他懷中，過了一陣子，飛行速速恢復平穩，她才慢慢探出頭，只見身旁雲霧繚繞，腳下紅葉與枯草交錯，長劍已位於半山腰。

「完全不驚險，對吧？」蕭練含笑低頭問。

「你看路，拜託。」如初緊張地低喊。

「天上哪有路……好，不開玩笑，這裡我走過無數次，閉著眼睛飛都沒事。」

話雖然這麼說，但為了不讓如初害怕，蕭練還是抬起頭，面向正前方。如初再將身體往前挪一些，看著腳底的風景，順口問：「主任的本體不在大廳嗎？」

蕭練沉默片刻，答：「杜哥的事，我不方便講。」

「噢，抱歉，是我不應該問。」如初頓了頓，有點尷尬又說：「其實，我本來想講的是，我在船上注意到了一件事……」

「什麼呢？」

「你是三劍裡唯一開鋒過的劍。」

剛剛他們「運動」的時候，含光與承影手上握著的全是未曾開鋒的鈍劍。

蕭練不語片刻，緩緩說：「對我們而言，一經開鋒，便確立了本性，過程不可逆，像烙印一般，打上去了，便是永生永世。」

「所以，你之前說過想對抗宿命的那種情況，含光跟承影他們並沒有同樣的問題？」如初斟酌著字句問。

蕭練搖搖頭，說：「妳剛才應該也能感覺得出來，雖然大家都已經努力了，但，有的時候，他們才像是一家人。我，始終有點格格不入……」

他打住，一副不知道說什麼才好的樣子，如初依偎在他懷中，看長劍越過山頂，往下飛去，過了半晌，才沒頭沒腦冒出一句：「之後我再在傳承裡遇到她，一定要幫你抗議，為什麼厚此薄彼，只將宵練劍開鋒？」

「誰？」蕭練一頭霧水反問。

「剛剛畫裡面那個女生啊。」

「喔，她。」蕭練一副不感興趣的樣子，頓了頓，反問：「妳不怕了？」

如初嚇一跳，這才發現，不知不覺中，她竟已放開抓緊他的手，穩穩站在劍上。

然而蕭練這麼一提起，她頓時又一個重心不穩，身子開始搖晃。

「你爲什麼要提醒我這個啦！」她一邊抗議一邊伸出手，想要平衡自己。

蕭練笑出聲，正要伸出手，忽地眼神一縮，飛劍猛然停在半空中。

「怎麼了？」如初差點跌下去，還好他即時拉住。

「封狼在底下，抱緊我。」

蕭練一說完，便將長劍轉向，循原來路線朝老家狂飆飛去。

同一時間，站在窗邊作畫的鼎姐放下筆，後退兩步，端詳畫紙上的一男一女兩張陌生面孔，面露困惑，轉頭問：「老杜，你認不認識這兩個人？」

杜長風搖頭，承影瞥了一眼，說：「看都沒看過。」

含光也搖搖頭，將目光調往窗外。下一秒，蕭練抱著如初直飛進門，跳下長劍說：「封狼進了劍廬。」

如初跟著跳下劍，她站穩腳步，正要跟大家打招呼，一眼瞥見鼎姐身後的畫，笑容頓時凍結在臉龐。

「妳認識這兩個人？」含光問。

她當然認識。如初伸出手，指著畫中互相攙扶的一對男女，抖著聲音說：「我爸跟我媽。」

她再指向畫中背著劍匣，眼角下有顆淚痣的男子，問：「這，這不是封狼嗎？」

承影面露不忍之色，對她點點頭，蕭練跨前一步，指著畫中高大的建築物問：「妳父母這次來，住的是希爾頓？」

如初木然點頭，順著蕭練的指尖，她在一樓的招牌上，找到了一個圓圈包著H，以及「希爾頓」的字樣。

呼吸瞬間停滯，如初抽出手機，拚命撥號給媽媽，然而始終撥不通，只重複聽見冰冷的機械女聲回答：「您所撥的號碼不在服務範圍。」

她又撥給爸爸，結果也一樣。如初情急生智，上網查到航班資訊，趕緊抬起頭，告訴蕭練：「手機不通，但是，他們的飛機在半小時前已經降落了。」

「預見之畫發生在夜晚，我們還有一點時間。」蕭練端詳著畫，問：「如初，妳父母怎麼會跟封狼扯上關係？」

「我不知道。」如初慌得不知如何是好：「沒道理啊……啊，等一下。」

媽媽前幾天換新髮型，傳了幾張自拍照給她，印象中那些照片的背景都在不忘齋。如初點開對話紀錄往上翻。果然，她沒記錯，其中一張照片拍的範圍較大，可以清楚看到媽媽身後的工作桌上，斜躺著一把以白玉做爲裝飾的長劍。

她抖著手將手機螢幕轉向大家，所有人的臉色都變了，蕭練低聲說：「祝九。」

「居然接起來了。」承影喃喃，猛地朝如初問：「妳爸把斷劍接起來？」

「做修復當然要先把劍焊接起來，那又怎麼樣呢？」

如初才問完，曾經聽過的字句在心間一閃而逝，她瞪大眼睛，再問：「封狼，想用我爸來……以命換命？」

所有人都面沉如水，含光皺起眉，說：「恐怕是。」

「那他會……殺了我爸爸嗎？」如初輕聲問。

在心底，如初已經知道答案，但她期待有奇蹟發生，也許會有人對她搖頭。

奇蹟並未發生，杜長風嘆口氣，直視她說：「以命換命這法子具體怎麼執行我也不懂，只聽過一個說法：奉承血祀，以謝亡靈；歸去來兮，重鑄劍魂。」

26. 最壞情況

杜長風一說完，傳承中的某扇門轟然開啓，在剎那間將如初送進一座由磚塊搭建而成的火爐前。她看到一名身爲傳承者的工匠，爲報滅門血仇，留下遺書後縱身躍入爐內，成功喚醒祖傳的長劍。

這次傳承很快便結束了，如初一睜開雙眼，便抓住蕭練的衣袖急問：「我們能不能直接去找封狼？」

含光轉過頭對她說：「不是不行，就怕打草驚蛇。我們的首要目標是先確保妳跟妳家人平安無事，接下來才能放心對付封狼。」

如初這才注意到，在她接受傳承的這段時間，大家已在含光身邊圍成一圈。她大概打斷了他們的討論，不過管不了這麼多了。她喘著氣說：「我不是要對付他，而是要讓他知道，這樣是行不通的。」

「怎麼說？」承影問。

「以命換命的首要條件，就是犧牲者必須自願。」不知道爲什麼，如初嚥下了「還必須是傳承者」這個條件沒說出口，只打了個寒噤，掙扎著又說：「濫殺無辜是沒有用的，一定要讓封狼清楚知道這一點。」

講到激動處，她聲音都啞了，然而其他人的反應卻遠遠不如她強烈。含光與承影對看一眼後，承影苦笑著開口：「如初，對妳而言，殺人很嚴重，但對封狼來說，殺人就跟踩死隻螞蟻沒兩樣——」

「承影，夠了。」

鼎姐出聲制止承影，而一直沒說話的蕭練卻在此刻開口，反問如初：「妳以爲，封狼會不知道這些？」

如初徹底怔住了，蕭練望著她不知所措的模樣，又說：「如果妳父親果眞將祝九的本體給接了回去，那麼就算成功的機率微乎其微，封狼也會勉力一試。知其不可而爲之，他本來就是那種性子。」

蕭練講到這裡停住，含光沉聲加上一句：「更何況，封狼也可以用其他人來逼迫令尊自願犧牲，坦白說，爲了祝九，我認爲他什麼事都幹得出來。」

如初頓時想到一起來四方市的媽媽。她抖著嘴唇問：「那現在怎麼辦呢？」

傳承給了她所有和修復有關的知識，卻獨獨不曾教她，該如何自保，跟保護最親愛的家人。

「這妳就別管了。」杜長風點起一根菸，說：「我們剛剛已經商量出個大概。妳只管按照計畫，說服妳父母跟我們走，一起躲進老家就行了。」

蕭練將手放在她肩頭，解釋：「麟兮在抗戰時護城耗盡全力，到現在還沒完全恢復，守備範圍不大，妳跟妳父母必須一直待在屋子裡，才能確保平安。」

他的手掌始終如一，穩定、冰涼，是那種小說上所描述的，拿劍的手。

一直壓在胸口上的大石頭，好像終於移開了一點點，雖然沉重依舊，但起碼，讓她有了呼吸的空間。

身子依舊抖個不停，如初握拳，在心底告誡自己一定不可以慌，然後問：「會需要躲很久嗎？」

「再說吧，保命第一。」含光邊講邊敲鍵盤，一旁印表機刷刷吐出幾張紙，他將紙分給大家，又交代：「這是酒店的平面圖，抵達後我會把車停在後門卸貨區，老三跟如初上去，把人帶下來，動作快。如初，來，認識一下封狼。」

如初點點頭，瞪著電腦螢幕上的照片。如果說，今天之前她對封狼還有幾分同情，那麼到了現在，就只剩下滿心痛恨。

含光繼續說：「封狼不認識妳，妳卻認得他，這是優勢。帶妳父母盡量躲開他的視線。記住，封狼的異能是瞬移，移動範圍大約在一公里以內，能穿越任何物體，所以一定不能讓他知道妳在哪裡。」

「那麟兮能擋下嗎？」如初不放心地問。

「可以，牠的防護罩是無形的氣場，封狼拿這沒輒。」承影的口吻還是有那麼一點吊兒郎當，但自有一股令人信服的力量。

「我跟鼎鼎開小船先走，你們身手快，搞不好還比我們先到。」杜長風將平面圖塞進風衣口袋，拍拍如初的肩膀，笑著說：「有長官在，不怕。」

「謝謝。」如初聲音哽在喉嚨裡，望著杜長風與鼎姐離去。

所有人之中，殷含光的情緒最不顯波動。從承影接話起，他便自顧自發訊息，與人聯絡。等杜長風一走，他收起手機，站到鼎姐的畫前，指著街道說：

「抵達酒店之後，我繼續留在車上指揮，救到人之前，盡量避免跟封狼正面衝突，細節我們途中再討論，有問題現在趕快說。」

問題？

如初將視線投向那幅素描。封狼位於畫面中央，就站在酒店門前的噴水池旁，背對酒店，似乎正要穿越馬路。而爸媽則在封狼身後約幾公尺處，互相攙扶著奔出酒店大門，三者雖然身處同一空間，卻看不出有任何交集，更別提正面衝突。

「這個畫面，眞的一定會實現？」如初忍不住質疑。

「是。」含光表情在說，他覺得這個問題實在多餘。

但如初非弄清楚不可，她指著畫繼續問：「我爸媽看起來像在逃什麼，可是，不像跟封狼有關啊？」

畫中爸爸緊鎖著眉，大步往前衝，媽媽則邊跑邊回頭張望，彷彿對什麼東西依依不捨似的。

封狼明明就走在他們前頭，後面就是一家連鎖酒店而已，有什麼事情能讓爸媽又害怕、又牽掛？

等了幾秒，無人回答，如初再度問含光：「你說過的，正確解讀影像，才能準確預測未來。」

殷含光的眉頭皺了道「川」字型，卻並不開口。如初又問：「有沒有可能，整件事都跟封狼無關，他只是剛好在場而已？」

「不可能。鼎姐的預見，只會畫進相關的人事物。」含光頓了頓，又對她說：「如初，妳要明白，預見之畫所畫出的景象，一定會發生。我們只能等畫面出現，預見成眞，然後馬上把妳父母帶離，運到老家避難，這時機稍縱即逝，妳不能有一絲猶豫。」

如初握緊拳頭點點頭，不再言語。承影端詳那張素描半晌，忽地伸手取下畫，捲好塞進畫筒，背在身後，然後對大家說：「好了，預測未來很重要，把握時機更要緊，出發吧。」

說完他率先跨出步伐，往大門走去，其他人悉數魚貫而出。

事情發生得太快了，如初雖然在理智上接受一切，心情卻始終恍恍惚惚。她不時偷偷按回撥，希望爸媽能接起，幻想媽媽會說，他們根本沒來四方市，這年頭的詐騙電話太囂張，初初妳一個人在外面，千萬小心。

「小心。」是蕭練的聲音。

他們正穿過有天井的大廳，她居然在平地走著走著，膝蓋一軟差點跌倒，還好他及時拉住她。

如初虛弱地朝蕭練笑笑，他凝視著她，忽地手一揚，櫥櫃的玻璃頓時碎裂四濺，入鞘的宵練劍疾飛而出，轉眼便落到他手上。

「拿著，以防萬一。」蕭練將劍遞給她。

他眼神透著決心，如初不由自主伸出手，才握住劍柄，就感覺虎口一麻，而長劍也適時發出一聲低吟，彷彿在警告她，別碰。

「他在抗議。」單手握不住劍，如初趕緊雙手捧住，遞上前想還給蕭練。

他不收，卻從外套口袋裡摸出開車用的皮手套丟給她，沉聲說：「帶手套拿劍。劍在鞘中，反抗程度頂多就這樣了，真要正面遇上封狼，御劍。」

「不行。」「老三！」

含光承影同時開口，語氣又驚又怒。如初猛搖頭，說：「我不會。」

「現在不會，不等於生死關頭時也不會。」蕭練望進她的眼底，毫不動搖地又說：「記住，在需要的那一刻，御劍出鞘，我沒辦法教妳怎麼做，但妳一定做得到。」

「御劍之後，你會變成什麼樣子？」如初抓緊劍，顫聲問。

「我不會有事，頂多沉睡個幾百年。」他用額頭抵住她的額頭，輕輕回答。

「也有一定可能性，永遠失去意識。」含光插嘴，語氣凍到可以結冰。

「凡事都要考慮周詳再動手，那什麼事都別做了。」蕭練反駁了大哥之後，又低頭對她微微一笑，說：「這個辦法，能在最大限度內，護妳一家平安。」

可是，她卻一定再也見不到他了。

這句話，如初沒說出口。

因爲，如果需要用一輩子見不到蕭練，來換取爸媽平安，她好像……會答應？

然後在愧疚與傷痛中度過餘生。

不，一定不能這樣，一定有其他辦法。

她不顧長劍抗議似地低吟，緊緊將劍抱在懷裡，蕭練則抱起了她，急速飛奔，轉瞬間便來到水邊。他踩著劍抱如初飛上甲板，含光直接奔上駕駛臺，發動引擎，幾乎同時間，承影收起錨，三兄弟合作無間，遊艇以高速駛離岸邊。

船還沒來得及修，圍欄半毀，面目全非，沙發抱枕裡的泡綿散得滿地都是。然而在這一片混亂之中，居然有張躺椅安然無恙立在甲板中央，如初抱著劍走過去坐下來，舉起頭怔怔仰望蕭練。

「我把本體給妳，只爲預防最壞情況。」

他單膝跪在她身前，像童話裡的騎士跪在公主面前一樣，氣場卻是前所未有的強大。

那是備戰狀態的蕭練，但如初多麼希望他只是名普通的古董鑑定師，或者無業的流浪樂手，生活中最大的動蕩僅限於柴米油鹽醬醋茶，他們可以吵吵鬧鬧過上一輩子，結不結婚，生不生子都無妨。

更糟的是，在這一刻，她終於知道他也這麼希望。

如初猛搖頭，什麼話都說不出來，蕭練等了一會兒，抓住她緊握的右手，慢慢撫平開來，說：「最有可能發生的事，是我們順利帶妳父母離開酒店，躲進老家。妳有沒有想過，那樣一來妳要怎麼介紹我？怎麼介紹我家人？怎麼解釋爲什麼要帶他們去到大湖中的一個小島？」

「我……我……」

直到發出聲音，如初才知道自己哭了。她用袖子抹去眼淚，試圖對他展露一個笑容：「我會說，他們遇到了偷運文物到海外的不法集團，爲了配合警方辦案，只能暫時用安置秘密證人的方法安置他們。」

「不錯，挺有想像力的。那我呢，妳要怎麼解釋我的存在？」他捧起她的臉，輕輕吻去一顆淚滴。

「你們大家都有雙重身分，事實上，雨令就是政府爲了追回被偷的國寶才成立的公司。講到這邊我爸大概就會信了，我媽如果要再問，我就會說，我也不清楚，反正，平常上班跟這些都無關。」

「這樣很好。」他吻上她的唇：「就往這個方向講，記住，妳只負責跟妳爸媽解釋，其他任何事，交給我們。」

「別老想著最壞情況，照大哥的計畫，預見一出現我們就立刻把妳父母送進老家，封狼根本只能乾瞪眼。告訴妳，一物降一物，麟兮專門剋封狼。」承影走了過來，口吻搞笑，神情眞摯。

如初大口大口喘著氣，實在忍不住了，痛哭出聲。

「謝謝……謝謝……」

淚水被風吹乾的時候，船也駛進港灣，如初跟著蕭練飛到停車場 ，還沒打開車門，就聽含光說：「大家都進廂型車，老三來開。」

「夠快？」蕭練問。

「夠，還防彈，耐衝撞。」

爲什麼需要考慮這些？

如初沒敢問，只埋頭衝上車。

蕭練進了駕駛座之後便一路狂飆，如初坐在後車廂，又試著撥了好幾通電話給爸媽，依然沒有回音，倒是邊鐘打了過來，告訴大家他已抵達酒店大廳待命，一有消息立刻回傳。

「你待命，爲什麼？」如初大惑不解。

「幫妳啊，不然咧？」邊鐘大喇喇地回答。

如初聽不懂，承影對她解釋：「邊哥過耳不忘，聽力範圍可達數百公尺。他在大廳站著，封狼就算在餐廳裡咳嗽一聲，我們都會知道。」

「謝謝。」如初對邊鐘說：「那你自己也要小心。」

「抓緊。」蕭練的聲音從前方傳來。

車子一個甩尾，粗暴地停在酒店後方進出貨的停車場。承影喊了聲「我去交涉」，便率先跳下車，含光坐上駕駛座，蕭練則拉著如初直奔後門。

酒店後門到正門的距離不算短，中間有廚房、有工作區，在幾次差點撞到人與「沒長眼睛啊」的喝斥聲中，他們奔到櫃檯前方。如初報出爸媽的姓名，服務人員查了電腦記錄後，抬起頭，端出一個職業微笑，說：「應先生與夫人在一二〇二號房，需要我爲您撥電話到房間嗎？」

「不用，我自己上去就好，謝謝。」如初匆匆說完，拉著蕭練往電梯門跑去。

就在如初與蕭練上到十二樓的時候，杜長風也開了一輛廂型車，駛進旅館卸貨區的停車場。他才將車停好，坐在副駕駛座的鼎姐就伸手揉了揉眉心。

「怎麼了，不舒服？」杜長風轉頭問。

「新的預見出現了，那幅畫，還缺一角……」

27. 直面

就在鼎姐攤開畫紙的同時，如初舉起手，輕敲一二〇二室房門。

「誰啊？」

熟悉的聲音傳出來，如初差點喜極而泣。她定了定神，揚聲喊：「媽咪，我是初初。」

「妳怎麼現在跑來，我們不是約好一起吃晚餐嗎？」媽媽打開門，見到如初身後的蕭練時愣了一下。

如初趕緊介紹：「媽咪，我跟妳提過的，蕭練。」

「伯母好。」蕭練生硬地鞠了個躬。

「你好你好。」媽媽回頭看一眼室內，轉向如初輕聲說：「妳爸有客人，不然我們先去底下的咖啡廳坐坐？」

如初的手機傳出震動聲，她拿起手機看了一眼，是邊鐘傳來的訊息：「封狼在十二樓。」

來不及了！

一陣風吹來，房門大開，一名背光而坐的高大男子站起身，轉向她，微笑致意：「應小姐，以及……」男子以玩味的眼神瞄一眼站在後方的蕭練，慢條斯理地說：「蕭先生。」

封狼！

在第一時間，如初想逃。

可以的吧，蕭練載得動三個人，雖然媽媽的平衡感比她還差，爸爸的心臟也不太好……

封狼能瞬移到空中嗎？

手機又響，如初木然低頭，居然是蕭練傳來：「封狼身上沒有殺氣，應付他。」

如初轉向蕭練，他正好抬起頭，四目相視，她終於下定了決心。

她投給蕭練一個祈求諒解的眼神，走進房間，先跟坐在封狼旁邊的應錚揮了揮手，喊爸爸，然後轉向封狼，直接問：「封先生？」

「敝姓霍。」封狼輕笑，彷彿覺得很有趣：「蕭練沒告訴過妳？」

還眞沒有。

如初坦率地搖頭，應錚在一旁摸不著頭腦地問女兒：「你們認識？」

如初繼續搖頭，胡亂答：「聽說過，嗯……霍先生是很有名的收藏家。」

收割人命。

他們說話的時候，媽媽已經熱絡地請蕭練進門，又拉著如初坐下，嫌她手太冰涼，倒了杯熱茶叫她不喝也捧著，然後開心地說：「大家都認識啊，要不要一起吃晚飯？我看網路評鑑，這家酒店的頂樓有間餐廳，專做那種中西合併的料理，哎呀，還有螃蟹肉做的套餐？」

應媽媽講到一半便拿出手機，興致勃勃地查起了餐廳，應錚局促地笑著，等她說完才對蕭練開口，問：「蕭先生本地人嗎？」

蕭練答是，應錚沒話找話地又問：「有沒有吃過頂樓這家？」

「一兩次。」蕭練客氣地回答。

做爲一名彬彬有禮、略嫌拘謹的晚輩，他表演得還可以，跟應家父母也算得上有互動。然而如初卻完全聽不進去，她懷抱長劍，面對封狼而坐，腰挺得筆直，眼睛直視前方。

封狼看著她懷中的宵練劍，若有所思地說：「這柄劍運氣不錯，復原神速。」

「我修好的。」如初繃緊聲線，硬邦邦地回應。

「如初，爲什麼妳要講這個？」含光的聲音射入她耳中，語氣充滿焦躁。

當然是因爲，只要封狼將主意打到她身上，爸媽就安全了。

蕭練，也懂的吧？

如初再偷看一眼蕭練，他臉上毫無表情，瞳孔的純黑色卻彰顯風暴正在凝聚。

「修得相當快，我還以爲雨令掌管青銅的老師傅去年就退休了。」封狼瞇起眼，又發話。

不要再把無辜的人扯進來了。

如初昂首瞪著封狼，說：「我不認識什麼老師父，這把劍就我一個人修的，只花了一個晚上。」

「初初妳怎麼這樣講話！」媽媽敲了她一下頭，對蕭練抱歉地笑笑，說：「她在學校都很有團隊精神的，大概太久沒見到我們，忘形了。」

家人，就是這種一邊罵你，一邊幫你的存在。

如初閉上眼睛，再慢慢睜開，只見封狼用如獲珍寶的目光看向自己，帶著評估，像是獵人搜尋多日，終於發現完美的獵物。

他在想怎麼殺了我。

這份認知讓如初不由自主瑟縮了一下，無意識抱緊了懷中劍。她的動作落在封狼眼底，他竟微笑，貌似溫和地說：「我對這把劍沒興趣。」

「噢……」恐懼讓如初的聲音卡在喉嚨裡。

封狼繼續解釋：「只覺得短時間能修復到這般程度，不容易，妳一定很有天分。」

他的話明面上滿是讚美，語氣裡卻帶著一種從骨子裡透出來、漫不經心的藐視，對生命周期有如蜉蝣的人類，對身分地位從來都卑微的工匠階級。

如初被刺激到了。她昂起頭，直視封狼，回應：「是，傳承不易。」

她的挑釁並未激怒封狼，只讓他更感興趣，但這段奇怪的對話與暗潮洶湧的氣氛，卻讓應錚開始覺得不對勁，他正要開口詢問，一陣手機鈴聲響起。

封狼拿出手機，只瞧一眼來電號碼，便站起身，對應錚說：「我有急事，先告辭了。」

「那，這把玉具劍……」應錚也站了起來，指著桌上的劍匣，一臉莫名其妙。

這位霍老闆十萬火急要他飛過來，卻只聊了幾句不著邊際的話，連劍匣都沒打開，就要走了？

「沒事。」封狼輕描淡寫地說：「應先生您隨意，差旅費再跟小趙報帳就可以了。」

他抱起劍匣，目光越過應錚的肩膀，向如初一笑，舉步走出房門。

房間裡，應錚站在原地，哭笑不得，應媽媽則摸不著頭腦地跟應錚抱怨：「搞什麼啊，以後不要接他的生意了。」

如初沒理媽媽，只忙著看手機。

在剛剛那一分鐘不到的時間裡，螢幕上不斷冒出一條又一條的訊息：

「封狼瞬移到停車場，跟一個人碰頭。」發自邊鐘。

「奇怪，他居然會跟人類搭檔。」發自承影。

「更奇怪的是，這人的聲音我聽過。」發自邊鐘。

下一秒，含光、承影同時發了訊息：「快離開！」「拖拖拉拉幹麼？」

她知道，可是，該怎麼在短短幾分鐘內跟爸媽解釋？

如初吞了吞口水，抬頭對應錚開口：「爸、媽，我有一件很重要的事要跟你們說……那位霍先生，是個通緝犯……」

同一時間，在酒店客人專用的停車場裡，封狼跟搭檔吵了起來。

小趙吊兒郎當地靠在車上，抖著一條腿說：「我反對。就算是女兒才有傳承之力，多宰一個老的也沒損失，剛剛你就應該動手。」

「在這裡抓人太過醒目，不妥。」封狼打開車門，坐進去發動車子。

他抬起頭，不耐煩地看看小趙，小趙卻不肯上車，反而伸出舌頭，舔了舔嘴角，笑著說：「我上去，進了房間來個甕中捉鱉，這你總沒意見了吧？」

「隨你。」

說完，封狼踩下油門，車子絕塵而去，小趙一個踉蹌，險些摔倒。但他不以爲意，拍拍西裝上的灰塵，嘴裡哼起一首曲子，施施然往酒店大門走去。

在酒店後方的另一個停車場內，含光與承影都坐進了杜長風所開的廂型車後座，圍著鼎姐的預見之畫。

鼎姐指著畫上新增的那個人，不確定地問：「這又是誰？」

「不管他，反正老三在。」承影聳聳肩，無所謂地這麼說。

含光的手機鈴聲忽響，他接起，放擴音，只聽邊鐘邊跑邊喊：「想起來了，剛剛跟封狼在停車場說話的就是犬神。我得躲起來，他進大廳了。」

「犬神？」鼎姐倒抽一口冷氣：「他最愛幻化成別人搞偷襲。」

犬神雖然與龍牙、虎翼並稱上古三大邪刀，戰力其實不強。只不過，他的異能是可以變形成任何人的幻化，對付起來防不勝防。

「封狼要瞬移回來也是一眨眼的事，不能讓這兩個聯手，承影，走。」

含光說完，率先衝下車，承影跟在他身後，身影幾個晃動，便進入了酒店。

留在車上的杜長風則抓起手機，按鍵接通蕭練，開口：「動作快，我把車開到酒店對面的馬路，你直接帶人上車。」

三分鐘後，犬神還在酒店電梯裡對著鏡子撥弄瀏海，噹地一聲，電梯門在十二樓開啟。

他看看左右，露出一個意義不明的微笑，狀極悠閒地舉步，就在他踏出電梯的那一瞬間，雙手各自揚起一把彎刀，正好架住含光的白劍與承影的金劍。

「沒開鋒的劍來找我打，活得不耐煩了？」犬神的語氣依舊懶洋洋，臉卻在瞬間突變，露出清秀白淨的眞面目。

他嘴角微勾，雙刀在兩劍上拖曳而過，濺起點點星火。一招使到最後，腳下步法突變，刷刷兩個迴旋飛踢，含光承影全被他踢得撞上牆壁。

「打得這麼漂亮，居然沒觀眾，可惜。」犬神嘟囔著從西裝內袋取出一面小鏡子，才剛打開，一堆碎玻璃就掉了下來。

他將鏡子一扔，轉身回電梯，順手將刀橫卡在門中間。

電梯門徒勞無功地動著，卻始終關不上，犬神慢條斯理對著鏡子抹平因打鬥而略顯零亂的髮絲。含光摀著肩膀，倒臥在地，動也不動，承影則拖著身子爬起來，移到電梯門前，從懷裡掏出手槍，對準犬神射擊。

就在第一顆子彈即將擊中犬神時，他卻像是後腦長了眼睛，頭一偏就避了過去，隨即轉過身，揮舞著單刀，叮叮噹噹打落其他五顆子彈。

犬神往地上吐了口口水，一臉輕蔑地用刀尖指著承影，說：「槍？太墮落了，你們的自尊呢？」

「餵狗了。」答話的居然是含光。

不知何時他已盤腿坐起身，面朝著半開的電梯門。犬神一怔，低頭赫然發現，方才承影打進來的每顆子彈，正冒出絲絲煙霧，顯然電梯裡的氧氣濃度正在急遽升高。含光的異能可以在小範圍裡控制氣流，這絕對是他的傑作。

犬神不明白這兩兄弟要做什麼，頓時提高了警覺。他收回橫在電梯門上的刀，一腳踢彎電梯門框，將雙刀架成十字，擋在自己胸口，向上一縱，在空中翻了個筋斗，眼看便要竄出門外。

然而承影早他一步，從口袋裡掏出杜長風常用的打火機，點火，擲進電梯，微笑說：

「掰。」

隨著猛烈的爆炸聲響起，大樓開始搖晃，火光煙霧頓時籠罩住整層十二樓。火警感應器的鈴聲大作，消防喉開始自動灑水，房客們紛紛推門而出，尖叫聲、小孩的哭聲頓時充斥走廊。

「三個月不到本市就發生兩起電梯意外，會不會有點太多？」混亂中，承影扶著牆，慢慢站起身，朝含光發問。

含光答：「我的異能透支了，現在沒辦法用控制氣流來傳話，直接去找老三他們吧。」

28. 劍廬

爆炸聲響起的前一刻，應錚剛站起身，準備跟女兒一起離開酒店。轟地一聲巨響，桌椅同時劇烈搖晃，他腳步一個踉蹌，幸好蕭練即時衝上前扶住，才不至於跌倒。

「我沒事，謝謝。」應錚拍了拍蕭練的手，眼底閃過一絲疑惑。

「地震嗎？」應媽媽抓著皮包，慌亂四顧。

如初掏出手機，卻沒看到任何新訊息，正不知所措，就聽蕭練揚聲說：「聽起來像瓦斯爆炸，伯父伯母，我們走樓梯下去吧。」

他冷靜的態度像是一顆定心丸，應家兩老於是互相攙扶著往外走去，如初也握住蕭練伸過來的手，跟在父母身後，離開了房間。

走道上煙霧瀰漫，灑水器在頭頂上不斷噴水，將所有人都淋得十分狼狽。應媽媽一邊走一邊不放心地回頭叮嚀：「初初，彎腰，頭放低，來，口罩，小心被煙嗆到。」

她邊講邊掏皮包，好不容易掏出了一個普通超市隨處可見的不織布口罩，急忙回頭遞了過來。如初正要伸手接過，一抬眼，兩腳頓時像釘在地上似地，動彈不得。

媽媽的臉上寫滿關切擔憂，跟預見之畫上的表情如出一轍。

原來，在畫裡讓媽媽牽腸掛肚的，是她。

可自己為什麼不在畫裡，沒跟著一起逃出去呢？等等，封狼已經知道她是傳承者，眼下沒有誰，比她更適合去充當以命換命之法裡的犧牲者。

她現在是殺手的頭號對象，跟爸媽分得越開，他們就越安全。

她怎麼，居然忘了？

旁邊的玻璃窗忽然碎裂，引發一陣驚叫，後頭幾名衣衫不整的年輕男女突然往前衝，硬是將如初擠到牆邊，而在她前方，隱約可見兩名身材高挑的男子朝爸媽走了過來。

「大哥跟承影來了。」蕭練低聲說。

「我也覺得是他們。」她仰頭，問：「現在呢？」

「我先送妳回老家。」他拉著她往回走，幾步之後，閃進旁邊一間門大開的客房。

房內人去樓空，只留衣物到處散落，顯然房客也逃得匆忙，跟爸媽一樣。

願，所有人，平安無恙。

蕭練喚出長劍。如初合掌，在心中默唸了這麼一句，然後跳上長劍，抓住蕭練，自十二樓的窗戶飛出，衝向雲間。

沒過多久，她踩在劍上，已能看見老家所在的那座半島。

腳底下有幾艘仿古的畫舫，燈火通明，伴隨重重疊疊的山影，緩緩駛在一片漆黑的湖面上，美得寧靜安詳，往下望時完全無法想像有多少危機蘊含其間。

蕭練的手機聲響，他接了起來，如初靠在他懷裡，聽見承影以疲憊的語氣說：「好消息，火災清空酒店，邊鐘領了如初她爸媽去國野驛暫住。」

「謝謝，謝謝。」她一激動，差點落下淚來。

「壞消息。這一下打草驚蛇，封狼未必會回劍廬。」手機裡換成含光的聲音。

如初一驚，又聽含光告訴蕭練：「你把如初在老家放下就趕緊過來，幫我們把她父母也運過去，我們照原定計畫進行，之後的事之後再說。」

「你們遇上了誰？」蕭練問。

「犬神，已經解決了。」含光答。

最後兩句對話，如初完全聽不懂，但她還沒來得及發問，蕭練便低聲說：「抓緊，要降落了。」

長劍俯衝而下，如初抱著蕭練回頭望，只見老家就在正前方，門樓頂上的麒麟在黑暗中刨了刨蹄，舉頭，睜著一雙大如銅鈴的眼睛望向他們。蕭練完全不減速，踩著劍直接往門裡飛，大門砰一聲開啓，長劍迅速穿過大廳，滑進起居間後一個急煞車，猛然停在離地面十幾公分處。

如初跌了下去，滾了兩圈坐倒在地，蕭練還站在劍上，正要伸手扶她，就聽她說：「我沒事，你去幫他們。」

她不知道犬神是誰，但很顯然，她與爸媽至今都能平安無恙，靠的是其他人惡鬥苦撐，她不能再拖後腿了。

蕭練在半空中低頭看著如初。這一路疾飛，吹得她頭髮亂七八糟，雙頰也被凍到微紅，狀態算不上好，但她眼神堅決，一點害怕的痕跡都沒有。

困境往往能讓一個人眞正的本質顯現，她是一名鬥士，無庸置疑。

「好，等我。」

他沒多說半句，劍一個調頭，逕自衝天而起，比來時更快更猛。如初也沒有揮手道別，爬起來一口氣跑回大廳，關門，落鎖。

老家用的是傳統雕花木門，上頭的鎖看起來裝飾價值遠大過實用功能，如初上上下下摸索半晌，都找不著門栓，她還正想著要不要從起居室裡推張沙發出來頂住門，忽然間，一陣虎嘯般的長嘶自頭頂傳來。

「吼！」青銅麒麟飛落到大廳屋頂，隔著玻璃天井與她相望。

「對，有你……麟兮。」

她對麟兮揮了揮手，退到起居間，關上第二扇門，抱著宵練劍，坐在單人大沙發上，深深喘息。

今天是滿月，雖然她沒開燈，初上枝頭的大月亮仍然將室內照得一片明亮。再過幾個小時，爸媽就會過來跟她團聚，到時候他們一定會問上一堆問題，在那之前，應該養精蓄銳，什麼都不要想。

她閉上眼睛，過了一會兒又睜開，環顧四周。

也許是因爲一個人獨自待在這麼大一間屋子裡的緣故，心不安，總覺得該弄點什麼保護措施。

她緩緩站起身，走進廚房。

視線掃過流理臺上嶄新明亮的刀架，如初忽然覺得自己有點蠢。居然會想拿把菜刀來對付大漢名將霍去病的佩刀？

好像，也不是不行。

她將劍背在身後，迅速抽出一把尖刀又奔回起居間。兩手握緊刀，也不開燈，黑暗中縮在大沙發上，靜聽潮浪拍岸，風過樹梢，偶爾一兩句鶴唳長鳴，夜梟低聲咕咕叫。

不曉得爸媽現在怎麼樣了？

等等，可以打去國野驛問櫃檯啊，如果邊鐘在，還可以多聊幾句，問問現在到底是什麼狀況。

既然蕭練敢把她一個人留在老家，就表示他們對麟兮的能力有信心，她應該相信他，別胡思亂想。

放下刀，如初從大衣口袋摸出手機，按下側鍵。螢幕瞬間亮起，面板最上方清楚顯示出「沒有服務」四個字。

怎麼可能呢，這裡的一切都如此現代化，偏偏手機訊號不良？

如初閉上眼，叫自己先別慌，她今天跑來跑去的，也許手機摔到了，也許重新開機就可以解決——

鈴鈴鈴鈴鈴，傳統電話機的鈴聲驟然響起，打破了這份令人窒息的寧靜，也打斷了如初的思緒。

正前方的茶几上，放置了一具懷舊感十足的老式電話機，黃銅的撥號轉盤，搭配實心花梨木底座，做工考究，風格與整間廳堂的布置搭配得宜。如初之前根本拿它當擺設品，但如今鈴聲大作，不斷震動的話筒彰顯著這具電話的確還有實用價值……

該不該接？

她收起手機，慢慢走近電話機。鈴聲停了幾秒，再度響起，如初咬了咬嘴唇，拿起話筒，放在耳朵旁邊。

「應如初小姐嗎？」聲音冷淡有禮，充滿決心與自制力，她聽過，就在不久之前。

她的心驟然涼了下去。但此時此刻，任何示弱都只會讓自己更趨於劣勢，因此如初以同樣的冷淡有禮，回答：「霍先生？」

「記得我的姓了？」封狼打趣地問。

「不難記。」

如初一邊回應，腦筋一邊急速分析。封狼聽起來心情不錯，也許，可以趁機跟他講講道理，也許，事情能有轉機？

他又開口，用幾乎可以稱得上溫和的語氣說：「打擾了。我這邊正在做直播，妳也許有興趣看看。」

「啊？」什麼跟什麼？

沒等如初反應過來，電話便已掛斷，緊接著，含光桌機的螢幕忽地亮起，一個披頭散髮的中年婦女出現在畫面中央。

螢幕裡的光線雖然昏黃，卻還是能看出來這名婦女人在室內，房子必然很老了，還鋪著古早的夯土地板。她趴坐在地，頭頸低垂，一副虛弱無力的模樣，赤著雙腳，身上卻穿著眼熟的淺綠色套裝。

「媽咪！」如初衝到螢幕前大喊，彷彿這麼做，就可以拉近她與媽媽的距離。

「初初？」

媽媽似乎聽見了她的聲音，勉強抬起頭，左右張望。而如初駭然見到媽媽神情萎靡，額頭還碰破了一大塊，血絲正緩緩滲出。

「你抓我媽幹麼，你抓我媽幹麼嘛，有本事你來抓我啊！」如初失控大喊，淚水順著臉頰流下。

封狼不答腔，但忽然有束光打在媽媽臉上，媽媽先是一驚，整個人縮了起來，隨即想到什麼似的，仰起頭啞著嗓子，模糊不清地朝前方喊：「初初，這些不是好人，妳不要管我，趕快回家——」

螢幕倏地變黑，如初緊緊咬住嘴唇，哪怕嘴角都嘗到鐵鏽般血的鹹味了，也不肯放。她怕一鬆口，會再哭出來。

不能哭，要想辦法！

鈴鈴鈴鈴鈴，電話鈴聲又起，這一回，沒有猶豫，她撲上去接起，咬牙切齒開口：「我媽沒有傳承，你殺了她也不管用。」

「我了解，她完全無辜。」封狼如此說。

他的口氣比之前更加居高臨下，居然還帶著幾分悲天憫人。如初身體直發抖，卻不是因爲害怕，而是生氣。

但她需要跟這傢伙對話下去，只能清了清喉嚨，故做鎮定：「放我媽走，你的目標是我。」

「可以。」

對方答應得太快，反而給人一種不眞實感，如初還要接話，就聽封狼輕描淡寫又說：「出大門，騎上碼頭旁的水上摩托車，鑰匙就插在駕駛臺，發動了我再告訴妳路線，對講機就在車上。」

「照做你就會放過我媽？」

「一命換一命，放心，我從不做無謂的殺戮，即使妳的命不堪用，最後小九還是醒不過來，令堂也能平安回家。」

「好，你先放掉我媽媽。」

她死咬住這點，同時掏出手機。

「沒有服務」的狀態依舊，同時，封狼再度開口：「可以，只要見到妳，我馬上放人。對了，我其實不在乎妳帶誰來助陣，但只要妳不是一個人，或者車在十分鐘內沒發動，我就不保證令堂的生死。」

說完這一句，封狼乾淨俐落地掛下電話，留下她，與嘟嘟嘟響個沒完的電話筒。

如初愣了一下才反應過來，這個電話也可以用啊。她馬上掛斷了重新撥打蕭練的手機，然而，她的手指才碰到撥號碼盤，耳邊話筒忽然失去聲音，同時間，庭園裡的草地燈也悉數熄滅，整個老家頓時陷入全然黑暗。

如初扔下話筒，愕然環視四周——封狼切斷了電源和電話線？

嘴上說著不在乎她帶幫手，卻將她完全孤立。

卑鄙，無恥。

任憑悲傷與憤怒在心頭來回沖擊若干次，如初放開咬到破掉的嘴唇，抬起頭。

即使再看不起封狼，她也不能不承認這是一個頭腦縝密的瘋子，冷血，毫無人性，爲達目的不擇手段。

他會守信用嗎？

如初不這麼認爲，但可以肯定的是，倘若她沒照著他的話去做，封狼一定不會放過媽媽。

十分鐘！

她迅速站起身，衝向大門。手有點抖，轉了好幾次鈕才打開鎖，但兩腿倒挺穩的，就這麼一路奔跑，居然沒撞到東西也沒跌倒，順順利利跑上碼頭。

麟兮飛了過來，繞著她嘶吼，如初不理牠，直接跳進了水上摩托車。才發動引擎，車上的無線對講機鈴聲便適時響起。

接起來，她率先開口：「我已經上車，你可以放人了。」

「右轉，沿著半島的周圍行駛，再要轉彎時我會告訴妳。」封狼吩咐完，又加一句：「令堂不會有事，我保證。」

「她有事，我也保證能讓祝九魂飛魄散。」如初冷冷答。

說完了她才開始擔心會不會激怒對方，然而封狼卻並未發怒，反而低低嘆了口氣，說：「妳果然得到了傳承。」

如初沒吭聲。她的價值越高，媽媽就越安全……是吧？

她照封狼的指示，在全黑的水域裡駕駛。雖然封狼解釋得有條有理，但實際執行起來還是頗耗心力，如初左彎右拐，氣喘噓噓地開了半個多小時，發覺車子居然離開了大湖，轉進一條河流當中。

河床不算深，有好幾次岩礁觸到底盤，車身差點翻覆，她心驚膽顫地騎著，終於在封狼喊停的時候，來到一個眾山環繞的小溪谷。

跳下車，如初涉水上岸，走沒幾步路，就被十二月的河水凍到牙齒直打顫。四周一片漆黑，封狼沒再給出任何指示，她拿著手機當手電筒，只能照到身旁高高隆起的溪床，與眼前鋪滿一顆顆渾圓卵石的淺灘。

景色越看越眼熟，如初正在記憶裡拚命搜尋的時候，前方驟然亮起燈火，一座茅屋就立在岸邊不到五十公尺處，而她也立刻想起來這是哪裡。

宵練劍的出世之地，劍廬。

「進來。」封狼的聲音再度響起，由爐內傳出。

雖然完全不知道下一步該怎麼辦，如初依然挺直腰，握緊拳頭，一步步向前走。

29. 心頭血

劍廬的正門由一根根樹枝並排捆綁而成，樹枝粗細不一，中間充滿大大小小的縫隙，冷風一吹，便發出咯吱咯吱的聲音。

如初一路輕手輕腳走著，直到靠近門前，她才忽然想到，以化形者遠優於人類的聽力與眼力，封狼一定早就知道她到了，小心有何意義？

她心一橫，用力一推門，大步跨了進去。

媽媽就倒在屋子中央，面朝下，胸口不住劇烈起伏。如初眼眶一熱，不假思索衝了過去，然而走沒兩步，地上那人卻吃力地撐起上半身，在搖曳不定的昏暗燭光下向她招了招手，捏著嗓子說：「嗨，初初。」

這絕對不是媽媽。

如初硬生生停下腳，寒毛直豎。這個人長了一張跟媽媽一模一樣的臉孔，表情卻是說不出的詭譎，體型也嫌粗壯。

他是誰？剛剛她透過螢幕看到的，就是這個人？

如初退後一步，警惕地瞪著對方。那人發出一陣怪笑，用手摀住胸口，慢慢站了起來。他身上的淡綠色套裝在瞬間幻化成一套西裝，上面滿是燒灼痕跡，臉孔也在一陣扭曲之後，變成一名清秀的男子模樣。

「我媽呢？」如初瞪著他問。

犬神張開嘴，邊咳嗽邊說話。如初只能聽見一連串含糊不清的聲音，卻完全聽不懂他要表達什麼，她正猶豫著該不該再靠近這人一點，卻見他脫力似地跌回地面，身體竟慢慢變透明，最後整個人消失得一乾二淨，然後噹地一聲，一對刀身有著深深裂紋的雙刀憑空出現，掉落在地板上。

一名男子穿牆而入，從黑暗中踏了出來，將雙刀踢到一旁，站到如初面前。

左手邊，一列三口爐火瞬間點燃，照亮了整間劍廬，也將那人的面孔照得清清楚楚。

封狼。

他換了套灰褐色的粗布衣服，氣質沉穩，帶著一種時光沉澱出來的執拗，身上一點殺氣都沒有，眼神甚至還略帶憂鬱。

然而他越冷靜，如初就越能感受到那股決心。現在的首要目標是拖時間，拖得越久，蕭練他們就越有可能發現她失蹤了，這樣，也許還有一線生機。

她強迫自己鎮定下來，直視對方，問：「我媽媽不在這裡？」

他微笑：「我說過，保證她沒事。」

那她也沒有留在這裡的必要。

如初轉身就跑，門在她眼前碰一聲關緊，而封狼的聲音則在她身後響起，有禮、堅決：

「抱歉了，但妳的犧牲，或許能喚醒我朋友。」

他也曉得，只是「或許」。

那麼，她或許也還有機會說服對方？

如初慢慢轉回頭，面對封狼。

他緩步走向火爐，爐旁有張木製的方桌，桌上堆滿各種鍛劍所需要的工具，有鐵鎚、羊角墩、鉗子、剪刀、榔頭等等，模樣都十分老舊，卻擦拭得一塵不染，也不曉得是原本就放在這裡，還是封狼搜集過來的，在琳瑯滿目的工具中間，橫擺著一只典雅的皮質劍匣。

封狼開啓匣子，一把厚重古樸的八面漢劍赫然出現在如初眼前。劍柄的白玉如剛切開的羊脂般潤澤細膩，相較之下，傷痕遍布、凹凸不平的劍身格外令人觸目驚心。封狼從懷中取出一塊柔軟的絲綢手帕，十二萬分珍惜地開始擦拭劍身，而如初之前在路上想好的說詞，也慢慢回到她腦海。

她以一種純粹專業討論的態度，開口問：「你有沒有想過，如果重要條件不成立，就算我犧牲一百次，也叫不醒這位，嗯，祝九？」

「妳也聽過他？」封狼挑眉反問。

他依然看著劍，眼神不僅僅是溫柔，簡直可以用深情來形容。

如初沒管那麼多，她用力點頭，說：「傳承講得很清楚，用以命換命來喚醒劍魂，需要傳承者自願跳進爐火裡……」

她穩住心跳，一字一句，看著封狼的眼睛說：「我不會自願，死都不會。」

「原來如此。」封狼的眼神透著輕快的詫異：「妳自願就能直接喚醒小九？受教了。」

他語氣不似做僞，如初心底咯噔一聲，試探著問：「你，不是要用我來以命換命？」

「當然不。先不講別的，妳看看這間房裡，哪口爐能塞得下一個大活人？」他有點好笑地反問之後，頓了頓，又說：「以命換命這法子的條件太過嚴苛，要救小九，我從不妄想一步到位。」

明明這話聽似寬慰，但一股不祥的氣息卻悄然在空氣中漫延。如初再退一步，問：「那你要我來這裡幹麼？」

「妳父親的手藝很好。」封狼答非所問，同時舉起劍，欣賞接好的劍身一會兒，才瞥了她一眼，淡漠地說：「我相信妳亦然。」

順著封狼的目光，如初摸了摸背後，這才意識到，自己一直背著宵練劍。

「御劍」兩字閃過腦海，她放下手，朝窗戶偷瞄了一眼。

門戶緊閉，乍看無路可逃，可這扇窗根本是紙糊的，如果她用力撞上去……

一道光芒在她面前閃了閃，如初回過神，赫然發現封狼轉了轉手腕，玉具劍先在空中畫出一個漂亮的圓弧，然後劍鋒推前、朝下，直指向她的左胸。

「我已經等很久了，只要有一線希望，也不在乎繼續等下去。」他講得很慢，像是怕她聽不懂似地：「妳就是那線希望。」

「飲了妳的心頭血，小九的魂魄就能在本體內重聚，一個全新的、白紙似的魂魄。他還是他，雖然不會記得我，但會活過來，慢慢靠自身的力量修復、甦醒，重新化形成人。」

說到這裡，封狼打住，神態溫和，眼底卻閃動著熱切到瘋狂的光芒。

傳承沒提過這一段，如初完全聽不懂封狼在說什麼，卻很清楚他要幹麼。

她再退了一步，背已抵住土牆。

封狼眼神專注，看她像是看一隻即將獻上祭壇的羔羊，他說：「我知道妳能理解，也請妳配合，我出手時，站著別動。過程很快，我保證，妳不會感到一絲痛苦。」

劍尖前伸，終於抵住她的胸口，如初不由自主握住背在身後的宵練劍，封狼對她搖頭：「太遲了，妳一進門就御劍，可能還有幾分希望。」

劍尖刺破毛衣，寒芒瞬間切入體內，皮膚一陣冰涼。如初眼前一陣一陣發黑，她站著不動片刻，忽地問：「你能不能……安排我……像意外死亡？」

封狼戒備地看著她，問：「為什麼？」

「這樣，也許能讓我爸媽好過一點。」頭暈目眩，她索性閉上眼，以認命的態度回答。

封狼似乎放下心了，點頭答：「可以。」

「還有，能不能……讓我……見蕭練最後一面？」

「不可以。」

回答她的聲音自斜後方而來，下一秒，一人一劍破窗而入，將封狼撞開。細竹窗櫺與窗紙碎片四散分飛，如初下意識舉起手想擋，卻馬上睜大了眼睛：

「蕭練！」

「躲好。」

30. 千年

蕭練的到來，改變了局勢，卻無法改變封狼的決心。他緩緩將玉具劍放入劍匣之內，右手一翻，憑空握住一把厚脊薄刃、柄首呈圓環狀的大刀。

古之利器，吳楚湛盧，大夏龍雀，名冠神都。

趁著他收劍取刀的空檔，如初奔到火爐後方，瞪大眼睛看著這柄由春秋五霸之一的晉文公遣名匠所鑄，之後伴隨霍去病斬殺七萬匈奴，在狼居胥山祭天時覺醒的名刀：大夏龍雀。

刀身直窄，刀背厚實，純就形制而論，明顯比修長的劍更適合在千軍萬馬對戰時揮砍劈刺，如今在小空間裡你來我往，倒不見得能占蕭練多少便宜。只不過……

如初看看刀又看看劍，一顆心不斷下沉。刀刃明顯比劍刃來得犀利明亮，也就是說，封狼的狀態比蕭練強。

她取下蕭練的本體劍，抱在胸前。而封狼臉上則流露一絲無奈，淡淡對蕭練開口：「現在的你，不是我的對手，你心裡有數。」

蕭練並未立即回答，卻先瞥了如初一眼，他臉上沒有太多表情，只在眼神洩露出些許溫柔，與帶著離別的感傷。

如初一怔，下意識瞄向懷中的宵練劍，蕭練幾不可察覺地向她點了點頭，這才正色對封狼說：「你跟祝九起過誓，絕不傷及無辜。」

他的態度平和，但如初可以聽出話中山雨欲來風滿樓的氣息。

封狼並未反駁，反而微頷首，露出一個恍惚的微笑，答：「是啊，我也沒想到，有一天，自己竟成了出爾反爾之輩。別急，等小九醒過來，我任他處置，絕無怨言……現在，滾！」

最後一字，伴隨著一刀直斬，如萬丈波濤般向蕭練撲來。

在此同時，如初腦海裡的傳承也發生變化，一扇跟所有其他門都不一樣的金色大門憑空出現，就座落在她正前方，門楣下懸著一塊木匾，上頭寫著血紅色的「補遺」兩個大字。

如初謹慎地走近門，只見門板上慢慢浮現一紙告示，她匆匆看過一遍，絕望地閉上雙眼，心痛到無以復加。

蕭練錯了。

爲了御劍，必須重啓禁制，而再強韌的劍魂，也經不起兩度摧殘。只要她開始御劍，蕭練就會完完全全消失，只剩下一柄所向無敵的宵練劍，供她驅使。

不，絕不！

大門在瞬間消失，如初猛地張開眼，正好看到封狼一刀迎面砍向蕭練。

他的刀不快，刀法也貌似平淡無奇，然而刀鋒入骨，完全不給對手任何可趁之機，威勢由四面八方籠罩，就連躲在角落裡的她也被壓得喘不過氣來，但蕭練不退不懼，舉劍相迎。

刀劍相撞，一聲轟然巨響之後，封狼巍然不動，而蕭練腳下劍影翩浮，連連退了三步。

如初看不到他的神情，卻感覺懷中長劍輕動。她抖著手從劍鞘中拔出半截劍，只見純黑色的劍身慢慢出現一條嶄新的傷痕，不深，但肉眼可見。

「御劍。」蕭練低喝一聲，不顧自己的劣勢，衝上去纏住封狼。

「我不會。」如初冷靜地這麼答完，不再往後退，反而恭謹地一彎腰，雙膝著地，席地正襟危坐，面向熊熊爐火，膝蓋併攏，閉上雙眼。

這是古代最鄭重的坐姿，通常只用於跪拜與祭祀。蕭練臉上閃過一抹愕然，連帶劍招都慢了一秒，封狼也神色微動，但手下卻一點也不受影響，刷刷刷三刀攻過，轉瞬間便占回上風。

「如初，御劍！」蕭練提高聲音，再度加速劍招，朝封狼衝去。

「困獸之鬥。」封狼低聲說了這一句，下一瞬間，刀光大作，鋪天蓋地朝蕭練襲捲而來。

刀劍再撞，她懷中長劍錚錚作響，聲音淒厲，像是猛獸臨死前的長鳴，然而如初什麼都聽不見了。

再一次，她的意識完全脫離現實，來到了傳承之地。

那個在她開啓傳承時聽到過的聲音，再次響起，淡淡地說：「沒想到，這麼快又見面了。」

「幫我，拜託。」如初哽咽地開口。

「剛剛不是有機會？妳自己不肯學的……不提了，這一關，準備好了？」

「是。」如初頓了頓，忍不住加上一句：「今日幸會。」

「幸會。」那個聲音如此回答，然而在語氣中，隱隱多了一絲欣慰。

隨著這句話，劍廬開始在她面前迅速變化，有如光陰倒流般地由舊轉新。爐灶上的煤灰漸退，露出印有紋飾的淡青色陶磚，小池底部鵝卵石上的青苔一點一點淡去，已腐朽的竹管重新接起，活水激湧清澈，將石子沖刷得黑白分明。

刀劍相爭的身影遠去，之前夢到過的小女孩左右各牽著爸媽的手，推開柴門，蹦蹦跳跳走到如初身旁。

這一家三口無視她的存在，進門之後，父親打鐵、鍛劍，母親在一旁幫忙遞工具、添柴加火，只有小女孩最閒，東摸摸西摸摸，一不留神，手指就在還是粗胚的純黑劍條上畫了道口，鮮血立即滲入劍條之內。

「痛不痛？」母親問。

小女孩舉起已然癒合的右手食指，茫然搖頭，父親笑著說：「妳跟它有緣。」

緣分自然有，但可以牽扯多深，持續多久？

當年的小女孩，並未問這麼多。

它在日復一日的鍛打中，逐漸變成一把利劍；而她也日復一日成長，終至亭亭。

周遭景物再變，披麻戴孝的少女正襟危坐在梁下，傾身問：「是不是只要能造出無人匹敵的兵器，戰火便可以停熄？」

「是。」

君王給出承諾，於是，少女點燃爐火，將半成品的黑色長劍自泉水中抽出，舉起父親的鐵鎚，延續先人未竟之志。

物換星移，周圍人來人往，母親雖然頭髮已灰白，卻依然堅持日日來到此地，親手添柴火、鼓風爐。休息時她講述歷史給女兒知悉，四代之前，爲君王一個天下太平的許諾，全族上下引甘泉、築劍廬，日日夜夜，不眠不休。

鑄劍是她們一族的使命，而在這一代，天分落到了一個女孩家的身上，僅管族中長老鼎力支持，內廷的臣宰卻對此頗有疑慮。

「妳做得到。」母親如此對女兒說。

「我知道。」女兒有自信地回應。

三年後，天子三劍中的最後一劍終於問世。以三劍為倚仗，能夠掌控天時、地利與人和的軍隊，自然所向無敵。

全民歡欣鼓舞，卻忘記了，人的野心無邊無際。

必勝二字非但沒帶來太平盛世，卻讓上位者更加窮兵黷武。既然不必練兵也能贏，貴族索性驅趕平民與奴隸上戰場，階級之分益發嚴重，人命輕賤，朱門酒肉臭，路有凍死骨成了日常。

終有一天，君王不再滿足於以仁為本的天子三劍，他需要更鋒利的爪牙，為少數人掠奪。

「我鑄劍，為的是保家衛國，而非濫殺無辜。」

拒絕了皇權的下場，是全族被官兵圍困山頭。就在這座茅廬內，「她」做出決定，將親手打造的宵練劍開鋒，用以衝破重圍，換得自由。

「此劍為誓，今日一戰，吾民，吾土，吾親，吾邦！」

隨著呼喊聲，如初屏住呼吸，看女子身著祭服，面向熊熊爐火，對著羊角墩上的黑色長劍揮出最後一鎚，火星四濺中，緩緩舉起劍，插入肩頭。

洪爐烈火，大小殊形；以血釁金，意在匠心。

那一刻，匠人以死生相託付，而原本無靈無識的器物，得到了化形的契機。

原來，他的開鋒，竟是這個原因。

「看清楚了？」

隨著腦子裡的聲音又響起，劍爐瞬間回到原狀，如初猛然睜大眼，發現時間並未流逝。蕭練催她御劍的回音還蕩漾在空氣中，危機也並未解除，打鬥依然繼續。

「我再給妳一次機會。匠心傳承，二擇其一，妳選擇哪一道：御劍，抑或開鋒？」腦海裡的聲音如此問。

「開鋒之後，他還會是他嗎？」如初惶惑地反問。

「這我可沒法保證，不管是人還是物，能力變強大之後心態總難免起變化，自己的選擇，就得自己承擔後果。」

「開鋒！」

那聲音嘟囔了一聲，而後，方才的女子竟跨出傳承，化成朦朧的幻影，站在如初身旁。亦步亦趨，隨著幻影的動作，如初緩緩舉起長劍，面向爐火，劍鋒卻朝向自己。手下一個用力，劍刃穿肩而過。劍身頓時煥發出瑩瑩的光華，接著自行抽離她的身體，如一道流星般回到蕭練手中。

血涓涓自左肩流出，如初腿一軟，倒在地上，再也使不出一絲氣力。眼前景物慢慢變暗，奇怪的是，明明所有器物都還在原地不動，空中卻突然多出了一把劍、兩把劍、三把劍……

誰對她說過：妳不曉得蕭練以前有多厲害，劍化分身，千軍萬馬都不是對手。

劍陣已成，隱隱有風雷聲響，順著刀鋒直上，寒芒過處，波濤翻天都被凍成冰霜。蕭練踩著本體劍，像一尊神佛般立在劍陣中央，眉目淡然，無悲無喜，就這麼雲淡風輕地捏著劍訣，指揮劍陣攻向封狼，猶如獅子搏兔一般，雖然對手微不足道，也全力以赴，毫不懈怠。

這才是他眞正的模樣？

視線越來越模糊，如初已看不清楚蕭練的臉，但不知爲何，那道挺拔的身影有些陌生，一定是因爲角度的關係。

金鐵爭鳴，封狼被打落地面，劍陣瞬間消失得無蹤無影，蕭練握著本體劍，向她走來。

他贏了，我們贏了？

高懸的一顆心終於放下來之後，如初卻發現，四周暗得更快，連原本明亮的火爐都失去了光芒。她費力地動了動嘴唇，想告訴蕭練她沒事，然而四目相交間，如初愕然發覺，蕭練連神色都跟著一起陌生，而從來只在瞳孔內跳動的青色火燄，已將他的雙眼完全遮蔽……

柴門嘎吱嘎吱直響，好幾個人衝到她面前，阻隔了視野。如初仰起頭，只能辨認出杜長風那件招牌風衣的後擺。

「蕭練，醒醒！」鼎姐的聲音像是從遠方傳來。

蕭練怎麼了？

「老三，別逼我動手。」杜長風聽起來很生氣。

太奇怪了，封狼不是已經輸了嗎？主任還要對誰動手？

如初勉力抬起沉重的眼皮，卻見含光與承影分別取出本體劍，迎向蕭練。

他們兄弟相處的機會那麼多，可不可以別挑現在運動？讓她多看他一眼，好不好……

終究，心意輸給了體力，如初眼前最後一絲光線退去，耳邊萬物瞬間俱寂，思緒卻在這一刻，風馳電掣，飛越時空，來到了千年前的此地。

劍盧尙未破土，如今的爐火處只是一片蓊蓊鬱鬱的灌木林。

兩鬢間增添了些許白髮的女子端坐在泉水旁，雙膝橫放一柄墨黑如夜的長劍。她向劍行了一個大禮，放下劍，站起來，轉身，開始指揮族人打地基。

一名老者走到她身旁，長嘆一聲，說：「江南瘴癘，恐非久居之地。」

她一笑，朗聲說：「不行就再搬，此心安處，即是吾鄉。」

容顏可以老，心卻不曾變老，眞好。

躺在茅草四散的地上，如初不知不覺漾出笑意。遠處發出數聲悶響，彷彿是重物墜地，而她閉上眼，安心讓自己沉入無邊無際的夢境。

沒有任何人注意到，她的右手食指憑空多出一條血痕。

三尺之外，砰砰兩聲，含光與承影一先一後被宵練劍震開，撞上土牆。蕭練轉身，舉起腳，繼續走向擋在如初身前的鼎姐與杜長風。

他才踏出第一步，眼底的青色火燄便忽地跳了跳，接著時大時小，閃爍不定。

邁出第二步，他毫不遲疑……

31. 人間

斷斷續續昏迷，又斷斷續續被搖醒，如初覺得自己輕飄飄的，整個世界也輕飄飄的，好像一座大型紙雕在眼前搖來晃去，只要鼓足了氣吹上一口，頓時便能飛到天際。

「移除止血帶，準備靜脈穿刺。」陌生帶權威感的聲音發號施令，有隻冰涼的大手緊緊握住了她。

「情況如何？」

蕭練的聲音？

她費力睜開眼，他的瞳孔黝黑，看著她的眼神專注而哀傷。

情況一定不好，不然他不會這樣。

既然以前從未思考過死亡這個問題，現在再來想，似乎也有點來不及。如初抬了抬手，想摸蕭練的臉，然而一個大氧氣罩兜頭將她蒙住，手法粗魯，旁邊有人不耐煩地吼著：「A型血，三袋，十四號針頭，快……欸，你讓開點。」

右手被鬆開了，一顆心頓時空落落的，但下一秒，左手就被輕輕握住。

「我在這裡，一直都在。」他低低在她耳畔說話，聲音好聽得教人想嘆氣。

她也真的嘆出一口氣，然後胸部一陣劇痛，呼吸困難，整個人冷得直打寒顫。

「大量輸血，怕她肺部積水，先給百分之百純氧，要不要動手術等輸完了再評估……有沒有家屬一起來能簽個字的？護理長，妳來看看，這心跳速率不太對……」

有人又往她身上插了一針，痛得如初蜷縮成一團，恍惚中，蕭練抓住她手臂，在耳邊一遍又一遍重複：「放心，我哪都不去，就在這裡陪妳。」

陪到最後一刻嗎？

她不能說話也不能動，只有眼眶逐漸泛紅，依依不捨。

失去意識之前的最後一個印象，是微涼的嘴唇落在她額頭上，他說：「好好休息，晚安。」

意識在黑暗中浮浮沉沉，好像經歷了很多事，又彷彿被被困在完全的眞空地帶，哪裡都不能去。就在某一刻，如初忽地感覺眼睛被亮光扎得有些難受，她試著動了動眼皮，外界事物慢慢映入眼簾，由暗到亮，從模糊到清晰，最後如初完全張開了眼睛，望著蕭練藏在陰影裡的眉與眼，如刀刻斧鑿，輪廓鮮明。

他就坐在她床邊，而在他身後，有一扇緊閉的玻璃窗，與窗外飄著小雪的天空。

「昨晚氣溫驟降。」蕭練拿了條毛毯，覆蓋在她的棉被上：「才說今年秋天來得晚，轉眼就入冬了。」

他這閒話家常的口吻迅速撫平了她的驚惶，如初試著小幅度轉動頭，只能看到四周都是白牆，雪白的枕頭旁有一座點滴架，架子隔壁的監護儀上，心電圖平穩地畫著曲線。

她還活著，而這是一間病房。

頭暈腦脹，太陽穴一抽一抽地痛，如初用手肘撐住床，掙扎著想坐起身，被蕭練眼明手快一把扶住：「別動，我來幫妳。」

他小心翼翼地將她抱起來，幫忙將枕頭墊在腰部。靠近之後如初才注意到，蕭練的氣色非常好，原本就無瑕的皮膚如今隱隱泛出一層光澤，就連聲音也比之前渾厚明亮，只有眼底的溫柔未曾改變，或許多了一絲劫後餘生的慶幸，與一直存在的感傷。

這不是夢吧？

如初伸出手，摸上他冰涼的臉頰。真實的接觸讓最後一絲憂慮煙消雲散，她微笑，正要開口說話，呼吸一個不順，頓時劇烈咳嗽了起來。

這一咳就一發不可收拾，牽動頭痛胸痛喉嚨痛，連腳趾頭都一抽一抽地發疼。等好不容易咳完了，如初喘著氣接過蕭練遞來的熱開水，眼淚汪汪地小口小口抿著喝下去，才聽他說：

「進醫院之後我們才注意到，妳全身幾乎溼透了，醫生說，可能原本就有點感冒，溼衣服穿一整晚引發急性肺炎。」

所以，她現在會躺在這裡，只是因為生病？

她放下杯子，目光不自覺飄向自己左肩，並未瞧見任何包紮，但刺穿處卻隱隱作痛，如初怔了半晌，恍然大悟：「兵不血刃！」

「開鋒的那一刻，妳有機會成為我的主人。」蕭練平靜地做出陳述。

「那樣的話，你就不是你了。」如初毫不考慮馬上回答。

這個答案似乎一點也不令蕭練驚訝，他以一種奇異的眼神凝視著她一會兒，伸出手輕撫她的左肩，說：「這邊，抵達的時候皮膚表面已經看不到傷口了，但裡頭應該還沒完全癒合，醫生堅持你骨頭沒事，鼎姐費盡唇舌也沒辦法說服他幫妳上石膏……」

他說到這裡打住，苦笑著搖搖頭，如初好奇地問：「然後呢？」

「我守了妳一整晚，不准任何人動妳左肩，被當成超級神經質男友。」

如初忍不住笑出聲來。笑著笑著，她忽然靠在蕭練的肩頭，輕聲不停地說：「我好想你，好想你，好想你……」

她並不害怕死亡，但在青色火燄吞沒了他的雙瞳之際，存在那麼一剎那，她想，她再也見不到他了。

恐懼在那一刻來襲，直到現在，她依然不敢閉上眼睛，深怕再次張開，眼前的一切都將化作灰燼。

蕭練伸出手，似乎想抱住她，但最後他什麼動作都沒做，只以低沉的聲音不斷在她耳邊說：「我在這裡，我在這裡……」

任憑情緒翻攪了好一會兒，如初才平靜下來。蕭練將手放在她額頭上，試了下溫度後取走水杯，遞來一碗粥，說：「燒退得差不多了，醫生開了抗生素，妳得吃點東西才能吃藥。」

她接下，眼睛因畏光而微微瞇起，他於是走過去調整百葉窗。如初拿起湯匙，正要將粥送進嘴裡，手忽地一抖，蕭練像是後腦長了眼睛一般，腳下劍影一閃，瞬間便移到病床旁，以迅雷不及掩耳的速度接過了即將落地的粥碗。

如初愣愣地瞧著他，蕭練舀起半勺，餵她吃了一口，說：「開鋒之後，異能回復。妳現在看到的，是百分之八十狀態下的我。」

「爲什麼只有百分之八十？」如初被莫名其妙冒出來的數字搞分心了。

蕭練笑了起來：「隨便估計一下而已，畢竟禁制還在，我怎麼也不敢發揮到百分之百。」

如初似懂非懂地點點頭，忽地想到什麼，又急問：「封狼呢？」

「躺在『無差別急救中心』，我上回躺的那個木箱裡。」蕭練笑容微冷：「要不是杜哥認爲他還有點用，我早就把他斷成兩截送去給祝九作件。」

他的目光移到她左胸前，如初這才後知後覺地發現心臟部位貼了塊紗布。刀刃入體的記憶瞬間浮現，她打了個寒噤，強迫自己移開目光，看著他輕聲問：「你不能靠異能自己擺脫禁制嗎？」

蕭練搖頭不語，但凝視她的眼神益發幽暗，就在如初開始感到不安時，咚咚咚，有人敲門。

蕭練以正常人的步伐走過去開門，同時對她解釋：「應該是妳父母來看妳……對了，劍廬的事發生在前晚，而非昨晚。」

如初倒吸一口冷氣，問：「我昏迷了一天半？」

「正確，記得見機行事。」

他拋出謎一般的句子，也不等她反應過來，便掛上見長輩的微笑，輕輕將門開啓。

接下來的十分鐘，如初一會兒天堂，一會兒地獄。

第一個衝進來的是媽媽，拎著皮包直接殺到她床旁邊，摸頭摸手摸腳摸脖子，眼淚撲簌直往下掉，嘴裡一直喊著「初初、初初」。

如初不斷重複著「我很好」跟「沒事」，但完全無法讓媽媽平息，母女靠在一起，不知不覺中，她也悄然紅了眼眶。

應錚背著手，沉默地站在媽媽後頭，一臉嚴肅，不時拍拍她又拍拍媽媽。

護士小姐推著車過來，嫻熟地幫她測體溫，量血壓心跳，解釋病情。應家三口於是都安靜了下來，專心看護士示範如何換藥換紗布，聽她解釋傷口沒感染，肺炎已經控制住。講到最後，護士用不善的眼神瞥了蕭練一眼，扭頭告訴如初：「自己保重，妳男朋友緊張到不准我們碰妳，延誤治療醫院不負責的啊。」

於是大家繼續安靜。

等護士留下藥離開之後，應媽媽黑著臉往床上一坐，拿指頭戳著女兒的額頭，恨恨地說：「妳怎麼會這麼笨啊？」

「額？」如初乖乖挨了這一記，用目光詢問蕭練。

他舉起一本雜誌遮住臉，應媽媽氣不過，又戳了女兒一下：「額什麼額，有人說我們沒逃出酒店，妳居然硬往火場裡衝？」

如初半張著嘴好一會兒，最後以不可思議的表情答：「對啊，我怎麼會這麼笨啊？」

「擔心也不能這樣亂衝啊，情況越亂越需要鎮定，妳小時候在大賣場跟錯推車走丟了都知道要去找櫃檯廣播，為什麼長大了反而……」應媽媽打住，神色沒半分指責，只有滿滿的疼惜。

應錚在一旁嘆了口氣，說：「以後，不管任何情況，先顧好妳自己，懂不懂？」

「……懂。」為了怕自己落淚，如初答完就低下頭。

一家三口又說了好一會兒話，絕大部分都是應媽媽一個人講。她繪聲繪影地形容含光與承影帶他們逃出酒店時的驚險萬狀（樓梯下到最後，承影背著我跑呢，還好他力氣大，真不好意思），以及抵達國野驛之後邊鐘的款待（他眞的不打算念大學嗎？有點可惜，好聰明的一個孩子）。

應錚站在床頭，只有在被問到時才回一兩個字，倒是不時往蕭練的方向瞥上一眼，臉上若有所思。

如初本來還猶豫著是否該跟爸爸正式提起他，但隨著爸爸看蕭練的次數增加，她隱隱察覺到，爸爸並非用看女兒男友的目光檢視蕭練，卻是用一種懷疑與戒備的眼神，在研究他。

爸爸，發現了什麼嗎？

如初一直知道爸爸沉默寡言，不善表達情緒，但在某些方面其實敏銳得可怕。因此，在媽媽終於講到一個段落，站起來打算回旅館的時候，她可以說是鬆了一口氣。

她掀開被子，說：「我送你們下去。」

「開什麼玩笑，妳乖乖躺著，我們下午的飛機，承影會送我們去機場，妳都不要管，好好養病、養傷。」

媽媽一把將她按回床，瞥了一眼捧著雜誌一直沒翻頁的蕭練，又對如初說：「我們謝過他了，妳也好好謝謝人家，千辛萬苦把妳從火災現場救出來，冒多大險啊！」

「我一定會。」

如初也瞥了那本雜誌一眼，發誓一定會問個水落石出——他們到底都跟爸媽講了些什麼啊？

蕭練神態自若地放下雜誌，站起身：「我送伯父伯母出去。」

應媽媽欣慰地朝女兒點了點頭，貌似對她男友的禮節頗為滿意。如初看得滿頭黑線，卻又隱約心頭微酸。

一行三人魚貫而出，應錚走到門口時又回過頭，告訴如初：「我跟妳公司杜主任聊過。」

如初嚇了一跳，應錚頓了頓，又說：「很有意思一個人，嗯。」

前一句算肯定，但結尾的那聲「嗯」，讓如初頓時一顆心高高懸起。就在她想著倘若父親開口要她換工作，該以何種理由拒絕時，應錚朝她擺擺手，說：「休息吧，身體好了找時間回家一趟。」

他轉過身，如初叫住父親：「爸爸。」

「怎麼啦？」

「我沒事，眞的，大家都很照顧我。」

「這我信。」應錚又頓一下，說：「但平安是福。」

等應錚走出病房之後，蕭練闔上門，走在應家兩老的後方一起出去。經過昨天的相處，他比較能掌握到跟他們互動的訣竅。然而，他還是低估了父母對子女的愛，才走到電梯門口，應媽媽就開口催他回去。

「不用送了，初初那邊更需要人幫忙。」

她如此說，眼神帶著擔憂與希冀，是剛剛在病房裡完全沒有流露的神情。

應錚在一旁點頭附和。蕭練可以想像應錚必然看出了什麼，畢竟，血脈相連，他是她的父親。

蕭練於是點點頭，說了句「兩位慢走」，然後便折了回去。

然而他才打開病房的門，就見如初扔了一個枕頭過來，氣鼓鼓地問：「你們都跟我爸媽胡扯些什麼啦！」

她臉上還是缺乏血色，也沒什麼力氣，枕頭飛到半途便落了下來，但精神明顯增長，對他的態度，也隨著時間過去，逐漸回到從前，他開鋒之前。

雖然明知道不應該，但他依然為此欣喜。

蕭練輕鬆地一手撈起枕頭，走過去幫如初墊回背後，順手打開了電視。螢幕上，年輕的女主播正以略嫌造作的莊重，報導一起社會新聞：

「之前酒店開除員工洩憤縱火一案，經消防人員全力搶救，沒有造成任何死亡，可以說是不幸中的大幸。傷勢最重的是一名闖進火場要搶救父母的年輕女子，據本臺記者採訪，該女子已在今天上午醒過來，目前為止傷勢復原情況良好……」

他關掉電視，開始解釋：「進醫院的時候承影扯了一句謊，說妳為救父母而受傷，被記者抄成新聞，妳爸媽看到後一直追問，我們只好開始編細節。」

「什麼樣的細節？」如初狐疑地問。

蕭練忍住笑意，輕咳了一聲，開始複誦承影的劇本：「妳在充滿濃煙的走廊上尋找父母，不慎摔倒，被裸露在外的鋼筋刺傷，我衝進去救妳出來——」

「不可能，我沒這麼笨。」她打斷，瞪眼睛的模樣像隻炸毛的小貓，格外可愛。

「妳媽信了。」

「什麼！」

蕭綀攤手，盡量讓表情看來有些無奈：「她拜託我照顧妳，說妳從小運動神經就差，幼稚園的時候，還有一次在平地自己絆倒自己，摔掉半顆門牙——」

「她講這些給你聽？」

如初看起來深受打擊，將臉埋進被子裡，好久都不願意抬頭。

蕭綀猶豫了片刻，慢慢伸出左手，在碰觸到如初的那一剎那，指尖竟不由自主地微微顫抖。

這是從來沒發生過的事，多少年了，他受過傷、流過血，有過害怕、恐懼、傷痛等種種情緒，唯獨不會發抖，唯獨不曾喪失對自己身體的掌控。

然而遇上她，所有事，都有了例外。

蕭綀穩住心神，手再往前伸，碰觸到如初之後他停下來一會兒，然後才緩緩地、一下一下地撫摸著她的黑髮。

「初初。」他學著她家人，用小名輕聲喚她。

她不肯抬頭，卻伸出右手，胡亂往他臉上摸去。

「妳在找什麼？」他好奇問。

「你別動，不然我會感覺不出來。」她的手指在他的鼻端停留片刻，忽地抬頭，問：「你們不用呼吸？」

來了。之前所有他不願明言，他與她之間的差異，終有面對的一刻。

他搖頭，反握住她的手，又坐在床沿。

她側頭苦思數秒，再問：「不吃東西，能量哪裡來？」

相較其他，這個問題無傷大雅。他微笑，給出答案：「吸收日精月華。」

她追問：「太陽能？」

不完全，但他頷首：「這麼理解也行。」

「也不用休息嗎？」

「不特別，但如果受了傷，入定能令體力迅速回復。」

「那跟人很像啊，聽說打坐可以提供比睡眠更深度的休息和放鬆。」

「我們需要回到本體才能入定。」

「一把劍坐在那裡的意思？」

「……妳高興就好。」

她問了很多，統統圍繞食衣住行，絕口不提他的過去，更加不問在什麼情況下，他會如在劍廬時那般失控，舉起劍，將劍尖朝向她。

感覺得出來她不是不怕，但冥冥中彷彿被蠱惑住了，以飛蛾撲火似地執著靠近他。

他也一樣。

尾聲——新居

「妳連看都沒看過就要搬進去住，會不會太冒險？」車在鋪著殘雪的路上慢悠悠前進，坐在駕駛座旁的莊茗轉過頭，以不贊同的語氣問後座的如初。

「有一點。」如初靠在自己帶來四方市時的大行李箱上，眨了眨眼睛說：「不過，搬來四方市之後，我發現我居然還滿愛冒險的，不知道是受誰影響。」

「妳本來就這樣。」嘉木淡淡開口，從車子的後視鏡望向如初，而她正凝視著窗外，對他的視線一無所知。

今天，是如初正式遷入新居的日子。

兩個多禮拜前，應錚夫婦離去的隔天，杜長風帶著一個大果籃、工傷假單與一份爲期兩年的助理修復師合約，來醫院探視如初。

杜長風手上夾著菸，站在病床前，先對一旁虎視眈眈的護士解釋：「拿習慣了，不拿總覺得渾身不對勁。」

人長得好總是占便宜，小護士相信了帥大叔，放心地走出去關上門。杜長風摸出新打火機，點上菸，對如初搖搖頭，一臉百思不解地說：「妳看上去文文靜靜的，怎麼就憋了這麼大一股狠勁？」

「民國以前就發明香菸了嗎？」如初先一臉好奇，接著想到了什麼，頓時一臉驚恐：「你不會抽過鴉片吧？」

杜長風一口氣沒提上來，連著咳了好幾聲才停。但這也提醒了他，初生之犢的問題從來不是不畏虎，而是想像力太過豐富，見什麼都新鮮。

他從口袋裡掏出一張對折再對折的紙，遞給如初，沒好氣地說：「租約，名字簽一簽，我明天就帶回公司幫妳辦手續。」

如初打開來看，眼睛一亮：「員工宿舍！」

租金便宜，地址看起來離公司頗近，還包水電瓦斯跟網路。如果說，沒加薪的正職約在意料之內，那麼宿舍絕對是大驚喜，她趕緊找出筆，簽了名，交還並連聲道謝。

隔天，老莊師父代表公司全體同仁前來探視。他倒沒抽菸，只在臨走前告訴如初，公司找到一位青銅老師父，預計年後就能來上班，到時候就有人能指導她了。

「這個人本領是好的，就脾氣有點怪，妳多擔待。」老莊師父頓了頓，加上一句：「真相處不來還是要說，我跟他共事過，他……唉，也難怪。」

難怪什麼？如初沒有多問，經過這許多事，她最大的收穫便是更加確信，要看清楚這個世界，得用自己的眼睛。

兩天後，蕭綀來幫她辦理出院。他一進門先遞上一個沉甸甸沒封口的信封，如初接過來往下一倒，落出一張門卡，兩隻黃銅鑰匙，與一張寫著新居地址的字條，筆勢勁逸，是他擅長的瘦金體。

「時間決定好了，我來幫妳搬家？」他很自然地這麼問。

如初愣了愣，眼神飄忽：「呃，我東西很少，收一收就兩個皮箱，頂多再加一個紙箱，眞的不用麻煩。」

蕭綀瞄一眼她纏著繃帶的左肩，問：「還記得醫生交代過什麼？」

「不能用力。」她嘆口氣，放棄閃躲，老老實實地說：「我跟莊茗說好了，她會送我去新地方。」

他挑眉：「妳遇到事情找人商量的順序是房東先，男朋友其次？」

他的態度頗輕鬆，有點半開玩笑的味道，但如初一聽見「男朋友」三個字就知道，終於，到了面對問題的時候。

過去幾天，她可以明顯感覺到他整個人變得光華四射，再也不是那個初相見時略帶沉鬱的街頭樂手。倘若兩個人的關係會因此而起了變化，那也是合理的……

她仰起頭，輕聲問：「我們之間，之前的所有約定，都還算數嗎？」

蕭綀難得地一呆，接著苦笑，傾身靠近她，低語：「如初，我是開鋒，不是失憶。」

美好的答案由他親口說出，反而令她不知所措。如初喃喃：「噢，那、那……」

「當然，倘若妳要反悔的話——」

如初不讓蕭綀把話說完，便摟住他的脖子，猛搖頭：「我不要，我不要！」

下一秒，左肩劇痛。緊急前來重新包紮傷口的護士詢問經過之後，雖然嘴上什麼都沒說，但看他們的目光滿滿都是譴責。如初羞愧地低下頭，卻壓不下自行往上翹的嘴角，與心底不斷湧出的甜蜜……以及苦澀。

遷居的行程就此底定，休養兩個禮拜之後，在一個快雪時晴的星期六早上，莊茗與如初一人拉著一個皮箱，如初的箱子上還多了一個貓籠子，就這麼坐上嘉木的車，一路往公司方向駛去。

如初不擔心新居狀況，倒是對舊住處即將發生的改變頗為好奇。她湊近莊茗，小聲問：「爲什麼妳會想重新裝潢啊？」

本來雖然不特別精緻，可住起來挺舒服的呀。

莊茗眼神飄忽地說：「就，可能，會有人住進來唄。」

因爲這樣而大動工程，新房客到底是何方神聖？

「大熊？」如初靈機一動，脫口問。

莊茗眼神更飄忽了。但如初還是覺得不對，別看莊茗從穿著到作風都洋派，骨子裡其實很保守，對未婚同居十分抗拒，等等……

「他向妳求婚了？」如初猛地向前，差點撞上椅背。

「嗯，就，他說他也年過而立，而且我們之前通信通了那麼久，也算相識多年……」

莊茗不曉得爲什麼，講話忽然文謅謅了起來，不要說如初，就連嘉木也聽不下去，插嘴說：「妳脖子上就掛了他半年薪水，敢不敢否認？」

莊茗閉上嘴，拿眼神戳了嘉木一刀，而如初這才注意到，莊茗常戴的那條細金鍊，如今多了一個吊墜，在高領毛衣上輕輕晃動。

那是一枚樣式簡單大方的鑽戒，上頭鑲的鑽石不大，卻十分璀璨。如初凝視著這枚戒指，忍不住喃喃：「這麼快……」

「也不快，有時候，只需要一個晚上，就能明白自己的心意何在。」嘉木接話，口吻淡淡的。

他語氣充滿感觸，但如初想著自己的心事，而莊茗也急於轉移話題，因此竟無人理會。

車上沉默了幾秒，莊茗頭往後轉，問：「等下蕭練會幫我們開門？」

「嗯，鑰匙在他那裡。」

蕭練之前拿走了鑰匙，說要給她個驚喜，之後無論怎麼問，他都不肯透露，因此關於等會兒究竟會看到什麼，如初自己也挺好奇的。

車忽地停住，嘉木敲了一下方向盤，硬邦邦地說：「到了。」

「就這棟？」

如初往外探頭，隔著一條小馬路，一樓的大門開啓，走出黑衣黑褲的蕭練。他今日姿態特別瀟脫，也不撐傘，手插在口袋，穿越紛紛揚揚的飛雪走了過來，敲敲半開的車窗，說：「歡迎。」

「你，不是也住這裡？」如初其實很肯定，卻又不敢置信。

蕭練微笑，回答：「五樓。」

「那我……」

「三樓。本棟不設四樓，妳的房間正好在我下方，以後就是鄰居了。」

也就是說，這棟樓，其實是雨令的員工宿舍？

「喵，喵。」

一路都安靜到沒有存在感的喬巴出聲了，提醒如初車窗一直開著，風灌進來好冷。凍到人沒關係，凍到貓可不行。蕭練接過兩個大皮箱，嘉木堅持抱紙箱，莊茗說捨不得，硬是將喬巴連籠子一起搶過來捧在懷裡。於是身爲新家主人，如初兩手空空地跟著前方三人，一路上樓，朝自己未來的住處走去。

蕭練熟稔地開門，大家都讓開了，等主人先進去。如初忽然有點怕，在門前站了片刻，才鼓起勇氣，一腳跨進門。

跟印象中一模一樣的格局，但因爲裝潢全然不同，看起來就像兩個世界。分給她的這間複式公寓風格簡約清新，整體以米白色爲主，搭配淺棕色拼木地板，小客廳擱著一張布沙發，上頭有兩個大抱枕，橘色的貓咪與深咖啡臘腸狗並排而放，深情對望。

餐桌上擺了一盆多肉植物，就栽在半新不舊的馬口鐵噴嘴壺裡，胖胖的淺綠色軀幹，十足憨樣。如初走上前，捧起鐵壺，蕭練說：「鼎姐的禮物。」

「哇……」她原地轉了一圈，忍不住告訴蕭練：「好像夢一樣。」

「杜哥送電視，大哥跟承影合送沙發，抱枕是鏡子挑的……小心，有刺。」蕭練從她手中取走鐵壺，又說：「我的禮物在陽臺，準備好了嗎？」

如初猛點頭，他拉起她的手，快步走向前陽臺。他緩緩將門拉開，如初目瞪口呆地瞧著眼前的龐然大物一會兒，轉過頭，對著正在檢查廚房瓦斯爐開關的莊茗喊：「莊茗，快帶喬巴過來！」

「什麼事什麼事？」莊茗拎起貓籠，三步併做兩步衝了過來，探頭一看，嘴巴頓時張成一個O字型。

一個完全手工原木打造，結合了貓砂箱、貓跳臺與貓窩的大型貓咪樂園，就立在陽臺正中央。而在樂園最側邊的木板上，掛著一只古色古香的銀薰球，裡頭鋪了淺淺一層貓草，正輕輕搖晃。

「邊鐘聽說妳搬進來，就送了這個薰球。還是妳喜歡放衣櫃？」蕭練問。

「不，放在這裡，這裡……」如初掙扎著不知該如何表達，最後只說：「完美。」

「喵，喵。」

喬巴再度不甘寂寞，如初蹲下去，放牠出來。四人排成一列，見證貓咪大搖大擺先進砂盆上廁所，再嘗了幾口餅乾，最後縱身一跳，跳上鋪有軟軟羊毛墊的貓窩，舉起前爪慢條斯理地舔著，連看都懶得看一眼服侍牠的卑微奴僕。

如初無言良久，最後只說：「牠到家了。」

「希望妳也是。」蕭練低聲在她耳旁說話。

爐上有個全新的琺瑯壺，行李裡還有紅茶，如初本來想燒壺水泡茶請大家坐坐，但莊家姐弟堅持不肯久留。

嘉木在臨出門前，突然轉過身問蕭練：「如初應該有很多東西要整理，你不跟我們一起離開？」

他的口氣溫和，但眼神閃著濃濃的挑釁，如初愣了一下，忽然意識到，這是嘉木在跨進大樓之後，說的第一句話。

「我會走，等一下。」蕭練面無表情地回答。

如初才送完莊家姐弟，關上門，就感覺一雙大手從後頭環住她。

「我的確不應該留下……」他親吻著她的頭髮。

是的，從病中恢復過來之後，她慢慢注意到，他看著她的目光比以往更熱烈，卻又不著痕跡地避免與她獨處。

她可以想像為什麼，卻逃避面對真相。

如初低下頭，低聲問：「那你……真的要走了嗎？」

蕭練嘆息似地嗯了一聲，旋即又說：「我就住在樓上。」

如初轉身靠在他胸膛，小心翼翼避開心臟部位，兩人就這麼相依偎了一會兒，她先鬆手，說：「好，有事的話我就拿掃把捅天花板。」

他笑出聲，親吻她的額頭，開門，離去。

頓時間，整間公寓只剩下她。

嘉木講的也沒錯，雜事真的不少，但忽然間，她沒了整理的動力，跨進門時覺得溫柔的燈光，如今卻顯得淒涼。

如初呆呆在廚房坐著，直到喉嚨被暖氣薰得乾到受不了，才慢吞吞打開紙箱，取出從家裡帶來的馬克杯，接了半壺水，開火。

水很快就開了，她捧著熱騰騰的杯子，還沒坐回桌前，頭頂上忽然飄來豎笛聲。音樂悠悠蕩蕩，帶著金屬質感，綿延不絕地傳過來，很快很快便將她層層裹緊，再也無法掙脫。

她也不要掙脫。

如初坐著聽他吹完一首又換一首，忽地想淘氣一下，走到廚房角落拿起掃把。

不對，以他的聽力，做什麼他都知道。

這個想法莫名令她精神一振，如初哼著歌，打開行李箱，開始忙著將衣服一件一件往櫃子裡掛。

一牆之隔，在她頭頂上，蕭練修長的十指在按鍵上不住靈巧活動。

他的雙眸之中，一朵朵淡青色火燄慢慢浮現於瞳孔深處，而原本色澤黯淡的禁制，如今卻像一條鮮活的金色小蛇，在心臟部位不斷閃爍著冰冷的光……

（首部曲終）

國家圖書館出版品預行編目資料

劍魂如初 / 懷觀著. -- 初版. -- 臺北市 : 圓神, 2018.08
288 面；14.8×20.8公分 --（圓神文叢；236）

ISBN 978-986-133-661-9（平裝）

857.7 107010263

Eurasian Publishing Group
圓神出版事業機構
用心與你對話．視野無限寬廣
圓神出版社
Eurasian Press

www.booklife.com.tw reader@mail.eurasian.com.tw

圓神文叢 236

劍魂如初

作　　者／懷觀
創作統籌／馮勃翰
封面插畫／左萱
古物插畫／阿翰林
發 行 人／簡志忠
出 版 者／圓神出版社有限公司
地　　址／台北市南京東路四段50號6樓之1
電　　話／（02）2579-6600．2579-8800．2570-3939
傳　　真／（02）2579-0338．2577-3220．2570-3636
總 編 輯／陳秋月
主　　編／吳靜怡
專案企畫／賴真真
責任編輯／吳靜怡
校　　對／吳靜怡．林振宏
美術編輯／潘大智
行銷企畫／詹怡慧
印務統籌／劉鳳剛．高榮祥
監　　印／高榮祥
排　　版／莊寶鈴
經 銷 商／叩應股份有限公司
郵撥帳號／ 18707239
法律顧問／圓神出版事業機構法律顧問　蕭雄淋律師
印　　刷／祥峯印刷廠
2018年8月　初版
2020年8月　4刷

定價 330 元　ISBN 978-986-133-661-9

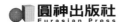